KB089770

영화
사용법

영화 사용법

2011년 1월 7일 초판 1쇄 발행
2014년 9월 25일 초판 3쇄 발행

지은이 | 신귀백
펴낸이 | 孫貞順
펴낸곳 | 도서출판 작가
　　　　서울 서대문구 북아현로 22나길 13-8(우-120-866)
　　　　전화 | 365-8111~2 팩스 | 365-8110
　　　　이메일 | morebook@morebook.co.kr
　　　　홈페이지 | www.morebook.co.kr
　　　　등록번호 | 제13-630호(2000.2.9.)

편집 | 김이하 조랑
디자인 | 오경은
영업 | 손원대 설동근
관리 | 이용승

ISBN 978-89-94815-00-8

값 13,000원

영화
사용법

신귀백 영화평론집

작가

무거운 그러나 부드럽게 열리는

화양연화

영화관의 문은 육중하지만 부드럽게 열린다. 지금은 익산益山으로 바뀐 이리裡里, 시공관이 내 손으로 처음 연 화양연화의 문이다. 김진규 주연의 흑백 고전사극이었는데, 제목은 기억나지 않는다. 머리 풀고, 벌린 팔이 통나무에 묶인 채 그는 억울한 고초를 당하고 있었다. 울었다. 부리나케 설거지를 끝내고 나를 데려간 큰집 식모도 나도 소매로 눈물을 훔쳤다. 후일 그 누나는 '쇼'를 하는 이리극장에도 데려갔는데, 나는 거기서 가수 배호의 중후한 노래를 들을 수 있었다.

정말 〈여협 흑나비〉가 보고 싶었다. "아빠, 배가 아퍼. 근데, 영화를 보면 낫겠어"라는 말에 아버지가 속아 주셨다. 복면 쓴 여자 의적이 나오던 그 영화는 돈을 주고 사용한 '약'이었다. 〈석양의 무법자〉 간판이 걸린 극장 앞을 지날 때, 땡볕 열기 아래서 포스터를 보고 또 보았지만 극장문을 열 기회는 많지 않았다. 대신 집에서 '은하의 집'

같은 라디오 연속극을 빼먹지 않고 들었다.

삼중당 문고 한 권과 영화 한 편 사이를 저울질하던 날도 후딱 지나갔다. 그리고 일기도 편지도 쓸 수 없는, 술배 앓을 때 다시 영화가 약이었다. 그 약에 취한 후, 감상을 적어 친구들에게 편지로 날리고 배우에게 팬레터를 보내기도 했다. 연애도 문학도 혁명도 안 될 때 항상 거기 영화가 있었다. 그땐, 아무 영화나 봤었다.

와호장룡

1999년, 한겨레 문화강좌에서 영화평론스쿨을 한다기에 등록을 했다. 그 긴 겨울날 전찬일 선생의 '세계영화사기행'은 지독히 쓴 약이었다. 영화에 대한 가치기준을 바꾼 그 징한 트레이닝 덕에 삶의 고민에 대한 질문 혹은 답을 구하는 영화 쪽으로 확실히 방향을 틀었다. 내 맘대로 사용하던 영화 취향의 자유주의는 거기서 끝났다.

2000년 5월, 《문화저널》에 「신귀백의 영화 엿보기」라는 꼭지로 글을 쓰기 시작했다. 홍상수의 〈오! 수정〉이 그 처음이었다. 영화에 대한 진단이나 분석이라는 무거움보다는 감상 위주의 부드러운 글이었다. 내용과 형식은 과연 새로운가, 또 묵직한 감동을 주는가가 평가의 주 대상이었던 것 같다. 텍스트 자체보다는 콘텍스트를 다루는 방식이었고 정서적 욕망과 지적 자극 사이의 줄타기에 팬들의 응원이 힘이 되었다.

행운이 있었다. 내 사는 동네에서 전주국제영화제가 10년 넘게 정체성을 잃지 않고 한 방향을 유지해 준 것 말이다. 예술가는 어떤 길을 걸어야 하는가에 대한 무모한 도전을 말하는 〈노벰버〉나 베리만 선생이 보여준 〈사라방드〉에서 요한의 차가운 고집 이런 것이 진짜라 믿는다. 이 책 5부의 '전주를 여행하는 히치하이커를 위한 안내서'를 붙인 것은 영화도시 전주에 대한 나의 오마주이자 사용법이다. 영화 속 언어해독을 위한 '바벨 피쉬' 같은 귀 속에 넣는 기계장치가 되어 전주여행길에 도움이 되었으면 한다.

펠리니나 쿠스트리차, 레오네 같은 감독의 서사와 그 구도를 좋아한다. 공간을 장악하는 그들의 깊고 풍부한 프레임에는 시각적 아름다움과 심도가 있다. 맥락 없는 원근법이 아닌 전경과 중경과 원경이 모두 조화를 이룬, 그런. 내 글에 버리지 못하는 잡동사니가 많은 것을 건방지게 여기에 빗대고 싶다. 영화 안목을 넓혀주는 소위 '작가'의 가치를 인정하지만 사실 나는 〈킬빌〉에 열광하고 〈스파이더맨〉과 〈다크 나이트〉가 좋다. 김수영의 말을 빌리자면, 나는 방이 커도 좋고 작아도 좋다.

게임의 규칙

태풍 곤파스와 인건비 사이에 쓰러진 벼가 있듯, 문학과 영화 사이에 내가 있다. 쓰러진 곡식을 세우는 마감은 영혼을 잠식한다. 그 게임의 규칙으로부터 10년이 흘렀다. 〈부운〉이나 〈그녀의 손길〉 같은 글은 국지성 호우처럼 단숨에 써내려갔지만 대개는 안개비처럼 오래 적신 끝에 나온 글들이다. 아니 영화글을 쓰는 방식 자체가 한 신 한 신을 찍어놓고 편집하는 방식이 되어, 안타깝다. 못 써도 일필휘지를 동경했는데 이제 스타일이 되고 말았다. 발표한 글 중 어색한 배우의 연기처럼 NG나는 글들은 많이 버렸다. 담뱃갑처럼 자기 독성을 뚜렷이 드러내지 못하니 알아서 찾아주시라.

돌아본다. 수많은 영화와 발표한 글 중에서 선택의 기준은 영화가 내게 질문을 던진 것들이다. 초기 글에는 집밥과 국처럼 사랑스러운 영화들이 많지만 후기로 갈수록 가슴이 먹먹해지는 영화가 많다.

당연히 이 책은 나의 열정과 한계 사이에 있을 것이다. 하여, 나의 비밀과 거짓말 그리고 포기 지점이 드러날 것이다. 깊이 들여다보자면, 아무래도 영상미학보다는 스토리텔링에 집중한 글이 되고 말았다. 의미와 재미를 살피는 데 초점을 맞추다 보니 음악 영역이 부족한 것도 알겠다. 귓구멍이 작은데 매혹을 알겠는가?

책을 내는 것은 오독과 편견에 관한 일종의 대질신문일 수 있다. 비가 새는 부분은 열심히 땜질을 했지만 구조 자체에는 어쩔 수 없는 절망을 느낀다. 새로움이나 묵직한 감동이 영화를 평가하던 내 기준이었다면, 나는 이 책 『영화 사용법』으로 내 덫에 걸린 것이다. 예정된 플롯이니, 어쩔 수 없다. 또 디테일에서 가식과 자책 같은 구차한 것들도 눈에 보인다. 홍상수의 인물들처럼 술 깨고 나면 바탕이 드러나는 셈이다. 조금 뜨끔하지만 잘난 내가 못난 나에게 말한다. "이것은 내 감각의 제국이다. 쫄지마!" 거기다 '오심도 경기의 일부다'라는 말을 위로로 삼으며 가볍고 삐걱거리는 문을 여는 것이다.

관객이 안 들어도 좋은 영화가 있다는 마음으로 책을 낸다. 문제는 제작비나 러닝타임이 아니라 진실 혹은 그 태도일 테니 말이다. 홍행수익에 대한 기대는 솔직히 비관적이지만 분명 어떤 아티클에도 그 사용 방법에는 나만의 질문이 있고 메시지가 있다고 믿으니 개봉하여 거는 것이다. 하여, 이 책이 문화제재로서의 영화를 사용하는 방법, 즉 유용한 질문에 대해 독자들의 의미 있는 참고서가 되기를 기대해 본다.

엔딩크레디트

'사용법'이란 제목이 주는 매뉴얼적 도구성과 선정성에 대해 고민했다. 하지만 부처를 만나면 부처를 죽이라는 말을 흉내 낸다면, 영화를 만나면 영화를 죽여야 한다고 믿는다. 같은 궤로, 회통과 통섭이 배운 사람의 지표임에 동의하는 사람들이 있다. 나를 영화글의 세계로 이끈 박남준 시인, 전북영화비평포럼에서 인간의 심연 혹은 진실 저편에 있는 답답함을 상기시킨 영화 동무 이영호 선생님, 질문이 생길 때마다 명쾌한 답변을 준 전찬일 선생은 오래도록 나의 '리무바이'다. 영화평론가 심영섭 역시 그렇다.

동의 없이 위대한 시들을 인용했다. 경배이자 경계로 삼기 위함이다. "아우라가 큰 배우일수록 그림의 선이 살더라"라는 말과 함께 삽화를 맡아준 이현욱 선생도 고마운 사람. 소설이나 시집보다는 품과 공력이 훨씬 많이 들 터인데, 흔쾌히 출판을 수락해준 '작가'의 손정순 대표와 《문화저널》 독자와 식구들에게 '스페샬 쌩스'를 전한다. 특별히 익산에 사시는 엄마에게는 이 책이 아들이 전하는 세상의 복된 기별이었으면 좋겠다.

따뜻한 물로 세제 묻히지 않고 설거지를 하고 나면 온천에서 물을 맞은 것 같은 때가 있다. 손에 로션을 바른 후, 영화관의 그 부드럽고 육중한 문을 열고 싶어진다. 지금 그 사람 이름은 잊었지만, 그 식모 누나는 어디 살까? 같이 영화를 보고 싶은 사람인데, 알 길이 없다. 남아있는 나날에 또 영화가 있다.

2011년 1월, 水仙花室에서

신 귀백

차례

V 全州와 영화 사이

— 전주를 여행하는 히치하이커를 위한 안내서

1
사랑과
영화
사이

탕웨이는 청자연적이다. 물론 〈색, 계〉의 왕차즈가 코발트 빛 무늬의 치파오를 걸쳤을 때의 이야기이다. 고 피천득 선생님 말씀대로 그녀가 난이요 학이라고 말하기에는 아직 세월과 작품수가 부족하지만 블루가 잘 어울리는 배우다. 이 청초하고 몸맵시 날렵한 여배우를 감독 이안이 차가우면서도 냉정한 빛깔의 블루 톤으로 밀어붙인 것은 배우가 젊기 때문이리라.

왕차즈는 요부를 연기하기 위해 동지들에게 육체적 순결을 공유하는 비극을 경험한다. 이제부터는 스파이가 되어야 하기에, 色을 알아야 하기에, 모택동의 말처럼 혁명은 시나 수필을 쓰는 것이 아니기에….

명품 통속 멜로
부운(浮雲, Floating Clouds)

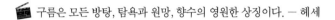 구름은 모든 방탕, 탐욕과 원망, 향수의 영원한 상징이다. ― 헤세

감독	나루세 미키오
출연	타카미네 히데코, 모리 마사유키
제작	1955년/123분/일본

산등성이에 눈물 나는

통속 드라마다. 캐릭터의 애매한 감정을 표현하기 위해 극적인 순간에 귀를 붙드는 애잔한 음악이 개입하는 방식을 취하니, 영락없는 멜로다. 멜로방식이란 것은 앞일에 대한 뻔한 예상이 가능하지만 나루세 미키오(成瀨巳喜男 1905-1969)의 이 명품 멜로는 관객의 소망적 사고에 영합하지 않는다. 계급간 사랑의 불가능함을 절묘하게 조절하는 신데렐라 스타일도 아니고, 〈감각의 제국〉처럼 금기를 넘는 성애의 강렬한 정서를 자극하지도 않는다. 최루 덩어리 〈오싱〉과도 달리, 덤덤히 흘러가는 구름을 따라가듯, 〈부운〉은 편하다. 그러나 동무의 사랑이야기를 따라나서는 박재삼의 시처럼, '산등성이 이르러서는 어느새 눈물이 나' 기도 한다.

소화 21년(1946), 귀국선에서 내린 피폐한 난민 행렬 속에 몸뻬 입은 한 여자가 서 있다. 전혀 겨울 준비가 안 된 이 젊은 여자가 남자의 집을 찾는 것으로 드라마가 시작된다. 전혀 극적이지 않은 남녀의 만남은 덤덤할 뿐. 모르는 바는 아니었지만 유키코(타카미네 히데코)가 찾아간 도미오카(모리 마사유키)는 어머니와 아내가 있는 몸. 골목을 나와 여관에 들어간 그들이 입을 맞추는 장면이 패망 전 베트남 시절 플래시백으로 숏과 숏이 이어지는데….

문 밖에 있는

태평양 전쟁 중 농림성 군속으로 일하는 영림營林기사 도미오카가 근무하는 베트남에 타이피스트 유키코가 부임해온다. 성하의 나라에서 원피스 성장 차림의 그녀는 늘씬하고 예쁘다. 그러나 선수 도미오카는 못 본 척 한다. 선수의 비급은 무관심, 그의 내공은 자유로운 진심, 방중술이나 미혼술의 초식을 사용하지도 않았지만 유키코는 그에게 낚이고야 만다. 그가 도사라는 것을 말하는 재미있는 장면 하나, 베트남 하녀가 그를 흘낏 보면서 찻잔을 놓는 대목에서 이 남자가 문제라는 것을 여자의 육감어린 시선으로 처리하는 것.

전쟁에 패하자 각기 귀국 한 남과 여. 조강지처와 독하게 헤어질 수도 없고 애인에게 지상의 방 한 칸 얻어줄 수도 없는 그는 전쟁에서 돌아온 일본 남자들의 모습일까. 일정한 직업도 없고 도미오카에 의존할 수도 없는 유키코는 잠시 양공주가 된다. 발목을 휘어잡는 가난과 실업의 와중에 그 좁은 방이라니. 아름다운 화면과 스타일리시한 세트라는 멜로 장르 관습에 의존하지 않는 나루세가 만든 좁은 골목길에는 궁상이 묻어난다. 누추한 골목을 번갈아가며 등장하는 그와 그녀. 쌀 씻는 소리와 아이들이 노는 소리가 들리는 골목에 꼬막만한 방을 얻어 놓고 그녀는 도미오카가 오기만을 기다리는데, 전쟁 이후 많은 집들에서는 이렇게 남자가 문을 열고 쑥 들어오기를 기다렸을 것이다.

시간을 쓰다듬고 흘러가는

"우리의 로맨스는 종전과 함께 사라졌다"라고 말하는 도미오카는 유키코의 매춘에 대해 모욕이나 장탄식도 없으니 무심한 구름 아니런가. 피 흘린 자리에 딱지가 앉기까지의 시간이 흐를 때까지는 상처를 들추지 않는 것이 이 남자의 상식이다. 상처 자국은 분명하고 삶은 팍팍하지만 그들은 없는 돈을 털어 온천에 간다. 여차하면 산정에서 정사情死하기로 한 것일까. "노가다를 해서라도 같이 살자고 해놓고?", "남자는 좋겠어요", "여자는 태평해", 허허 대화의 통속이라니! 그런데 이 남자는 온천에서 만난 여관집 여급이자 안주인인 여인과 알 듯 말 듯한 눈길을 나눈다. 여기서 좋은 시퀀스 하나. 시계를 잡혀주는 여관집 남자가 좋은 사람이라는 것에 적지 않은 시간을 할애하는 것. 둘은 오메가 시계를 맡기고 목욕물에 몸을 담근 채 여러 날을 보낸다.

도쿄에 돌아와 편지하고 찾아다닌 끝에 유키코는 이 문밖의 남자가 여관집 여자와 바람이 났다는 것을 알게 된다. 후일 그녀는 산부인과 침대에서 본 신문을 통해 여관집 주인 남자가 여자를 살해한 사건이 실린 기사를 보게 된다. 분노나 노여움을 화면 아닌 활자로 대신하는 것은 나루세의 참한 스타일. 마누라는 아파 누워 있고 애인은 애를 떼고 여관집 여자는 살해당한 상황 속에서 도미오카는 여관주인 남자에 대해 변호사 비용이라도 대고 싶어 하지만, 돈이 없다. 다시 구름은 어디론가 흘러가고 팍팍한 삶은 간신히 살아진다.

살길이 막막했던 유키코가 자신의 첫 몸을 탐한 신흥종교 교주

사촌오빠에게로 돌아가 부를 누릴 때, 도미오카가 찾아온다. 아내의 장례식 비용에 쓸 돈 이만 엔을 빌리기 위해서. 돈을 급히 갚을 수는 없다고 말하는 그는 비겁하지만 사악하지 않은 남자다. 다래끼가 나서 안대를 하고 온 풍신 난 모습이라니, 애들 말대로 '안습'이다. 무좀이 생겨 발이 아프다며 같이 걷는 그에게, "부부 같아서 좋다"라고 말하는 그녀.

비 되어 내리는

떠돌던 구름이 멈춘 곳에 비 되어 퍼붓는 영화 후반부가 아무래도 좀 떨어진다. 아무도 모르는 곳에서 죽어가는 코끼리처럼 누구도 그립지 않을 열대의 나라에서 도미오카는 나무나 키우며 은둔하고자 한다. 나무 전문가이니만큼 그는 식물 같은 여인을 바랐을까? 한 나무로는 성이 차지 않아 영륙의 세계에 빠져 사는 이 남자는 "인생은 헤어질 때와 계산할 때가 중요하다"라고 말하면서 그녀를 두고 떠나려 한다. 덜 사랑하는 사람이 권력을 쥐는 모습 역시 통속 그대로다.

　　"같이 사는 사람이 결국 이긴다"라고 말했던 유키코의 쓸쓸한 희망은 그와 함께 하는 것. 어쩔 수 없이 유키코를 데리고 자청한 유배를 떠난 남쪽 섬나라에는 그동안 흩어졌던 구름들이 결국 비가 되어 쏟아져 내린다. 섬에 도착하기 전부터 몸살을 앓던 유키코는 섬에 도착하자마자 몸져눕게 되고. 전쟁과 가난, 모욕과 슬픔 속에서 독하게 살아남은 여자는 습기를 이기지 못하고 저 세상으로 간다. 춥고 누긋내 나는 방, 유키코의 죽음 앞에서 도미오카는 오래 운다. 이제 더 이상 구원받을 길이 없다고 해서 흐느끼는 것일까? 문밖에서는 상실을 증명이라도 하듯 때리고 부수는 성난 비만 내리고….

어딘가에 있을 법한

드라마의 생명이 캐릭터에 있다고 할 때, 이 남자 참 다층적 캐릭터다. 어딘가 있을 법한 인물. 제멋대로인 남자들의 못된 속성인 욱하는 성질도 없고 그의 뻔뻔스러움에는 가면이 없다. 문 밖에 있던 이 남자 문을 여느라 망설이는 법이 없지만 그렇다고 벌컥 문을 열어젖히는 화끈함을 보여주지도 않는다. 삶의 질곡에 신음을 토할지언정 비명을 지르지 않는 그. 인내나 이해를 강요하지도 않고 급행으로 달려가는 게 아니라 간이역마다 쉬어가는 그의 행보에는 억압적이고 기만적인 이성에 따른 사랑의 '효율성'이란 애초에 없다.

　　"반말, 넘겨짚기, 허세, 변덕, 소심, 거드름, 인간의 비열함을 잔뜩 감추고 있는 사람"이라는 유키코의 비난에 그는 "그렇다"라고 인정한다. 그러니 아예 싸움이 안 되는 거라. 여러 번 수술을 받고 우는 그녀에게 그가 뱉은 말은 "소리가 너무 커, 옆에서 들려" 거기다 "너와는 죽을 수 없어, 더 미인이 아니라서"라고 말하는 그. 허허, 나쓰메 소세키의 『도련님』 같은 이가 어른이 되면 이런 모습이 될까. 강짜하지 않는, 비루하고 무책임한 행위에 따른 선악보다는 태도에 집중하는 모습을 보여줌으로써 나루세는 어떠한 감독도 만들 수 없는 캐릭터의 부조에 성공한다.

울음이 타는 강을 보여 주는

나루세는 사회가 갖는 잣대나 편견에 대해 도전하지 않는다. 그는 멜로가 갖는 방법적 측면으로써 정서의 강약고조라는 상투성 없이 느릿느릿 흘러간다. 이 구름에는 엄숙이나 엄살이 없다. 엄숙주의는 천박한 도덕률에 대한 증거이고, 엄살은 낮은 수를 가진 자들의 노래이기에. 나루세는 우리의 도덕 이런 것 말고 말로 할 수 없는 진실의 한 종류에 대하여 관조적 자세로 이야기 한다. 완고하지 못한 인간이 갖는 수치라던가 연민을 그리되 혐오의 시선을 던지지 않는 복잡한 인간을 표현한 배우들 역시 쉽게 잊힐 사람이 아니다. 내면을 표정으로 나타내는 것이 영화의 장점이라 할 때, 여기 배우들의 말하지 않고 말하는 눈길, 눈길을 피하고 또 눈길을 받는 눈길, 그저 지켜보는 눈길 등 칭찬할 만하다.

덤덤하면서도 애절한 이 영화 '일본 베스트10'에 반드시 들어간다. 오즈 야스지로나 에드워드 양이 〈부운〉에 감명 받았다는 것은 이제 전설이 되었다. 부박한 현실을 견인하지 않고 의미 있는 대안을 생각하지 않는 감독이니, 그래서 어쨌다고, 무슨 이야기야? 하면 별로 할 말이 없는 영화일 것이다. 인과관계나 논리적이고 짜임새 있는 플롯보다는 산만하고 느슨한 플롯, 이렇게도 영화가 된다니. 거참, 웬만한 현직 감독 혹은 감독지망생들이 만들고 싶어 하는 영화 히면 '〈부운〉 같은' 영화라는 말이 이해가 간다.

여성들이 지켜보는 〈부운〉과 남성이 바라보는 〈부운〉이 다를 것이다. 마음도 한 자리 못 앉아 있는 선수들, 선수를 꿈꾸는 사람은 따라가 볼만한 사랑이야기로 박재삼의 시와 같은 '울음이 타는 가을강'을 보겠지만, 살면서 곁눈질 한 번 안 한 사람은 그저 통속으로 보일 것이니 시간낭비하지 마시라.

감독에게 여배우는
과연 무엇인가?

색, 계(色, 戒, Lust, Caution) · 완령옥(The Actress)

감독	이안
출연	양조위, 탕웨이
제작	2007년/157분/중국, 미국

감독	관금붕
출연	장만옥, 양가휘
제작	1991년/167분/홍콩

〈색, 계〉의 탕웨이

탕웨이湯唯는 청자연적이다. 물론 〈색, 계〉의 왕차즈가 코발트빛 무늬의 치파오를 걸쳤을 때의 이야기이다. 고 피천득 선생님 말씀대로 그녀가 '난이요 학'이라고 말하기에는 아직 세월과 작품수가 부족하지만 블루가 잘 어울리는 배우다. 이 청초하고 몸맵시 날렵한 여배우를 감독 이안李安이 차가우면서도 냉정한 빛깔의 블루 톤으로 밀어붙인 것은 배우가 젊기 때문이리라.

　　일제 침략에 홍콩으로 피난 온 여대생 왕차즈(탕웨이)는 영국에 있는 아버지의 재혼소식에도 허망할 틈이 없다. 새로운 삶, 연극이 기다리고 있었기에. 한때 수필 같던 여대생의 삶은 항일 연극의 여주인공 역할을 맡으면서 역사의 드라마 속으로 휩쓸려가게 된다. 이제 아

마추어 연극은 항일의 실천으로 이어지는데, 부유한 사업가의 아내 막부인을 연기하며 악질 친일파 이(양조위)에게 접근하라는 것. 어기서부터는 학예회의 무대가 아니다. 왕차즈는 요부를 연기하기 위해 동지들에게 육체적 순결을 공유하는 비극을 경험한다. 이제부터는 스파이가 되어야 하기에, 색色을 알아야 하기에, 모택동의 말처럼 혁명은 시나 수필을 쓰는 것이 아니기에….

여성 스파이의 본질이 무엇인가. 색으로 남자를 수렴하는 일. 자신을 상대에게 속여 목적을 이룩하는 일 중 몸으로 보시하여 상대를 집요하게 쓰러뜨리는 것이 그녀의 임무이다. 이 미션은 고도로 훈련된 집중력이 아니고서는 성공하기 어려운 과제라는 것을 저 옛날 오나라와 월나라의 전쟁 당시 서시西施가 오왕 부차를 무너뜨릴 때 이미 증명한 바 아니던가. 그러나 대학생들의 떫은 풋감 같은 친일파 사냥은 한판의 엉뚱한 살인극으로 끝나고 그들은 뿔뿔이 흩어진다.

카메라는 청자연적 아닌 막그릇 같은 4년여 공백 뒤의 그녀를 붙드는데, 이제 1942년의 상해다. 그녀는 빵 배급 줄에 서 있던 빈민여성이지만, 운명 아니 흔들리는 조국이라는 시대적 상황은 그녀를 다시 서시로 만들고야 만다. 친일파 정보장관이라는 완강한 질서를 일탈시키고 교란시켜야 하는 본격적 프로 스파이의 길에 들어서는 것. 감독은 이 여성 스파이가 활동할 상하이라는 식민지 근대성의 공간을 재즈와 자동차 그리고 호텔과 다이아로 포장된 소비적 환상의 공간으로 채워나간다. 스타킹과 트렌치코트와 파라솔 그리고 그것을 파는 백화점 등 섹슈얼리티를 나타내는 세계 최대의 도시, 동양의 파리 상하이! 세련과 퇴폐를 한 몸에 갖는 올드 상하이 외탄의 타락한 부르주아의 사적 공간에서 그녀는 밀수로 성장한 막부인이 되어 유한녀들과 마작을 하면서 잘 적응해 간다. 이의 부인과 실내에서 마작으로 노름하는 장면은 관금붕의 영화 〈완령옥〉에 대한 감독 이안의 오마주이리라.

애초에 자비나 관용이 없는 남자. 쏟아져 들어오는 빛과 흑발의 콘트라스트 속에 푸른 담배연기를 피워 올리는 마초 양조위, 강고한 성과 같은 이 남자를 어떻게 함락시킬 것인가? 패션과 유행으로만 남자를 먹어치울 수는 없는 것. 그는 넥타이와 권총집을 풀고 그녀가 몇 개의 속옷을 벗기도 전에 청색 치파오를 찢고, 여자는 트렌치코트로 몸을 감추면서 학대와 굴욕을 견딘다. 이 섬세하게 생긴 남자의 야만적 태도와 때로는 권태 그리고 능욕의 시간들을 지나 그녀의 몸은 서서히 반응한다. 식민지 공간이라는 자아의 각성에 이어 육체가 눈을 뜨는 것.

이들이 지켜 가는 계戒는 다르지만 몸이 갖는 애욕은 같은 것이어서 그들은 흔들린다. 육신의 흔들리는 성애가 철석 같은 계를 흔드는 것. 왕차즈는 굴종과 치사와 모욕의 시간을 잊고 이 섬세한 악당의 남성적 매력에 끌리고, 이 유머 없는 강고한 남자 역시 색의 매력에 흔

들린다. 큰 슬픔을 지닌 자 말이 없고 말수 적은 그들은 흔들릴 때마다 몸을 섞는다. 밀수처럼 둘이서만 거래하던 하나의 관능은 욕망을 과녁 삼아 달려가는데….

　　제거해야 할 남자와의 쾌락과 고통으로 하여 그녀는 색과 계의 경계가 모호해지는 혼돈에 빠지게 된다. 악당이지만 한편으로는 연인이 돼버린 배포 큰 남자가 던지는 사치에 대한 두려움에 그녀는 결국 자신의 계를 놓치고 마는 것. 보석이 여자를 방심하게 한다지만, 과연 6캐럿 다이아가 '이해의 선물'인가 하는 점을 여자 아닌 남자들이 어떻게 알 것인가. 그녀는 극단적 슬픔을 끝내기 위해 그 슬픔에 익숙해지기 보다는 그 슬픔에 지고 마는 것. 그녀의 비밀은 그녀의 피인데 그 피가 흘러나오면 그녀의 목숨이 위태로운데 말이다. 어두운 절벽 위 마지막 그녀의 총살 장면은 엉성한 시골 야구장 조명 같아서 마치 연극무대와 다를 바 없다.

　2007년 베니스영화제에서 황금사자상과 황금카메라상을 수상한 이안 감독의 〈색, 계〉를 가볍게 보자면, 색은 계를 배반한다는 다소 뻔한 이야기를 157분 동안 늘어놓는다. 길다. 그 배반의 바탕을 이루는 아크로바틱한 섹스 장면을 빼고서 〈색, 계〉를 말할 순 없을 것이다. 그 정사 장면은 매혹적이라기보다는 어떤 연민을 자아내는 장면들이었다. 포스터는 〈화양연화〉 스타일이었지만 솔직히 그 속내는 '여배우 잔혹사' 아니던가. 잔혹을 교사하는 감독이 관객을 유혹하려는 관음적 욕망을 그대로 드러냈다면, 200만 관객 역시 그 하드코어 동영상에 충실했을 것이다.

　기억한다. 〈퐁네프의 연인들〉에서 먼 장면으로 잡은 줄리엣 비노쉬의 가벼운 목욕 장면을. 카메라가 잠시 겨드랑이를 잠깐 스쳐가던 장면 말이다. 그러나 〈색, 계〉는 탕웨이의 위아래 기름진 체모를 그대로 다 드러낸다. 배우를 발아래 틀어쥐는 감독의 치밀한 계산인 것. 색이 계를 넘어설 수밖에 없는 어쩔 수 없는 선택 혹은 시대를 나타내기 위한 고증이라기보다는 사소한 것을 눈 감고 넘어가지 않는 감독의 거의 폭력 수준의 주문인 것. 카메라 브랜드 이름 그대로 '캐논', 애초 이것은 대포거나 총구, 즉 폭력인 것이다. 신인 여배우 탕웨이는 노출의 수위를 뻔히 알고도 앞으로 잘나가는 배우가 되기 위해 세계적 감독의 설득에 여성으로서의 수치를 참았을까? 과연 탕웨이는 감독과의 대화로 영화 전체를 아우르는 구조의 힘을 알았을까? 청자연적의 안을 속속들이 보여주는 감독 이안, 잔인하다.

　이것은 중국인을 비롯한 같은 빛깔 아시아인을 위한 영화가 아니다. 색은 모든 말을 시각으로 들려주는 것 아니겠는가. 높은 하늘과 먼 산, 푸르른 바다처럼 다가가지 못할 이미지의 그녀가 걸친 블루 계열의 치파오들은 자극이자 정지인 것. 벗은 몸이 주는 색깔이 황색이라면 황색은 서양인들에게 능동적이고 또한 과격하게 관음적 흥분을 자극케 하는 빛깔이리라. 같은 빛깔을 가진 나는 그 20분이 불편했다. 특히 이안이 서양에서 오래도록 살아온 검은 머리의 영어를 쓰는 사람이기에. 우리가 느낀 그 수치는 오래도록, 신인 여배우 탕웨이가 큰 배우로 성장하는 내내 기억 속에서 나풀거릴 것이다.

〈완령옥〉의 장만옥

큰 눈, 작은 입술, 도톰한 볼, 노슬리브 치파오가 아름다웠던 탕웨이처럼 30년대 '사의 찬미'처럼 죽어간 30년대 중국 여배우가 있다. 시대의 발명품 스타킹과 유성영화를 위한 녹음기가 막 등장한 여기 상하이에 치파오를 입은 여배우, 실존 인물 완령옥(阮玲玉, 1910-1935)이 바로 그다. 사람들은 자신이 태어나지 않은 시대를 낡은 과거로 착각하는 경우가 많지만 1930년대 상하이 조계지 외탄은 과거가 더 모던한 공간이었다. 이 고혹의 시대 상하이가 뉴욕보다 컸다고 하는데, 재즈바와 호텔 등이 밀집한 상하이라는 도시 영화판은 이미 스튜디오와 스타시스템의 필요성을 간파한 시대다. 30년대 상하이를 살다간 여배우 완령옥을 재현하는 감독 관금붕關錦鵬은 역시 치파오가 잘 어울리는 장만옥張曼玉을 통해 부드럽고 이성적으로 영화사의 한 전설을 복원한다. 이 영화에서 장만옥은 진짜 완령옥이 되고자 하는 노력을 인정받아 베를린영화제 여우주연상을 수상, 세계에 그 이름을 알린다.

　　가보지 못한 시대를 보여주는 리안과 관금붕의 방식은 철저히 다르다. '영화 속 영화'의 주인공 완령옥을 형상화하기 위한 방법으로 감독은 액자소설 형태를 취한다. 도덕과 관습의 올가미에 희생된 완령옥이 액자고 그 배우로 몰입하는 장만옥의 연기 과정이 바로 액자의 그림이 되는 것. 그 액자 안 인물의 묘사 방법은 몽타주라기보다는 콜라주 방식으로 시대와 인물을 복원해나간다. 이육사와 백석 같은 얼굴들이 스크린에 흘러가고 시대를 재현하기 위해 워크숍 하는 현대 홍콩의 스태프와 배우들을 다큐처럼 찍는데 어디가 30년대 영화이고 어디가 현실 속 메타영화인가 구분이 어려울 지경이다.

보자. 작은 체구 흰 분칠의 조금 과장된 연기가 흑백의 완령옥이고 키가 크고 세련된 미소를 보이는 컬러 화면이 장만옥이다. 또렷한 입술선, 뒷머리가 긴 파마 스타일, 눈썹을 귀 가까이 길게 그리는 30년대 배우 완령옥은 동양인의 평면적 얼굴에 추상무늬 치파오가 약간 헐거워서 몸[色]의 육감이 그리 어필되지는 않는다. 관금붕은 완령옥을 맡은 장만옥의 몸을 돋보이게 하지는 않는 것. 독특한 무성영화 세대 배우가 갖는 아우라와 그를 재현하는 현대배우 장만옥의 학습을 보여주는데, 두 배우 모두 눈부신 보석들이다.

"완령옥은 육체적 매력이 전부다." 당시 남자들이 목욕탕에서 떠드는 이야기 장면처럼 당시 감독들도 젠더적 관점에서 그녀를 접근할 뿐. 거기다 잘못 만난 한 남자로 하여 완령옥은 오래도록 예술가로서의 균열에 시달린다. 경마에 미친 애인 장달민은 말 한 필 사달란다. 자유로운 영혼 정도로만 알았던 남자는 결혼과 애는 싫어하는 건달이었던 것. 그의 바람기와 무책임함을 견디다 못해 완령옥은 옛 애인과 헤어지고 식모 같은 엄마와 양녀 소옥을 데리고 영화사 사장 당계산의 집으로 들어간다. 그녀는 불편하게 얻은 작은 안식에서 배우로서의 정체성을 찾기 위해 "넌 상류층 여성이라 여공이 안 맞는다"라는 편견을 극복하고 신여성을 연기하고자 노력한다.

여기 완령옥이 마음으로 존경하는 한 신사가 나타나니 양가휘가 역을 맡은 채소생 감독이다. 마르그리뜨 뒤라스가 쓴 소설을 장—

자크 아노 감독이 만든 〈연인(1992)〉에서 아편하던 그 끈적거리던 배우 말이다. 채감독과 그녀의 대화는 매우 공적이어서 완령옥은 채소생과 순수하게 캐릭터만을 이야기한다. 그는 공사 구분이 무색한 영화판 인물들 사이에서 유일하게 영화를 공적 노동공간으로 접근하려는 모습을 보이는 남자. 그는 연기하는 배우에게 "뭔가 잘 못 된 것 같은데 말을 잘 못하겠어, 다시 해보자, 생각해보자"라고 말한다.

명장면, 명대사 한 부분. 완령옥은 웅크리고 앉기를 좋아한다. "중국인 중 삼분지 이는 이런 자세지요. 앉아서 나리를 기다리다 때리면 맞고, 쉴 수도 있어요. 저는 이렇게 앉아있어 본 지 오래 됐어요. 배우가 되고 나서는 이렇게 앉지 않아요" 쪼그리고 앉아도 아름다운 배우 장만옥! 완령옥이 주연하고 채소생이 감독한 영화는 친일파임이 분명한 어중이떠중이 신문사 기자를 무시했다는 이유로 검열과 상영불가의 불화를 빚는다. 필름의 가위질을 거부한 완령옥의 뒤끝은 신문기자들에 의해 당계산과 간통한 여자로 낙인찍히는 것. 견디기 어려운 그녀는 채감독에게 홍콩으로 데려다 달라고 말하지만 이 진보적 감독은 그녀의 청을 거절한다. 여학교에서의 신여성에 대한 강의를 앞두고 스물다섯 꽃보다 아름다운 나이에 완령옥은 채감독의 〈신여성(1934)〉 마지막 장면처럼 눈을 감는다. 영화와 삶(죽음)이 일치하는 30년대식 사의 찬미, 자살이다.

〈완령옥〉은 배우란, 또 감독이란 어떤 존재인가에 대한 진지한 명상을 담는다. 그래서 당시 스물일곱의 '홍콩 배우' 장만옥은 완령옥의 입장이 되어 연기와 삶의 구분 그리고 영화와 삶의 일체에 대해 생각하는 기회를 갖는다. 장만옥이라는 배우를 통해 완령옥을 불러내는 '영매' 관금붕은 드라마와 다큐를 오가는 그림들 속에서 여배우를 아름답게 그리기보다는 그 여배우가 주인공을 어떻게 해석하면서 몰입하는가에 초점을 맞추는데, 조금 더 구체적으로 들여다보자.

관금붕을 비롯한 장만옥과 스태프들은 완령옥이 출연한 영화들을 하나하나 확인하는데, 완령옥과 공연한 조선에서 온 '영화 황제 김염'도 잠시 등장한다. '〈고도춘몽(1930)〉 원판 없음, 원판 재편집'이러한 내레이션과 자막, 완령옥의 연기필름 그리고 소실된 장면에서는 스틸사진을 두고 1991년의 배우와 감독이 전설이 된 한 여배우를 어떻게 해석하는가에 대한 대담까지 총동원하여 완령옥을 복원해나간다. 장만옥이 완령옥에 몰입되고부터는 영화 속 현대감독 관금붕은 살짝 사라지는데, 스태프들과의 대화에서 양조위의 오랜 연인 유가령은 의미 있는 대사를 던진다. "나는 90년대 배우로라도 기억되길 바라. 배우란 가장 찬란할 때 사라지는 게 좋을까? 신화로 남고 싶다면." 유가령이 지금도 제 역할을 찾는 배우의 기를 가졌다면, 이때의 작업이 힘이 되지 않았을까? 감독이 배우를 연기하는 기계 아닌 '생각하는 한 인간'으로 대접하던 자세가 오늘의 장만옥과 유가령을 있게 했으리라.

자살을 앞둔 완령옥 역의 장만옥이 호텔 플로어에서 춤추는 컬러 화면은 아름답지만 색으로 느껴지지는 않는다. '색色'에서 실패했지만 그 '계戒'를 알고 일에 몰두하는 여성 완령옥을 보여줄 뿐. '배우는 연기하는 매순간마다 극중 인물로서의 생을 살아야 한다'고 말하는 메소드 연기로 하여 장만옥은 참 배우로 거듭나는데…. 장자 선생식 표현을 빌 때, 과연 영화 속 그녀는 장만옥인가 아니면 완령옥일까? 그것도 아니면 영화를 보는 오늘의 앳된 신인 여배우 탕웨이, 아니면 보는 이 누구란 말인가.

애이시습愛而時쩝!
500일의 썸머(500 Days of Summer)

감독	마크 웹
출연	조셉 고든 레빗, 조이 데이셔넬
제작	2009년/95분/미국

귀여운 형식미

매 맞으며 배운 원소주기율표나 근의 공식은 잊어도 첫 키스의 추억과 그날의 별빛과 떨리던 마음은 잊히지 않는다. 그리고 그 여자의 입에서 낙하하던 "힘들다"는 말에 이어 "우리 조금 떨어져 보자"라는 제안과 파국으로 이어지던 복잡한 화학식의 과정들 또한 잊을 수 없다.

그 잊을 수 없는 '나쁜 년(bitch)'에게 주는 애증의 날들에 대한 기록이 〈500일의 썸머〉다. 스크린을 응시하는 어떤 여자는 뜨끔하고, 어떤 남자는 속상할지 모르겠다. 사랑 이야기치고 포스터는 촌스럽지만 이 귀여운 영화는 2010년 1월 말에 개봉했는데, 새롭다. 남녀 간 연애이야기라야 해 아래 새로울 것이 없겠지만, 500일간의 형식이 새롭다는 말이다. 하루하루의 천당과 지옥을 기억의 중요도에 따라 배치했으니 플래시백이 막 섞여 있달까? 가령, 8일에서 154일로 전환되니 산만할 수 있겠다. 슬로우 모션, 정지화면, 분할화면, 컬러영화 속 배우가 흑백 주인공 되기, 친구의 사랑이야기를 다큐 형식으로 들려주기 등 감독의 아이디어가 돋보인다.

　　오프닝은 홈비디오에 찍힌 여자아이와 남자아이의 성장기를 다룬 분할화면으로 시작된다. 먼저, 남자. 그깟 축구공 하나를 몸에서 놓치지 않으려 이리저리 뛰는 것이 사내아이다. 반대로 여자아이는 공들여 기른 머리카락을 싹둑 자르니….

운명과 우연

사랑을 '운명'이라고 믿는 지구인 남자와 '우연'이라고 생각하는 화성인 여자의 드라마니 이 남자 조금 행복하고 많이 피곤할 터. 기념카드에 쓰이는 카피를 만들어 내는 회사의 카피라이터 톰(조셉 고든 래빗), 이름이 톰이니 우리나라라면 철수다. 남자주인공 톰의 얼굴은 일찍이 서양 배우에게 없던 동양적 남자의 선이다. 양복을 입으면 단정하지만 티셔츠를 걸치면 풋풋하고 선량하게 보이는 그. 멘토인 초딩 여동생과 닌텐도나 하고 저녁식사 후의 키스타임을 놓치는 소심한 녀석의 우수에 젖은 눈과 고운 턱 선이라니!

　　섬세하고 부서지기 쉬운 영혼을 가진 이 남자는 생에 운명적 사랑이 있을 것이라 생각한다. 그 첫날, 사장의 새로운 비서로 썸머(주이데 샤넬)라는 여자가 나타난다. 그리고 4일째, 엘리베이터 안에서 팝그룹 '스미스'를 듣는 톰에게 그녀가 말을 건다. 이 처자 예쁘다. 그녀가 알바를 하면 편의점 매출액이 2배로 뛰고 집주인은 월세를 내려 받는다. '썸머효과'라는 말이 있을 정도로 남자들의 선망에 익숙한 선수인 것. 얇은 블라우스에 아랫배가 도드라져 보이는 몸매의 그녀는 톰이 좋아하는 슬픈 브리티시 팝 정도는 죽 꿰고 있다. 이런 천사가 복사기 앞에서 불쑥 딥키스를 하는데 어떤 남자가 자신의 반쪽이라고 믿지 않을 수 있겠는가?

썸머는 한 성질 하지만 킬힐이나 노출이 심하지 않은 수수한 옷차림만으로도 잘 어울린다. 회사 회식의 노래방에서 "슈슈슈" 하며 60년대 올드팝을 부르는 썸머를 사랑하지 않을 남자는 없다. 그녀의 미소, 머리칼, 무릎, 입술, 웃음소리가 다 아름답다. 그런데, 그런데 '누군가의 무엇'이 되는 게 불편하다는 이 여자는 사랑은 환상일 뿐이라고 말한다. 결국은 인간관계의 혼란으로 이어지기에 사랑을 믿지 않는다는 이 여인을 톰은 몸에서 벗어나려는 축구공처럼 붙들기 위해 안간힘을 쓴다. 알고 싶고 갖고 싶은 남자의 마음을 무시해 버리는 오만과 편견에 사로잡힌 여자라니.

그래도 사랑은 계속 된다. 백화점 가구코너에서 아이쇼핑을 하며 장난하는 장면은 연애질을 해 본 사람만이 아는 그림이다. 함께 가구를 사고 그 가구의 광택이 시들어질 때까지 서로 사랑하는 꿈, 그 꿈마저 꿀 수 없을 때의 쓸쓸함을 감독 마크 웹은 '니들 그거 아나?'고 묻는다. 어릴 때 빠끔살이 장난 그것이 끝난 뒤에 의사놀이를 하듯 그들의 사랑과 전투는 지속된다. 그래, 사랑. 모를 수 있겠다. 모른다. 그러나 알면 좋다.

167일 째, 회사에서 아이디어가 샘솟는다. 인생이 가치 있는 것이란 생각이 들고 지나가는 사람 누구와도 춤을 추고 싶어진다. 그래서 공원의 댄스장면은 완전 '발리우드 영화'다. "문신하고 싶다"라는 썸머에게 과감히 안 된다고 말하는 톰. 그는 한 쌍의 북엔드로 청춘을 자리매김하고자 낯선 남자와 주먹을 교환하기도 한다. 아니, 저 때문에 싸우고 두들겨 맞았는데, 고양이처럼 변해버리는 그녀에게 톰은 묻는다. "우린 뭔데, 나는 네게 뭐냐고?" 규정짓지는 않아도 일관된 그 무언가가 필요하다는 것이 톰의 생각이다.

허진호의 〈봄날은 간다〉에서 "어떻게 사랑이 변하니?"와 같은 '어록'은 나오지 않지만, 이 영화에 괜찮은 장면이 있다. 보리밭이나 대숲에 이는 바람의 소리를 채집하는 그림은 없어도 그래도 제일 멋진 장면은 이거다. 그 남자의 열정과 그 여자의 냉정 사이 이들의 두오모는 엘에이의 건축군#. 벤치에 앉아 자기가 만들고 싶은 건물군을 여자의 흰 팔뚝에 그려주는(톰은 건축을 전공한 남자다) 장면이라니! 종이가 없어 그녀 팔에 건물그림을 그리는 장면은 탁월한 연애의 '아트'다. 그림에 소질 있는 총각들 꼭 써먹으시라.

가는 여름

322일 째, 영화 〈졸업〉 장면이 나오는데, 이 영화에 대한 톰과 썸머의 해석은 각기 다르다. 로빈슨 부인에게서 벗어나 웨딩드레스 여친과 버스에 올라 탄 뒤의 더스틴 호프만과 여자친구의 표정에 대한 해석은 썸머가 더 정확할지 모른다. 사실 그들에겐 틈이 있다. 브리티시 팝을 좋아하는 총론은 서로 같지만 각론에서 썸머가 비틀즈 멤버 중 유독 링고 스타를 좋아하는 취향 같은 것 말이다.

썸머에게 빠져드는 톰에게 가구가게에서 몸을 더듬고 샤워실에서 섹스(이건 히치콕의 샤워실 살인사건의 패러디일 것)를 벌이고 하지만 그녀는 만나면 만날수록 '어퀘인턴스(아는 여자)'를 넘지 않는다. 구속받기를 싫어한다는 것을 알지만 극장에서 웃고 키스하는 사이로 발전하지만, 그러면 뭐하나? 사랑을 믿지 않는 썸머. 그는 함께 살고 싶어 선택을 강요하는데 결국 혼자 영화를 보게 된다. 어느 날 스미스의 노래가 싫어지는 날이 오고, 접시를 깨트리는 게 아니라 부수는 톰. 이 남자 헤어져 본 적이 있지만 이번은 다른 것 같다. 이유는 그녀가 이별(눈 땡그렇게 뜨고, 이제 그만 만나야 할 것 같다는…)을 선언했기에. 훈수 두는 사람은 호르몬 증후군 아닌가 하지만, 그녀는 그냥 그래야 될 것 같으니까 그런다는 것이다. 미칠 일이다.

　　이차방정식의 근의 공식으로는 답이 나오지 않는 이 여자는 5차 이상의 다항식이기에 당해 본 젊은 남자 관객들은 썸머를 '미친년'이라 부른다. 이제 컬러 세상은 잿빛으로 보이고 그를 둘러싼 공간이 포토샵 하듯 지워진다. 문학이 표현하기 어려운 영화만의 특색 아닐까? 결국 톰도 보통 지구 남자인지라 보통 수준의 여자를 만나는 수순을 밟는다. 미워하고 자책하면서 짧게 다른 여자 만나는 시간을 보내는데, 얄궂어라. 친구 결혼식 가는 열차에서 둘은 다시 조우한다. 그녀는 부케를 받고 그리고 톰을 자신의 파티장으로 초대하는데…. 기대와 현실에 관한 생각을 분할화면으로 병치시켜 놓고 화면은 현실로 확대되는데, 잔인해라. 그는 그녀의 약혼식에 초청된 것. 머리칼 한 올 한 올이 메두사인 그녀를 두고 운명이니 뭐니 하는 것, 믿지 않았어야 했다.

　　결국 톰은 회사 작파하고 폐인의 날들을 보낸다. 그의 사랑에는 복수가 없기 때문에. 삶이 혼란스럽고, 밤을 분노로 보내고, 인생을 증오하고, 머리도 감지 않고 모자 쓰고 칩거를 한다. 누워 하루 종일 공만 튀기다 일어나는 이 장면 역시 스티브 맥퀸이 포로수용소로 돌아와 다시 공 가지고 노는 장면을 닮았다(ㅎㅎ). 그렇다고 톰은 꼭 베르테르는 아니기에 예쁜 여자 아니면 연애 안하는 비장한 오기 같은 것은 없다. 살아야 하니까, 이별은 성숙을 주게 되니까. 지속되는 무엇, 말하자면 건축 같은 것에 몰두하고 싶어 하는 남자는 정신을 차리고 스케치에 시간을 보내며 썸머를 잊어간다.

　　5월 23일 수요일, 그는 건축회사 면접장에서 한 여자를 만난다.

이름을 묻자 싱그러운 그녀는 '어텀'이라고 대답한다. 하하. 어텀은 너그럽고 더 예쁘게 생겼다. 썸머와 헤어지고서도 해피엔딩이라니. 목이 쑥 빠지고 웃는 모습이 고운 이 남자의 썸머와의 길고 긴 500일이 지나자 다시, 그 가을의 첫 번째 날이 시작되는 것.

보면 좋은 사람들

이 영화, 썸머의 마음은 보여주지 않는다. 거기다 그녀가 결혼하는 남자에 대해서는 어떠한 언급도 없다. 그가 잘생겼는지 직장이 좋은지에 대한 설명도 전혀 없다. 그러니 이것은 철저히 남자의 심리와 선택에 대한 텍스트일 것이다. 나루세 미키오의 〈부운〉이 남자의 마음대로 여자를 바꾸는 영화 교과서라면 이 영화는 그 반대쪽에 있는 참고서일 것. 알콩달콩한 로맨스나 베드신을 기대하는 분은 보지 마시라. 한 여자와 여러 번 헤어질 수 있다는 사실을 모르는 사람들은 지루할 것이다. 사랑을 단칼에 썰어버리는 '싸나히'들도 재미없을 것이다. 그룹 피노키오가 부른 "사랑보다 먼 우정보다는 가까운 그 어색한 사이"가 싫어서 떠난 경험이 있는 생애전환기에 선 중년들에게는 이 영화가 젊은 날의 리와인드일 수 있겠다. 라디오헤드나 이소라 등 적절한 우울함을 갖춘 대중가요 삘을 좋아하는 이모들도 즐거울 것이고 운동이나 건강을 입에 달고 사는 갱년기 넘기신 분들도 입가심으로 한 번 보면 좋을 듯. 미친년이라고 말하는 숯불에 덴 청년들에게 진심으로 권한다. 이 영화는 사랑이라는 이차방정식의 근의 공식이다. 그러니 이 영화로 공부하면 좋을 것.

　　썸머를 화성인 취급하는 못난 남성들에게 고한다. 이 영화 속 매혹의 OST는 썸머의 마음을 이해하는 중요한 힌트를 줄 것이다. 그녀는 주유소와 호텔방, 기차역 등 광막한 풍경 속 표정 없는 사람을 그린 미국의 화가 에드워드 호퍼, 그리고 마그리트를 사랑한다. 또한 〈시드 와 낸시〉 같은 섹스 피스톨즈를 다룬 영화를 좋아하는 걸 보면 뭘 좀 아는 여자다. 영화 뒤에 숨어있는 감정선이 화학식처럼 녹아있는 코드를 찾는 일 역시 즐거운 일일 것이다. 그것도 공부다. 우리 모두는 썸머와 사귄 적이 있다. 그 여름이 길고 무더웠던 사람이 있고 유난히 짧았던 사람도 있었을 것이다. 하다보면 가을이 온다. 그것도 풍요롭고 아름다운 가을이.

연애 선수가 되기 위해서는 부지런히 공부해야 한다. 벤자민이 로빈슨 부인에게서 '졸업' 한 것처럼 우리도 '사랑의 학교'를 다니고 재수강 몇 번 해야 청년 졸업장이 나온다. 톰이 썸머를 졸업하고 성숙한 어텀을 맞듯, 이별이 습관화되고 내재화되어야 강철은 단련되는 것이다. 사랑할 수 있다는 것, 이별 속에 있다는 것 그 자체가 인생의 가장 아름다운 날이라는 말씀이다. 애이시습지愛而時習之 불역열호不亦悅乎아! 〈500일의 썸머〉를 권한다.

P.S. 사랑하고 때로 익히면 어찌 즐겁지 아니한가? 공자님 보시면 웃으시겠다.

끝내 어긋난 당신의 손길

에로스(Eros) 中 그녀의 손길(The Hands)

감독	왕가위
출연	공리, 장첸
제작	2004년/104분/중국, 프랑스, 홍콩

만남

당신에게 옷을 전하러 갔을 때, 내가 재단사 아닌 시다라는 걸 당신이 알아챘듯, 나 역시 당신이 교환의 대상이라는 것을 금방 알았지요. "이 감촉을 기억해요. 그걸로 내 아름다운 옷을 만들어 줘요" 후아! 무례한, 그러나 고혹의 당신은 이 말을 던지며 나를 만졌습니다. 그 불에 덴 듯한 불화不和의 순간을 잊을 수 없을 것입니다. 돌아와 생각하니, 익지도 않은 풋감이 바닥으로 뚝뚝 떨어지던 느낌입니다. 당신의 아름다움은 지독한 권력이기에 당신의 터치는 나에게 불도장이 되었습니다.

---

1. 〈Eros〉는 동서양 세 명의 감독이 만든 옴니버스 영화다. 에로스라는 한 가지 주제로 왕가위는 〈그녀의 손길〉, 스티븐 소더버그는 〈꿈속의 여인〉, 미켈란젤로 안토니오니는 〈위험한 관계〉라는 제목으로 한 편의 영화를 만들었다.

그리고, 그래서, 나는 비로소 남자가 되었다고 생각합니다. 이제 나 당신의 옷을 만들 날을 기다립니다. 정말 내 지평선에도 기다릴 만한 초저녁별이 하나 나타난 것이지요. 당신이 내게 준 관능의 기억은 이젠 그리움이 되겠지요.

치수

그리움은 나무처럼 자라, 나도 이제 그늘을 드리우게 되었습니다. 재단사가 된 거죠. 당신의 치수를 재던 순간이 슬로모션으로 흘러갑니다. 줄자로 둥근 더러 마른 당신의 몸을 잴 때, 나의 손은 청진기였고 또 필사하는 붓이었지요. 아시지요. 내 팔 둘이 치수를 재고 있을 때, 보이지 않는 팔 두 개가 당신을 쓰다듬고 있었다는 것. 선명해요. 당신의 쇄골과 갈비뼈 아래서 잘록해지는 굴곡이.

　　그런데 당신, 내가 만든 첫 옷을 내칩니다. 그러나 구슬 몇 개가 떨어진다고 그 끈이 끊어지던가요. 나는 실밥 가득한 양장점으로 돌아와 메리야스만 입고 당신 옷을 열심히 마름질했습니다, 이음새를 붙였습니다. 당신의 곡선에 무심하지 않은 나의 가위는 당신 몸이 갖는 풍파의 흔적을 잇고, 나의 손은 당신과 당신의 몸에게 부지런히 말을 건네는 거죠. 몸에 대한 온갖 고귀하고 어려운 철학적인 언어들을 잘 모릅니다만 나는 입술로 말하지 않고 옷으로 말할 겁니다. 그렇습니다. 당신에게 의복은 몇몇의 단어들이어서 내가 만든 옷을 걸칠 때 비로소 당신은 내게 온전한 문장이 됩니다. 이제 당신은 나의 옷과 결혼한 여자입니다. 그런데, 그런데 내가 만든 옷을 입고 당신은 다른 남자를 만납니다. 하지만 나에게는 아무런 전략이 없습니다.

동기

나도 이제 소문난 재단사가 되었습니다. 나에겐 좋은 옷이 동기입니다. 그래서 고급 옷감의 재질을 만지면 나는 당신의 몸을 생각합니다. 나, 당신의 원피스에 어울릴 핸드백도 만들어 봅니다. 당신이 내가 만든 옷을 걸칠 때, 어떤 은유를 또 간절한 억양을 발견하리라 믿어 봅니다. 또 내가 만든 옷을 걸친 당신이 가질 평화와 따뜻함을 생각하면 가슴이 설렙니다. 그러나 인연의 실꾸리는 이렇게도 모진가요? 당신의 옷을 들고 계단을 오르며 설레던 마음 여전한데, 싸구려 침대의 스프링이 만드는 슬픈 소리를 들었습니다. 숨이 터억 막혀 더 이상 낮아질 곳이 없을 계단을 내려왔습니다. 그러나 못난 나, 당신이 존재한다는 것만으로 위로를 삼습니다. 이제 지친 당신, 내게 와서 쉴 순 없나요. 당신과 내가 경작할 밭은 하나도 없어, 나, 당신의 옷에 남아있는 희미한 살 냄새와 향수를 생각할 밖에요.

에로스

마지막이겠지요. 내가 혼자 딤섬을 먹듯 혼자 쓸쓸한 저녁 국수를 먹을 당신의 처소를 찾아갑니다. 당신, 내 마음에 위안을 주던 공들여 지은 그 옷을 걸쳤지요. 그러나 당신, 내게 보여준 것 탄식밖에 없더군요.

왜 내겐 벚꽃처럼 떨어지는 것만 있는 날들인지요? 나 한번이라도 당신이 옷을 벗은 에로스를 꿈꾸면 안 됩니까? 오늘 아니면 영영 당신을 껴안을 날이 없다는 것을 아는데, 옷을 입은 에로스밖에 없다니요. 내가 보고 만지고 느낄 수 있는 몸의 시간이 더 이상 남아있지 않은데 말입니다.

　　돌아와 나의 손을 들여다봅니다. 그리고 끝내 어긋난 당신과 나의 손길을 생각합니다. 내 손에 기술만 찾아왔지 내 가슴에는 현명도 용기도 끝내 찾아오지 않았습니다. 분별을 지향하는 당신의 손도 에로스를 탐하던 내 손도 어쩔 수 없습니다. 타오르지도 못하고 꺼지지도 않는 내 사랑 그리고 당신의 회한 깃든 거부의 손길 생각에, 나 눈물이 납니다. 어찌합니까. 당신이 이 세상을 떠나가면 내겐 두고 간 옷 그리고 당신의 손길만 남겠지요. 당신! 이제 난 누굴 위해 옷을 지어야 합니까?

두고 온 나라, 두고 온 시절…

아웃 오브 아프리카(Out of Africa)

감독	시드니 폴락
출연	메릴 스트립, 로버트 레드포드
제작	1985년/161분/미국

성룡 없는 추석 연휴 마지막 날, EBS에서 〈아웃 오브 아프리카〉를 하고 있었다. 싱글의 날들에 아프리카에 두고 온 청춘들이 떠올랐다. 이제와 새삼 이 나이에 그 무슨 달콤함이야 있겠냐마는, 텔레비전 앞에 세 시간 가까이 앉아 있었다. 벌써 20년 세월이 흘렀다니.

　　아프리카에 대해 아는 것. 가난과 세렝게티, 킬리만자로를 노래한 가수와 표범 정도. 남에서 북으로, 동에서 서로 진출한 제국주의자들이 잘 닦여진 거대한 정원에서 벌이는 폴로 경기, 전쟁에 이겼다고 행진하는 식민지 인도인들, 오프닝신은 모순이다. 또 영화 속 카렌이 원주민을 가르치려는 행위들에는 호혜 아닌 시혜라는 비판이 있는 줄 안다. 〈호텔 르완다〉나 〈블랙 호크 다운〉이야기가 진짜 아픈 아프리카고, 드넓은 평원을 가르는 기차나 수평선 너머 사자 머리 위로 지는 해의 사진 속 아프리카가 가짜라는 것을 나도 안다. 부디 이 카렌의 일

과 사랑을 나르시시즘에 빠진 백인 여자의 거짓 자아라고 물리치지 말기를, 너무 야박하게 꾸짖지 마시길.

매이지 않는 남자

1913년. 독일 옆 작은 나라 덴마크에 실딘 혈기 넘치는 부잣집 상속녀 카렌(메릴 스트립)은 삶에 재미가 하나도 없다. 하여, 그녀는 케냐에 살고 있던 스웨덴 귀족과 결혼하기 위해 아프리카행 배를 탄다. 충동 그 자체다. 수에즈를 거쳐 나이로비에 도착한 뒤 기차에 오른 그녀의 고풍스런 주름 많은 A라인 드레스는 매혹적이다. 호기심에 찬 이 여인은 조금도 지쳐 보이지 않는다. 열사의 햇빛을 차단하는 리본 달린 브림이 넓은 모자를 쓴 카렌, 아름답다.

　　카렌이 아프리카로 떠난 이유를 나는 〈바베트의 만찬〉에 나온 덴마크의 금욕적이고 우울한 동네 분위기 탓이었으리라 생각한다. 주체할 수 없는 자신감과 도전 정신을 가진 부잣집 여식에게 작열하는 태양, 상아, 약육강식의 질서를 보여주는 아프리카는 창조적이고 신비스런 곳이었을 것이다. 그러나 이 열사의 땅이 그녀에게 준 것은 사자와 사자를 쫓는 남자가 주는 상처와 치욕 그리고 한 줌의 빛나는 사랑이 전부였다.

기차가 짜보 국립공원에 이를 때, 한 남자가 커다란 상아들을 기차에 싣는다. 강한 충동으로 뭉쳐진 이 남자 때문에 그녀는 눈멀고 귀먹어 그녀의 운명의 지침을 바꿔놓는다. 많은 책과 세 자루의 총 그리고 축음기와 모차르트 외에 소유와는 거리가 먼, 그물에 걸리지 않는 바람 같은 남자. 카렌과 〈화양연화〉를 찍을 남자는 바로 데니스(로버트 레드포드)다.

긴 코, 둥근 다크 서클 때문에 아주 미인이라 하기엔 좀 그렇지만 사랑스러움이 넘치는 여자, 금발에 호기심 가득 찬 북구의 푸른 눈을 가진 그녀는 찬바람에 언 듯한 열정을 간직한 빨간 볼을 가지고 있다. 정말 많은 옷을 입고 나타나는 그녀. 블라우스를 입으면 정숙하게 보이고 플레어스커트 차림으로 시의 운율을 맞추면 지혜가 드러나며 사파리를 입으면 용기와 독립심이 넘치는 듯하다.

나이로비에 도착해 한 시간 만에 결혼식을 올린 남편 브로어 남작은 사냥과 길 떠남에 익숙한 남자. 책과 신문이 궁금하지 않은 이 남자는 야비하긴 해도 최소한 가면을 쓰진 않는다. 그녀의 돈과 결혼한 이 무심한 남자는, "당신은 나의 귀족 칭호를 산 것이지, 나를 산 게 아니야"라고 말한다. 일찌감치 사랑에 관심을 접은 그녀는 어떤 백인도 시도하지 않은 커피 농장건설에 몰두한다. 단지 남자들이 좋아하는 방식에 순응하지 않는 이 금덩어리를 볼 줄 모르는 사냥꾼은 부인의 재능과 현명함을 못 견딘 끝에 결국 이혼을 하고 만다. 아프리카에서 일과 사랑은 그녀에게 자아 발견과 작가로서의 경험이라는 소중한 시간들이 되는데….

학교를 세우고, 글을 쓰고, 커피를 생산하고, 사자에 물릴 뻔한 순간에도 침착을 잃지 않는, 홍수에도 불에도 흔들리지 않는 여자지만 그녀 역시 사랑하는 남자의 옷에 단추를 달려 한다. 자유와 사랑 두 가지를 다 갈구하는 이 복합적 성격의 여자 앞에 데니스는 그것을 제지한다. 그리고 충고한다. "우리는 이곳의 주인이 아니라 그냥 스쳐지나가는 것뿐"이라고. 사랑은 쓸 데 없는 자존심을 버리게 하는 것. 이제 그녀는 일부러 자신을 괴롭히거나 사랑하는 사람을 놓치지 않으려 애쓴다. 이별에 대한 두려움, 여자로 한 남자를 붙들고 싶은 마음, 매독에 대한 치료 등 솔직한 부분은 그녀가 충동에 빠진 부잣집 딸내미에서 한 여성으로 성숙해 가는 의미 있는 장면들이다.

두고 온 낙원

갈구하되 구걸하지 말 것. 카렌이나 데니스, 다만 사랑의 때를 기다릴 뿐(그랬어야 했다). 뜨거운 태양이 식자, 별이 보이는 초원에 불을 피우고 깨끗한 식탁보를 차린 후 축음기로 모차르트를 늘려주는 남자. 이 남자, 이때 흐르던 클라리넷 협주곡 A장조 K622 아다지오처럼 맘에 든다. 카렌의 머리를 감겨주는 데니스를 보며 저 옛날, 나에게도 언제 저런 일이 있기를 바랐다. 내가 여자였다면, 복엽기를 태워주는 남자가 있다면, 어찌 빠지지 않겠는가. "당신에게는 당신 자유만 중요해?"라고 묻는 카렌에게 그는 "결혼이 뭘 바꿔주지?"라고 되묻는다.

데니스! 그는 재치 있고 쾌활하고 이기적이고 개방적이고 자기중심적이었다. 사랑보다 자유에 헌신적이었던 남자는 금요일에 돌아오겠다며 하늘을 가르고 복엽기를 타고 나간 후 돌아오지 않는다. 카렌이 관계한 두 남자 다 자기 소외가 습관이 되어버린 남자들. 남자는 동기를 위해 떠나지만, 여자는 외로움과 싸운다던가.

사랑은 불완전하고, 성취감의 상징이었던 커피 농장은 불에 타버린다. 그 고통의 정점에는 데니스의 몸을 실은 몸바사로 향하던 복엽기의 추락이 있었다. 그녀는 모든 것을 잃어버리고 덴마크로 돌아간다. 덴마크에 기다리는 다음 생은 아프리카에서의 기록을 남기는 것. '단지 그렇게 하는 것' 이 자아에 대한 명확한 발견이자 실천이기 때문에. 실제로 그녀는 덴마크에서 아이작 디네센이란 이름의 작가로 변신해서 많을 작품을 집필했으나 생전엔 그리 인기를 얻지는 못했다고. 마침내 그녀가 죽고 나서 미국 영화사가 만든 카렌의 이야기는 아카데미 작품상을 타면서 전 세계에 알려진다.

품격 있는 대중 영화

1985년 아카데미 최우수작품상을 비롯 7개 부문 수상. 더 이상 젊을 수 없던 로버트 레드포드와 절정의 날들을 구가하던 메릴 스트립의 연기, 완벽한 음악과 연출 그리고 시적인 그림을 만든 훌륭한 촬영은 나무랄 데 없다. 다만 20세기 초반 서양 여자 생각의 한계가 마가레트 미첼의 『바람과 함께 사라지다』와 별로 다를 게 없다는 것은 아쉬운 지점이다.

　　　가보지는 못했지만, 나이로비 시내에서 약 20분간 응공 힐을 향하여 달리면, 카렌이란 이름의 숲으로 우거진 마을이 나온단다. 그녀가 살던 집은 이 영화로 인해 박물관이 되어 있다고. 그녀가 사용하던 고서와 뻐꾸기시계도 있단다. 이 영화, 정치적 올바름은 부족하지만 드라마로서 품격은 있다고 생각한다. 덴마크 감독 라스 폰 트리에 같은 선수들의 도그마적 입장 역시 이해할 만한 가치지만, 낭만적이고 재미있으면 봐줄만 하지 않던가. 우리들에게 저 옛날 두고 온 아프리카가 있다면 이 정도는 좀 너그럽게 봐주시라고 부탁하면서, 끝으로 그 여자 바로 카렌 원작의 〈바베트의 만찬〉이라는 영화를 추천한다.

불륜도 사랑도 아닌 애매한 감정들

외출(April Snow)

감독	허진호
출연	배용준, 손예진
제작	2005년/105분/한국

허진호의 초이스

연애 이야기의 세헤라자데, 허진호 감독이 창조한 남자 주인공들의 직업이 이채롭다. 〈8월의 크리스마스〉의 정원(한석규)은 인물을 담는 사진사고 〈봄날은 간다〉의 상우(유지태)는 소리를 채집하는 음향 전문가다. 이번엔 뭘까? 인수(배용준)는 조명감독이다. 하나같이 선이 고운 남자들. 물론 목소리도 부드럽다. 모두 순간을 붙드는 직업을 가진 남자들.

　　라이브 콘서트장, 조명을 만지던 인수의 손전화가 울린다. 아내 수진의 교통사고 소식에 그는 강원도 삼척으로 향한다. 그리고 아내가 낯선 남자(끝내 누워만 있다가 죽는)와 함께 있었던 것을 알게 된다. 불륜이었음이 명백하지만 그는 '욘사마' 답게 고통의 표정을 숨긴다. 순정만화 주인공 같은 이 부드러운 남자의 목소리는 작업 멘트에는 어울리겠지만 분노를 다스리기에는 뭔가 부족하다. 배용준의 이 애매한 표정과 목소리는 배신감을 감추기에 좋은 얼굴이고, 서영 역의 청순미인(남들이 그런다) 손예진은 고립감을 드러내기에 맞춤이어서 허진호의 초이스를 이해할 만하다.

애매하고 답답한 공기

지어미와 지아비의 바람기를 전혀 몰랐던 이 등신들은 각자의 웬수 간병을 위해 동해안의 작은 도시(그러나 파도와 백사장이 있는)에 있는 허름한 모텔에 장기투숙에 들어간다. 그리고, 경찰서에서 사고현장 물품을 정리하다가 또 누추한 병원 복도에서 복잡한 표정으로 마주친다. 디카에 찍힌 불륜 동영상은 화려하고 웃음이 넘쳐나지만 영화 속 현실은 더할 수 없이 누추하다. 병원의 답답한 공기와 싸구려 모텔의 퀴퀴함이 직접 전해질 정도로 일상적이고 눅눅한 장면들로 화면이 채워지는데….

　　두 사람은 불면의 층계에서 서성거리다 수면제를 사기 위해서 약국에서 조우하고 편의점에서 계속 스치게 된다. 일부러 가까이 하려 하지 않아도 이 스침은 켜를 만든다. 이 조우 장면들은 〈화양연화〉의 따뜻한 조명이 갖는 스타일리시와는 거리가 멀다. 조명발이나 음악마저도 〈외출〉은 그저 불어대는 바람을 온몸으로 맞는 헐벗은 나무와 같을 뿐. 흑발의 양조위나 원피스가 잘 어울리는 장만옥처럼 화려함도 부드러움도 없는 무미건조 그 자체다. 서영은 여관방에서 리모컨을 눌러대고, 인수는 말없이 벽에 눈을 뭉쳐 던져대거나 닫힌 차안에서 노래를 부르며 스스로를 위로하는 것 외에는 방법이 없다. 남자도 여자도 그들이 만드는 공기나 화면까지도 애매하고 답답하다.

　　우연의 스침이 만든 허망의 켜를 쌓아간 두 사람은 답답함 속에

서 조금씩 서로의 존재를 느낀다. 에둘러에둘러 돌고 돌지만 절망의 늪에 이른 두 사람은 의지할 데 없이 헤매고 또 마주친다. 결국 그들은 병상에 누운 배우자처럼 감정의 소용돌이에 빠져든다. 사랑이었을까?

안경 너머의 진실

같은 빛깔의 슬픔으로 인해 더 이상의 감정을 감추기가 어려워질 때, 그들은 '외출'을 결심한다. 절망의 공기가 무덤 속처럼 숨이 막히기에 그들이 거니는 바닷가나 통유리 찻집에서는 무슨 일도 일어날 수 있다. 이 초대받지 않은 외출은 당연히 고통의 행로가 되고. 그래서 호텔에서의 첫 번째 관계는 그 절망의 몸짓에 다름 아니다. 기도가 되지 못하고 상처를 핥아주는 이상을 넘지 못함을 사랑이라 이름 붙이기 어렵다(베드신이 보여주는 노출의 심도로 하여 알 수 있다).

그러나 가슴 설렘보다는 가슴 찢음 속에서 진행되는 이 외출마저도 닫아야 하는 순간이 찾아온다. 인수의 아내 수진이 의식을 회복하기에. 인수는 눈물을 흘리는 아내를 외면할 수가 없다. 그런 '욘사마'를 지켜보는 서영은 그가 선 자리가 다시 허방이었음을 알고 자신의 자리로 돌아가야 함을 깨닫는다. 그래서, 그녀는, 운다, 오래도록. 강변으로의 외출 장면에서, "춥다"고, 그리고 "너무 멀리 왔다고" 말하면서 국도에서 해지도록 오래 앉아 가는 겨울을 그냥 보낼 뿐. 상우처럼, "사랑이 어떻게 변하니?"라고 술 마시고 꼬장을 부리지도 못한다. 막다른 자리에서 선택된 외출이 병상에 누운 아내에 대한 관용으로 작용하는 과정에도 배용준의 안경너머의 진실은 실로 애매하다. 남자는 단지 이 여인의 흘러내리는 머리카락을 귀 뒤로 붙들어 매 줄 뿐.

사련의 불안함

"우린 어떻게 될까요?"라고 묻지만 무슨 대답이 있겠는가. 이 두 사람의 이성 혹은 감정이 알 수 없는 방향으로 진행되는 행동들을 표현하기 위해 허진호는 여러 장치를 보여준다. 두 개의 화면에 하나의 음악을 사용하는 것. 부담스런 외출 장면에 흐르던 음악을 끊지 않고 해결해야할 또 다른 사람과의 장면에 이어 붙이는 방법은 묘한 느낌을 준다. 역시 벗어날 길 없는 절망의 공기를 만들기 위한 장치일 것이다. 미혹으로 이끄는 감정의 순간들을 표현하기 위해서 감독은 일상이나 가족도 배제한 채 온전히 두 사람의 심리에만 집중한다. 그래서 감독은 이들의 바닷가 외출 장면을 아름다운 화면 아닌 흔들리는 줌으로 클로즈업시키는데 화면 속 배우들은 말할 수 없이 불안한 느낌을 준다. 거의 강박관념의 수준.

두 번째 베드신. 체위와 관련 없이 체취에 몰두하는 이 베드신은 슬픔의 정수다. 그저 울어야 하는 사랑이기에, 어떻게 하지 못하니, 같이 우는 것이다. 같이 슬퍼하는 것이다. 사련邪戀이 갖는 슬픔의 심로를 아름다운 여체가 어떻게 표현하는가에 대한 허진호의 '장면'으로 기억하고 싶은데, 다른 이의 평이 궁금하다. 그래도 읽기 쉬운 것이 있으니 무대 조명을 만들 때의 흥분과 기대가 공연이 끝나면 치워야 하는 제설작업 같은 장면은 허무한 직업에 대한 은유이리라.

현재 사실의 반대

예쁘고 순종적 여성으로서 폭발하지 않고 가라앉기만 하는 의뭉을 표현하기에 손예진은 깊은 우물 속 같은 울림을 갖는다. 그러나 누워만 있다가 일어나 몇 마디 던지는 인수의 아내(임상효)의 선이 역할에 비해 너무 약하지 않았나 싶다. 간음한 여자를 용서하지도 버리지도 않는 내면의 잔혹함의 변이과정을 배용준에게 부여했다면 임상효에게 주어진 부분은 미안함과 두려움으로 어쩌지 못하는 어려운 것일 텐데. 그런 점에서 임상효의 조연 배우로서 누워만 있던 선이 지나치게 밋밋한 것이 감독 탓인지 배우 탓인지는 잘 모르겠다.

예술품 아닌 상품(?)으로서의 소박한 욕심을 부려 본다면. 이왕 배용준으로 가는 멜로라면 차라리 미장센으로 밀어붙였으면 하는 생각. 왜? 욘사마는 절대적 상품가치를 가진 '물건'이기에. 좀 더 화려하게 갔다면, 애매함과 애절함이 팬시상품으로 전락했을까? 하나 더, 〈해피 엔드〉에서 불륜의 폴라로이드가 디카의 동영상으로 진화한 오늘을 담는 세련 모드로 갔다면, 그 애매한 공기는 휘발되고 말았을까?

사월에 내리는 눈

이 영화를 본 후, 누군가의 귀밑머리를 붙들던 순간이 기억난다면 당신이라는 나무는 사월에 내린 눈을 경험한 사람이다. 꽃눈을 덮는 폭설이라 해도 다시 지나간 계절을 부르진 못한다는 것을 알기에 먼 길을 돌아온 사람인 것. 그 눈 맞은 가지마다 피어날 이파리와 꽃들을 사랑이라 이름 짓든 아니면 말 못할 그 무엇이든, 잊을 수 없는 화인火印을 갖고 사는 사람일 터.

취한 말들의 축제
잘 알지도 못하면서(Like You Know It All)

감독	홍상수
출연	고현정, 김태우
제작	2008년/126분/한국

밤새 내린 눈

홍상수! 1996년 그 어떤 조짐도 없이 〈돼지가 우물에 빠진 날〉이란 제목의 이상한 그림을 들고 그가 나타났다. 일찍이 없던 영화였다. 밤새 내린 눈처럼 갑자기 나타난 이 작품은 내러티브, 비주얼, 사운드 모두 별로였다. 숏과 숏을 연결하고 거기 따른 인과관계를 '그냥' 보여줄 뿐. 낯설게 하기가 새롭다는 것을 의미한다지만 눈과 마음을 끌만한 요소는 부족했다. 그의 카메라는 거의 정지되어 관객들은 인물들의 행동과 대사를 엿보는 듯한 쾌감은 있었지만, 결국 돌아오는 것은 내가 나를 보는 것 아니면 볼 수 없던 나의 뒤통수를 거울로 보는 것이어서 혼란스러웠다. 그래도 '사랑의 동의어는 혼란'이라고 내부친 김수영의 잠언이 조금 위로가 되기도 했지만….

그가 차기작들을 선보일 때마다 관객들은 거기에 일정한 공통분모가 있음을 알아차렸다. 대학강사, 소설가, 영화 관계자 등 이들 족속들이 갖는 속물근성을 적나라하게 보여준다는 것. 그는 미학적 의도나 영화적 문법에 주목하지 않고 지식인들의 누추함과 파시즘을 건들건들하게 현미경으로 보여주었다. 예술가라는 자의식만으로 그 세계에서 자신이 썩은 줄 모르고 살아가는 사람들의 합병증을 진단해서 틈틈이 그리고 오래도록 관객을 불편하게 만들었으니….

첫눈의 예보와 첫눈이 뉴스가 되듯, 이후 홍상수가 영화를 찍으면 뉴스가 되었다. 그러나 그는 〈러브레터〉처럼 눈 쌓인 공간의 아름다움을 붙들어 매질 않는다. 아니 처음부터 그는 거기에 생각이 없었다. 다양한 앵글의 역동성과는 거리가 먼 이 감독의 정중동의 카메라를 리얼리즘의 극치라며 입에 침을 바르는 평론가들의 말을 듣다보니 볼만했다. 아예 지식인들에 대한 조롱을 즐기는 소구층이 확실하게 생겨났다. 자기 뒤꼭지를 보는 즐거움 또는 괴로움이랄까?

욕망과 사랑은 입을 열면 증발한다. 홍상수는 그 증발의 순간을 일상의 세밀화로 붙든다. 그는 동안 여덟 편의 영화 속 반복과 변주를 통해 지식인들에게 거침없이 하이킥을 날리는 확실한 작가로 자리 잡을 수 있었다. 그래서 이제 그는 왕권의 간섭에서 벗어나, 자유롭게 글을 쓰던 예술가 혹은 장사를 하던 부르주아처럼 자본의 규제를 가장 덜 받고 영화(film)를 찍는 장인이 되었다. 이제 미동 않던 그의 카메라는 천천히 움직인다. 그러니 편하게 볼 수 있는 영화가 〈잘 알지도 못하면서〉이다. 이 영화는 나름 소담스런 눈이어서 겨울을 즐기는 사람에겐 상쾌한 이야기가 될 것이지만 아직도 내린 눈이 자동차의 브레이크를 헛돌게 한다고 믿는 이들에겐 불편한 영화가 될 것이다. 스페셜리스트였던 그가 제너럴리스트로 가는 홍상수의 아홉 번째 영화를 들여다보자.

그 반쪽, 잘 알지도 못하면서

현대소설은 대체로 현실 속 루저를 이야기 한다. 감독으로 변한 소설가가 만드는 영화들 또한 그렇다(이창동을 생각해보라). 그러나 홍상수는 아니다. 그의 아홉 편의 불친절한 이야기는 거의 남녀관계에 주목한다. 〈잘 알지도…〉라는 제목 자체가 친절하지 않은가. 그러니 이것은 반응에 대한 이야기다. 읽는 이의 오류보다는 말하는 이의 오류를 관찰하는 것으로, 부드러운 폴로니만큼 편하게 보라는 제스처다. 그렇다고 이 텍스트가 영화 관습대로 기승전결의 내러티브로 되어있는 것은 아니다. 홍상수의 이 이야기는 데칼코마니다. 접혀 있다는 것.

깡패가 사용하는 어휘의 숫자나 부시가 사용하던 어휘가 500단어를 넘지 못한다는 말이 있었다. 그런 면에서 영화 속 지식인들이 사용하는 단어의 총량은 얼마나 될까? 제천영화제 심사위원으로 초청받은 예술영화 감독 구경남(김태우)은 프로그래머 공현희(엄지원)와 팀원들과 몇 마디를 나누는 과정에서 "밤 샜거든요", "술 한 잔 살게요", "너무 힘들어" 등 길지 못한 문장들의 조합을 늘어놓는다. 이런 상투성은 아예 레퍼토리가 되어 진지한 오버와 과잉으로 나아간다.

"저는 감독님의 영화를 통해서 인간심리 이해의 기준을 얻었습니다" 정말이냐고 묻는 경남 역시 진지하다. 더 있다. 파티에서 서로 "존경한다", "대단한 영화배우다"하며 추어주고 서로 빨아주는 언어를 술잔 부딪치듯 내부친다. "그런데, 뭐… 사람들이 꼭 봐야 되는 영화인데, 그냥 묻혀버리는 영화들 있잖아요. 그런 영화들 도움주면 좋죠. 제 영화는 특별한 갈등구조나 이야기도 없고, 현란한 화면도 요란한 음악도 없습니다. 그저 제가 느끼는 감정과 이야기들을 한데 묶어내고 그걸 느끼는 사람들이 있었으면 좋겠습니다"라고 뱉는 장면은 이해 못할 시를 쓰고 변명을 내부치는 시인으로 치환이 가능하다. 영화판 사람들 술 마시는 자리에서 여류예술가는 "오늘 마신 술 5년치 다 마신 거예요"라는 말을 부리는데, 출판기념회 끝자리 어디서 익숙하게 본 풍경 아니던가.

그는 영화제 사무국에서 나오는 길에 오래 전에 헤어진 영화판 후배 부상용(공형진)을 만난다. "내가 형에 대해서 다 알잖아", "니가 뭘 아냐?" 그가 선배에 대해 아는 것은 여자 밝히는 것이고, 경남이 생각하는 상용은 이상은 높고 이해 못할 술꾼이라는 것. 술김에 상용의 집에까지 찾아간 그는 그의 아내 유신(정유미)과 술을 마시지만, 필름이 끊긴다. 구경남은 얼떨결에 파렴치한으로 몰리고 그길로 제천을 떠나지만 홍상수는 그가 왜 파렴치한으로 몰렸는가에 대해서는 말하지 않는다. 심사하러 가서 주변 인물들과 술 마시고서 헛소리 하던 그는 겨우 잠만 자고 영화제를 떠난다. 영화인들이 정말 그런지 궁금하지 않으신가?

남은 절반, 아는 만큼만

우리는 그가 제천에서 저지른 일들을 기억하고 있는데, 12일 뒤 그는 학교 선배이자 제주영상위원회에서 일하는 고국장(유준상)의 초청으로 특강을 하러 제주도에 내려가 데칼코마니의 반쪽을 완성한다. 지방대학 영화과 학생 영심이 묻는다. "왜 이런 영화를 만드세요? 왜 사람들이 이해도 못하는 영화를 계속 만드시려는 거예요?", "이해가 안 가시면 안 가는 거죠. 제가 뭐 어떻게 하겠습니까? 전 그냥 영화 만드는 거고, 그걸 느끼는 사람이 있으면 좋은 거겠죠" 영화판 강아지 풍월 읊는 소리다.

경남의 영화가 지적 허영의 산물이란 것을 아래 대화가 명확히 말해준다. "정말 몰라서 들어가야 하고 그 과정이 발견하는 과정이어야 합니다. 그러면서 수렴하는 겁니다. 체계적으로 미리 가지 않고, 매번 발견하는 겁니다" 선배와 후배로 이루어진 한국 사회 속 영화인들에 대한 이야기는 시인들끼리의 후일담이라 해도 좋을 것이다.

제주 술자리에 경남이 존경하던 화가 양천수 선배(문창길)가 술자리에 합석한다. 프랑스 관객들이 궁금해 한다는 초록색 병에 든 알코올이 만드는 괴력에 사람들은 괴물이 되어 가는데…. 쿨한 척하는 그들의 관습 뒤에 남긴 술자리 끝에 경남은 노화가와 재혼한 부인이 대학 시절 자신의 첫사랑 고순(고현정)이란 걸 알게 되고. 화가의 집에 초대되어 아침식사를 하기 전 콩나물국을 끓이는 고순을 뒤로 하고 그는 바닷가를 향해 뛰어간다. 프랑스 영화 〈사백 번의 구타〉에서 소년이 달려가던 것처럼…. 그러나 이것은 다 계산된 것이다.

영화 속에는 금세 후회할 말들의 향연이 제주 바다처럼 펼쳐진다. 예술가들의 확신에 찬 말들과 '정말로'로 대표되는 부사어의 과대남발 말이다. 하나뿐인 일생의 짝을 만났다고 자랑하는 고순은 노화가를 "자신이 무릎 꿇을 유일한 남자"라고 너스레를 떤다. 경남이 이 틈을 놓칠 리 없고. 선수는 이런 틈이 있는 여자에게 비집고 들어간다. 옛 애인과 섹스를 즐기다 들킨 경남은 체신을 잃고 도망 나오며 해변에서 다시 고순과 마주한다. 지키지 않을 약속에 대한 남발과 예단이 특기인 그에게 고순이 충고한다. "딱 아는 만큼만 말하라"고.

홍상수는 계몽하지 않는다. 실감나게 할 뿐. 그의 영화는 제주나 제천의 화면들과 재미있게 놀기보다는 그들이 뱉어낸 말들과 논다. 한 번 뱉은 시인의 말을 우리들이 오래 기억하는 것처럼.

자유의 상징, 똥배

돈 있는 사람에 대한 풍자는 텔레비전 드라마의 몫이니만큼, 홍상수는 문화 권력과 그 주위에 초점을 맞춘다. 그렇다고 홍상수가 마술사의 비밀을 폭로하는 바보 마술사는 물론 아니다. 오는 여자마다하지 않는, 예술가입네 하는 작자들이 내부치는 언어와 관습을 조롱하지만 그의 조롱에는 다행히 꼰대 기질은 없다. 가르치려 들지 않는다는 말이다.

영화판에서 몇 안 되는 '작가'로 불리는 홍상수가 아홉 번째 파내려 간 우물에서 김태우, 고현정, 엄지원, 하정우, 정유미, 유준상 등 스타들을 한 자리에 모으는 파워를 발휘한다. 눈과 입술의 움직임만으로 정서를 전달하던 드라마 〈선덕여왕〉의 뽀얀 얼굴의 미실이 바로 고현정 아니던가. '배우' 고현정의 매력은 단문처럼 말을 탁탁 끊는 게, 훈계 하는 데 일품이다. 그것이 대사전달이 아주 잘된다는 사실. 밤새 살짝 내린 눈처럼 살포시 내민 고현정의 똥배는 재벌가를 박차고 나온 자유의 상징으로 보는 이를 편안하게 만든다. 또한 금방 말과 표정을 바꾸고 영어로 말하다 신경질을 부리는 영화제 프로그래머 공현희로 분한 엄지원의 원피스 입은 하체를 채취하는 감독의 카메라도 인물 탐구의 즐거운 서비스 숏일 것. 이렇듯 상업영화의 팬층을 거느린 스타들이 출연한 편안한 필름이라지만 이 팬들은 시집을 사지 않는 독자처럼 극장에서 표를 사진 않는다. 영화 티켓 한 장이 시집 한 권 값보다 비싸서는 아닐 텐데 말이다.

지식인들이 은근슬쩍 던져놓는 언어들이 자백이 되는 모습을 우리는 홍상수가 던져놓은 덫으로 확인한다. 이렇듯 영화 장르는 진즉 메타영화로 영화관의 불쾌함을 보여주지만, 문학은 오래도록 덕담으로 그 불편함을 덮어왔다. 여기서 감히 누구의 시를 악평할 의도는 없지만 그 많은 수상소감과 주례사 같은 시집의 발문과 해설들이 떠오른다.

시가 자연에서 느낀 정서를 표현하는 데 좋은 장르라면 영화는 사랑을 표현하는 데 좋은 장르일 것. 영화 속 아름다운 장면을 보여주기 위해서는 잘 짜인 서사가 필요하고 배우의 고도의 연기능력이 필요하다. 거기다 의미 있는 캐릭터를 형상화하기 위해서 배경음악을 사용(이것마저 생략하는 경우도 있지만)하고 조명 설치와 편집 등 쉬운 일이 아니다. 반면 시인은 정서와 체험 거기 따르는 삶의 자세를 나타내기 위해 부지런히 원고를 다듬는다. 오래도록 사물을 관찰하고 성찰한 후에 행갈이를 하고 조사를 바꾸고 부사를 활용한다. 시가 주는 매력이 단어 하나는 물론 토씨 하나에서도 오는 것처럼 영화 속 화면 한 장, 음악 한 소절, 조명 한 줄기, 대화와 고요의 메커니즘이 어찌 다르겠는가?

시가 태어나는 지점은 들켜도 좋지만 그 메커니즘을 도표나 공식으로 만들 수 없어야 할 것. 시는 원신 원컷으로 보이지만 한 편의 시 안에는 복잡다단한 사유를 사정없이 칼질하는 정제되고 세련된 맛이 있어야 한다. 깨어있는 시, 좋은 시는 행간의 빈 라인조차도 말을 건네지 않던가. 영화 속 아니 현실 속 내린 눈이 말을 건네는 것처럼 말이다. 취한 말들로 사람 불편하게 하는 데 취미와 특기가 있는 감독에게 질투를 느끼는 시인들, 만년설로 굳어가는 홍상수의 영화를 찾으시라.

미술美術은 통通하였다마는…

스캔들-조선남녀상열지사(Untold Scandal)

감독	이재용
출연	배용준, 전도연
제작	2003년/120분/한국

이재용 한량의 고집

부챗살 서까래를 롱숏으로 붙들고 풍악을 울린다고 고전이 되던가요?
환갑잔치 술상 세트를 두고 뒷머리를 제대로 틀어 올린 이는 '느냐?'
체로, 아랫것들은 그냥 미장원 커트의 민숭한 뒤꼭지를 보이면서 '하
옵니다' 체의 텔레비전 궁중사극은 정말로 깡통식혜 맛이오. 당연히 이
녁은 궁중사극을 즐기는 사람조차도 좋아하질 않소. 드라마 속 인수대
비께서는 노상 흰자위를 보일 뿐이고, 장희빈 양은 매양 코웃음이니,
"아프냐?"고 묻는 〈다모〉의 장성백의 대사가 어찌 따뜻하지 않겠소.

　　　임권택 대감식 사극 또한 메주 뜨는 냄새가 나지요. 공든 채색
화면, 애잔한 국악사운드 뒤에는 계몽성의 꼬리가 보인단 말씀이오.
그런데 보셨소? 최근 이재용 한량이 만들어 물 긷는 아낙들의 눈물을

산 〈스캔들-조선남녀상열지사〉의 사련邪戀의 이야기 말이오. 솔향기
싱싱하고 고들빼기 쌉쓰름함 같아 강호제현江湖諸賢께 내 권주가 한 곡
조 부르는 것 아니겠소. 로맨스를 넘어 '스캔들'이니만큼 치정의 채필
彩筆장면에는 음란한 형식 또한 없지 않으나, 고집스런 미술의 흔적은
장식의 차원을 넘어 눈부실 지경이니 어찌 통通하지 않겠소? 악공 이병
우의 양이洋夷풍 음악은 비단에 꽃이고요.

작업과 스캔들

가산은 풍족해도 손 없는 외로운 여인 조씨 부인(이미숙)은 장미의 아
름다움을 가졌으니 어찌 가시가 없으리오. 부띠끄에서 막 건져 올린
홍상채의紅裳彩衣는 천하지 않은 엘레강스 자체였지요. 사서삼경에 병
법까지 능한 패션리더 조마담의 가체加髢는 아파트 한 채 값이요, 가마
는 에쿠스 이상일 것이나 남편의 사랑이 없으니 아미蛾眉에는 시름이
가득할 뿐. 부귀는 있어도 어짐이 없는 그녀는 세상을 다 안다는 표정
으로 바람둥이 종제(從弟:사촌동생)에게 내기를 겁니다. "작은댁으로
들어올 열여섯 여자아이를 꺾어주면 그대가 원하는 것을 주겠다"라고.

　　한편, 고시에 합격하고도 작업에만 열중하는 단아端雅, 준일俊逸
한 풍채를 가진 선비 조원(배용준)은 백수지요. 백마금편白馬金鞭으로
치장한 그는 몰카 대신 춘화春畵를 그려두는 파락호破落戶인데 이마가
반듯한 숙부인(전도연)과의 작업에서만은 예외를 보여줍니다. 명도와
채도를 낮춘 차분한 중간색이 잘 어울리는 숙부인의 쪽진 머리의 둥금
은 백자 달항아리의 선이었지요. 서사書舍에서 책 고르며 수작酬酌하
기, 미사를 보는 척 우연을 가장한 희롱은 명동성당과 교보문고의 수
순을 훑는 이 시대와 작업환경이 그리 다르지 않다는 얘긴가요, 허허.

럭셔리한 미술

고흐의 '아이리스'는 감색의 붓꽃이 진초록에서 잘 어울림을 보여주지요. 달개비꽃도 푸름 속에 있을 때 청초함이 더하는 것과 같은 이치 아니겠습니까? 녹음방초 우거진 신록의 정원 속에서 감색 도포자락의 선비와 초록 장옷의 여인네가 거니는 그림은 〈한국의 美〉 다큐 이상입니다. 숙부인의 옷차림이 화사해지고 볼연지가 고와질 때까지의 전반전은 로맨틱 코미디의 즐거움에 교양 다큐의 포만감을 즐길 수 있었지요.

그러나 비극의 얼음장으로 흘러가는 후반부에 이르면 그 짜임이 다소 흐트러지는 느낌입니다. 조씨 부인에게 질투는 힘이 아니라 미친짓이어서 죽음과 이별이라는 파멸로 바뀌고 말더이다, 너무도 쉽게. 조선비는 칼에 맞아 죽고 숙부인은 설워하다가 얼음장 아래로 연보蓮步를 옮기니 어찌 까마귄들 슬퍼하지 않으리오. 아으, 애재哀哉라! 눈 내리는 배 위에서 앙천 탄식仰天歎息하며 낙루落淚하는 조씨 부인이여. 사창紗窓의 여원 잠을 깨운 선비는 시서화에 무예까지 뛰어난 인물이요만은 숙부인은 현숙賢淑함 빼고는 별 콘텐츠도 없는데, 어찌 둘 다 죽음까지 흘러가는 지, 참 알 수 없더이다. 그미가 명기名器라서? 허, 글쎄요. 염정艷情의 감정이란 게 이렇듯 속절없음은 내 이미 알던 터이나 끝맺음이 옷고름보다 쉽게 풀린 듯하니 그 망연茫然함을 어쩌지요.

이재용 한량이 재현한 사대부의 이 럭셔리한 아름다움 앞에 다산茶山 선생이 말한 '가마 매는 수고로움'을 말하는 것은 야박한 일이겠지요. 이한량의 미술과 고증의 수고로움은 이미 다 통하였으니 다음 그림에서는 이李선비를 염정의 마력에 빠지게 했던 그 여인네들의 '이야기'에 주목하시어 매력 있는 캐릭터 만들기에 진력하시길. 무량수전 배흘림기둥에서 바라본 사무치는 아름다움에다 이 한량의 안목과 고집이면 다음 작품을 기다려도 좋질 않겠소?

사족蛇足, 소나 끄는 무리들이 영화가 돈이 된다고, 연하여 〈전봉준〉 추진하시다 몇 푼 떼인 공무원 나리들, 아프시오? 세상에 싸고 좋은 것은 없더이다. 돈황의 세트도 고창읍성의 세트도 애물단지라오. 고증의 피말림이 시간과 돈의 싸움이란 걸 깨달았다면 크랭크인 안하고 겨우 시나리오 건진 것도 토생원 용궁 다녀온 것으로 아시고 훗날을 도모하시길.

2
現實과
영화
사이

인도라는 천지인의 조화가 만든 뭄바이 빈민가의 녹슨 양철지붕을 붙드는 카메라가 만든 디자인은 하느님이 쓱싹 붓으로 칠한 듯하다. 비슷한 패턴이 만들어낸 반복의 파스텔 톤 그림은 누추함이 아닌 모던함으로 다가온다. 이제 그 모자이크가 완성하는 풍경이 빠르게 줌아웃되고 나면 가난한 아이들이 뛴다. 뭄바이 특유의 사회문화적 도상圖像으로 좁은 골목과 부감 숏으로 잡은 기막힌 색상의 빨래터를 지나 기차 위까지 아이들은 뛴다. 쫓고 쫓기는 긴장 속에서 잡히고 도망가는 스타일이라니. 그렇다. 〈슬럼독…〉은 인도 영화가 아니다. 바로 〈트레인 스포팅〉의 대니 보일이 만든 영화인 것. 신의 아이들이 아닌 신도 버린 아이들의 기구한 운명이 어지러운 몽타주 장면으로 펼쳐지는데….

자본주의 천사의 시詩

파이트 클럽(Fight Club)

감독	데이비드 핀처
출연	브래드 피트, 에드워드 노튼, 헬레나 본햄 카터
제작	1999년/132분/독일, 미국

새벽은 밤을 꼬박 지샌 자에게만 온다.

낙타야.

모래 박힌 눈으로

동트는 地平線을 보아라.

바람에 떠밀려 새 날이 온다.

일어나 또 가자. 나는 너다

사막은 뱃속에서 또 꾸르륵거리는구나.

지금 나에게는 칼도 經도 없다.

經이 길을 가르쳐 주진 않는다.

-중 략-

나는 너니까.

우리는 自己야.

우리 마음의 地圖속의 별자리가 여기까지
오게 한 거야

— 황지우, 「나는 너다 503」

에드워드 노튼의 파이트 클럽

작은 입, 가는 턱선, 반듯한 이마, 조금은 비겁하게 떠보는 듯한 눈, 자
본주의 시대 지름신에 중독되었지만 벗어나고픈 존재의 이중성을 표
현하는 잘생긴 이 남자, 잭(에드워드 노튼)이다. 〈래리 플랜트〉, 〈아메
리칸 히스토리 X〉 같은 영화에서처럼 나약하면서도 때론 야비하기까
지 한 다층적 인물을 표현하는 데는 역시 근육보다는 곱상한 얼굴이
다.

"삶은 매순간 사라져 간다. 헬스하는 놈들은 결국 켈빈 클라인의 노예들이다. 어떤 옷이 나를 잘 표현해줄까? 특이한 것은 꼭 사야 직성이 풀렸다" 이렇게 중얼거리는 남자 잭은 6개월째 불면에 시달리는 환자다. 의사는, 야채 많이 먹고 운동하란다. 선홍빛 세코날을 권하면서, "불면증으로는 잘 죽지 않는다"라고 말하는 의사는 시니컬하다. 잭은 불면증 치료를 위하여 고환암 환자 모임에 가짜 환자로 위장잠입한다. 환자들과의 교류를 통해 불행한 사람들의 이야기를 경청하면서, '낯선 자의 솔직한 간증' 끝에 그는 평화와 위로를 얻는다. "희망을 포기하니 자유가 찾아왔다"라고 말하는 그는 여기서 여인 말라를 만난다.

알고 보니 그녀 역시 백혈병, 에이즈, 암환자들 주위를 돌아다니는 나이롱 환자였던 것. 파티에서 한 번 쓰고 버린 1달러짜리 옷을 입고 무료급식을 타먹는 그녀에게 잭은 강하게 이끌린다. "인간은 언제든 죽을 수 있다"라는 그녀는 혀로 자꾸 건드리는 입천장의 상처와 같은 존재, 이 여자는 달려드는 자동차를 향해 거침없이 길을 가고 사소한 것에 얽매이지 않는다. 쉼 없이 담배를 빨아대며 삶을 향해 툭툭 내려놓는 어투와 표정이나 의상은 그녀가 그물에 걸리지 않는 바람 같은 존재라는 것. 말라의 타락에는 위선이 없다.

어 근데, 이 여자 어디서 봤더라? 〈스위니 토드 어느 잔혹한 이발사 이야기〉에서 나온 그 여자다. 아하! 헬레나 본햄 카터. 〈찰리와 초콜릿 공장〉의 아줌마, 〈프랑켄슈타인〉의 엘리자베스다. 그래도 모르겠다면 팀 버튼의 연인이라면, 됐는가?

브래드 피트의 파이트 클럽

보험회사 사고처리반으로 만날 비행기 출장을 가야하는 이 남자는 사장 앞에서 쥐처럼 죽어 살지만 계속해서 좋은 가구를 사고 멋진 옷을 사들이는 것으로 존재를 증명한다. 때려치우고 아르바이트나 하자니 품위유지가 곤란하다. 개기면 돈 들고, 때리고 부수면 역시 돈이 드니까. 영화를 보는 우리들도 등산을 다니지도 않으면서 빅토리녹스 칼을 사고, 결국은 오토 포커스로 셔터만 누르면서도 DSLR 카메라를 사지 않던가. 안티에이징에 돈을 쓰고, 중고차보다 더 비싼 가방, 밥값보다 비싼 커피를 마시는 것이 어찌 현대 미국만이겠는가? 우리는 행복하지 않다. 돈을 쓰는 사회행위의 규칙 속에서만 변화가능한 지점을 갈망하니 자연히 잠이 안 올밖에.

"예쁜 척하는 팬더의 궁둥이에 총알을 박고 싶다. 프랑스 해변에 유조선을 침몰시키고 싶다"라며 그가 뱉는 내레이션의 아포리즘은 우리 사회의 내면화된 규칙에 복종하지 못하는 자의 외로움을 깊이 있게 표현한다. 이런 아비투스 속에서 그는 비행기 안에서 그와 똑같은 가방을 가진 한 남자 타일러 더든을 만난다. 바로 브래드 피트!

선글라스에 왁스 바른 짧은 머리, 꽃무늬 셔츠 그리고 근육으로 건들거리는 이놈은 뭘 해도 이쁘다. 기름이나 넣어주고 웨이터로 개처럼 살 순 없다며 주방의 버섯 수프에 오줌을 싸는 이 남자를 만나 주먹을 날리고 나서부터 잭의 삶에 변화가 찾아온다. 젊은 도사 더든은 "싸워봐야 나 자신을 알게 돼!"라고 할을 내부치는 것. 한 번도 싸워 본 적이 없던 잭은 더든이 인도한 파이트 클럽의 맞고 때리는 과정에서 조금씩 자존을 회복한다. "누구와 싸우고 싶어?", "헤밍웨이와 한 판 붙고 싶어." 나라면? 예술과 돈을 함께 즐긴 피카소 아저씨랑 한판 붙고 싶다.

주먹맛을 알게 된 잭은 쓸데없는 것들은 무시할 줄도 알게 된다. "싸운 뒤에는 모든 게 하찮게 느껴진다. 인간은 누구나 망가진다.

텔레비전을 못 본들 어떻고, 냉장고가 뜨뜻한들 어떠랴?' 열 받으면 겨우 집안 청소나 하던 남자가 대담해진달까? 새로운 시간의 질적 체험을 하게 되면서 묶여진 존재들이 파이트 클럽을 조직하는 일찍이 없던 경험이 시작된다. 대책 없이 사는 것이 잘 사는 것이라고, 만국의 외로운 놈들아 단결하라는 감독의 메시지는, 음, 의미 있는 낭만이다. '그들'을 위해 요리를 하고 쓰레기나 치우고 운전이나 경비를 서던 존재들은 이제 러다이트요, 유나보머로 변신한다. 니체적 초인이랄까, 이들이 전국적 파이트 클럽 체인망을 조직해 자본주의에 귀여운 테러를 감행하는 것, 오버지만 봐주자.

이들 싸움구락부는 고급 자동차와 커피 체인점을 부수고 부자 동네를 향해 한밤 중에 골프공을 날린다. 게다가 공공조형물을 박살내고(화염병도 안 던져본 미국 아이들이) 반대차선으로 신나게 차를 달린다. 물신에 의해 소비되던 쪼다가 겁이 없어진 것이다. 그러나 움직이던 쓰레기들이 단체로 먹고 자고 일하는 클럽이 또 하나의 직장이 되는 고민을 안게 되는 것. 하지만, 그는 얼굴에 난 상처가 부끄럽지 않은 존재가 된다. 눈을 뜬 것이다.

죽이는 반전

굴욕을 통과하면 더 성숙되었다고 믿는 우리들에게 한 번 개겨 볼 것을 권하는 영화일 것이다. 주제의식도 괜찮고 스릴러물답게 후반부 반전은 머리를 망치로 친다. 사실 스릴러물의 반전은 이 반전을 어떤 과정을 통해 관객을 설득시키느냐에 있을 것. 그 과정은 치밀하지만, 반전 이후가 확실하게 현실로 돌아오는 것이 아니기에 너그럽지 못한 비평의 눈을 가진 사람에게는 개운하지 못한 감도 있을 터. 남녀 주인공이 반사회적 단체로서 카드회사 파괴하기를 실행하며 무너져 내리는 건물을 바라보는 마지막 신은 조금 무모하게 느껴진다. 9·11사태 시, 금융 빌딩을 파괴해도 그 자료는 스토리지 회사로 간다는 것을 몰랐나 본데….

한판 붙어라, 부숴라 하지만 사실 이 작품은 액션영화의 범주에 들어가는 장르영화가 아니다. 그래서 히트하지 못한 영화가 됐을 것이다. 반전이 어떤지는 입이 근질근질하지만, 말라의 눈빛을 잘 보라는 힌트를 드리고 싶다. 마치 〈장화, 홍련〉의 김갑수의 눈빛이 어딜 향하고 있는가가 열쇠였듯이. 보너스로 한 마디 더하자면, 마지막 장면을 잘 보면, 정말 망측스런 장면이 있다. DVD 캡처 장면으로 챙겨보고 싶지 않으신가. 하하.

나는 너다

좋겠다, 브래드 피트는. 인생의 굴곡을 지날수록 젊어지니까. 그러나 그 조우는 때론 비극이겠지. 특수 분장이 백미인 또 하나의 인생극장 〈벤자민 버튼의 시간은 거꾸로 간다〉의 감독이 바로 데이비드 핀처다. 잠깐 이 감독의 시간을 거꾸로 돌리자면, 평론가의 찬사와 함께 관객에게 저주받은 걸작 〈조디악〉이 그의 것이다. 〈세븐〉으로 이 바닥을 평정한 그는 이때부터 브래트 피트와 같이 작품을 한다. 1992년 〈에이리언3〉로 할리우드에 발을 디딘 그는 〈더 게임〉에서 마이클 더글라스와 숀 펜과 호흡을 맞추고, 〈패닉 룸〉에서는 조디 포스터 등 대선수와만 작업을 하는데, 어떻게 평가해야 하나? 변방에서 한 마디 하자면, 신인을 키우는 모험이 있어야 진짜 감독인데….

그동안 데이비드 핀처의 작품은 스릴러나 복수 등 주로 피 튀기는 남자들의 '쎈' 영화들이었다. 그런데 이참에 보여 준 '벤자민의 거꾸로 연대기'를 말랑말랑한 아줌마 영화라고 말하는 분도 있지만, 역시 '시간 속 존재의 엇갈림과 조우'라는 성찰일 것이다. 여기 열연한 브래드 피트는 다만 잘 생긴 배우를 넘어서 시간의 결을 따라 존재를 탐구하는 영화 어디에도 어울리는 '물건'이다. 배우를 동지로 믿지 않는다면 오래도록 브래드 피트가 이 징그런 감독의 영화에 출연하겠는가? 정리 하자. 데이비드 핀쳐, 그가 다루는 작품의 주제는 상투적이지 않고, 낡은 스타일은 취급하지 않는다. 그렇다. 그의 시간은 제대로 흘러가고 있다.

앞에 올린 황지우의 시 한 편은 이 스릴러의 또 다른 힌트. 끝으로, 〈파이트 클럽〉이 괜찮았던 남자들에게 마루야마 겐지의 산문집 『소설가의 각오』를 추천한다.

디테일을 지우는
일필휘지一筆揮之의 붓끝!
과거가 없는 남자(The Man Without a Past)

감독	아키 카우리스마키
출연	마르쿠 펠톨라, 카티 오우티넨
제작	2002년/97분/핀란드, 프랑스, 독일

좋은 시

시가 탄생하는 순간이 있다. 가지를 흔드는 무심한 바람결에도 시인의 촉수는 바람보다 먼저 움직인다. 시인에게 찾아온 순간의 포착이 사유의 먼 과정을 거쳐 언어를 조탁한다. 상그럽게 굴러가는 시가 장르적 관성을 깨면 최고다. 그 간극은 멀수록 좋다. 그러나 그것이 전부는 아니다. 언어란 놈을 닦달하고 휘둘러야 한다. 자연과 삶에 대한 어정쩡한 비교를 하다가 수를 들키는 시보다는, '고까짓 것' 하는 지점에서 언어를 제 맘대로 휘두르는 놈이 진짜 시인이다. 시인은 문법을 창조한다는 말도 있잖은가?

영화라고 다를까? 장르적 관습에 매몰되지 않는 새로운 스타일을 만나면 일단 부럽다. 개연성에 함몰되지 않고 자신만의 영화 문법을 만들어내면 그때부터는 작가다. 그 휘두름의 스타일은 어디에서 올까? 자신에게 주어진 시간을 치열하게 살아내는 고집에서 올 것. 감독이 카메라로 휘두르는 붓질은 그의 보이지 않게 살아온 이력서이니까.

아키 카우리스마키 감독은 거장 소리를 듣는다. 그의 출세작 〈레닌그라드 카우보이 미국에 가다(1989)〉는 진기한 영화다. 참신하다 못해 골 때린다. 수가 함부로 드러나지 않는 예측을 불허하는 구성은 그의 뚝심을 보여주는데… '모든 쓰레기는 미국에 모인다'는 한마디는 그의 하이쿠 아니겠는가. 시의 내용이 문제를 가질 때 작가로 대접받는 것. 〈과거가 없는 남자〉는 칸에서 심사위원 그랑프리를 받은 작품이다. 잊고 싶은 것이 많은 사람, 시가 안 되는 시인이라면 그의 무표정한 문체를 따라 가 보자.

기억상실 클리셰

한 '남자(마르쿠 펠톨라)'가 있다. 야간기차에서 내린 그는 역 앞 공원 벤치에서 논두렁 깡패들에게 돼지게 두들겨 맞는다. 아마 아리랑치기 같다. 술도 안 마셨는데. 그의 지갑은 물론 가방 속에 있던 소지품도 그냥 버려지고 만다. 코마 상태의 이 남자 병원에 실려가 미라처럼 붕대 칭칭 감고 침상에 누워있는데 의사는 사망을 선고한다. 아니, 이 죽은 남자는 갑자기 깨어나 비뚤어진 코를 '빠지직' 바로 잡고 벌떡 일어난다. 어딘가로 무작정 걷는다. 그리고 다시 쓰러진다.

다시 눈을 떠야 이야기가 된다. 그는 무슨 장엄한 전투에서 패배한 후 바닷가로 쓸려온 왕자가 아니다. 그러니 따뜻한 실내나 예쁜 공주에 의해 우연히 발견되지 않는다. 바닷가 마을 컨테이너 박스에 사는 가난한 사람들에게 간신히 발견되어 목숨을 부지하는 것. 얼마 안 되는 거친 빵을 나누어 줄 줄 아는 영혼을 가진 사마리아 사람들을 통해 그는 조금씩 붕대가 벗겨지며 새로운 삶을 시작한다. 혹시 천국이 있다면 이 정도 아닐까?

다음은, 기억상실증의 클리셰다. '내가 누구지?' 하는 지겨운 정체성 이야기 아니니 걱정 붙들어 두시라. 이 남자 아무것도 기억하지 못한다. 직업? 하급관리나 선생도 아니었다. 두들겨 맞을 때, 그의 가방에서 나온 용접용 보안경이 그의 신분과 전력을 알 수 있는 유일한 단서니 그가 기억을 되찾은 후에도 높은 신분으로 돌아갈 수 없다는 것. 이 남자 말이 없다. 표정도 없다. 커트 러셀 같은 분위기지만 노동자 냄새가 더 풍긴다.

캐릭터의 무미건조

과거 속 모든 기억에서 유배당한 사람. 하여, 그것이 자유로 작용하는 한 남자의 이야기니 망각조차 없다. 기억 속에 호명할 것이 하나도 없는 사람. 열정과 숭배 혹은 고통과 좌절의 순간 그 어느 것 하나 기억하지 못한다. 자신이 술을 좋아하는지 담배를 피웠는지 기호에 대한 기억도 없다. 그러니 죄와 구원에 대해서는 말할 것도 없고 개과천선할 것도 없다. 자기기만이나 갈등은커녕 이 남자 목표도 희망도 의지도 없다. 누가 보고 싶다는 생각도 없다. 슬퍼할 것이 없다. 모든 존재는 상호작용의 결과라 할 때, 그는 어떤 고리마저 없는 '노바디' 다.

탄성한계가 완전히 끊어진 스프링은 생명을 다하지만 고무줄은 다르다. 조금 짧은 대로 사는 거다. 그러니 그는 스프링에서 고무줄로 새로 태어나는 것. 단지 먹을 것이 부족하고 입을 것이 부실할 뿐. 그래도 무엇을 먹을까 입을까 걱정하지 않는다. 공중의 새나 들판의 백합화도 길쌈수고 하지 않아도 잘 살아가지 않던가.

사진이 그렇고 영화가 그렇듯, 기억은 대개 시간에 저항한다.

그런데 그는 저항하지 않는다. 신앙심 깊은 욥도 아닌데 불평도 없다. 섬에 갇힌 로빈슨 크루소에게는 하인 프라이데이라도 있었는데, 그에게는 허접한 이웃이 있을 뿐. 도둑전기를 끌어다 주고 주크박스를 고쳐주는 선행은 있는 만큼 해주는 선행의 표본이다. 감독이 만든 시간은 천천히 흐르고 그는 기력을 회복한다.

그렇다. 이 긴 이름의 핀란드 감독은 인간이 살아가는데 필요한 것은 몇 가지 안 된다는 것을 말한다. 눈비를 피할 컨테이너 하나에 침대와 감자 몇 알 그리고 음악 재생기를 돌릴 전기 정도랄까. 사회적으로 필요한 공간은 술집과 교회, 더 필요하다면 은행과 기차역이면 된다. 허기를 감출 정도의 수프와 빵, 티백을 적실 수 있는 따뜻한 물, 맥주 한 잔. 단순해서 좋다. 이것들이 그가 받은 시혜인데 그렇다고 약간의 도움을 준 그들에게 구태여 갚으려 하지 않는다. 맘에 든다.

이 집 쥔이 저녁 한 끼 하자해서 한 턱 쏘는 줄 알고 따라 나섰는데, 하하 바로 구세군의 무료배식 장소다. 여기서 가난한 이웃들을 도우며 사는 구세군救世軍여인 이루마(카티 오우티넨, 2002칸 영화제 여우주연상 수상)를 만난다. 삶의 여유가 없이 긴장으로 가득 찬 이 노처녀는 마른 감자 같이 생겼다. 그도 이 여자도 서로의 과거에 대해 말하지 않는다. 이 홈리스가 작업을 걸고 또 받아주면서 조금씩 활기를 되찾는데. 같이 차를 마시고 음악을 듣고 나름 사랑을 키워가는 것. 종교적 의무와 시혜 속에서 궁상맞게 사는 독신 역시 나을 것 없다는 말로 읽힌다. 불특정한 이웃들을 돕는 것보다 누군가 '한 사람'을 사랑한다는 것이 진짜 행복 아니냐는 것이 감독님의 생각인지?

몸이 조금 추스러진 후, 돈만 아는 경찰의 제안으로 그는 컨테이너를 얻고 일을 찾아 나선다. 그 살집 좋은 경찰이 불쾌하지만 그는 불만을 표출하지 않고 동의한다. 취업자 도움센터에서 관료들의 행태에서 적잖은 스트레스를 받지만 그는 계속 무표정일 뿐이다. 괴로움에서 간신히 벗어난 이의 해찰이라니. 사는 게 팍팍하지만 상투적 연민은 없다.

돌아온 기억

〈본 아이덴티티〉 시리즈의 맷 데이먼은 기억을 찾기 위해 첨단기술을 사용하지만 이 영화 속 남자는 영웅설화의 주인공이 아니니 천재 스파이처럼 자신의 과거를 찾으려 애쓰지 않는다. 사는 것, 무어 그리 '메멘토' 하냐는 거다. 자신이 아무 것도 아니라는 것에 크게 상심하지 않으니 예측불허다. 그러니 복수를 위한 몽테크리스토 백작이나 코르시카의 나폴레옹도 아니고 스스로 유배를 선택한 사람으로 읽힌다.

기억이 돌아와야 이야기가 된다. 우연히 용접에 소질이 있음이 밝혀진 후 취업을 위한 은행 계좌 트기 과정에서 강도를 만나면서 그의 작은 과거가 드러나는 것. 그의 '실격 인생'에도 아내가 있었단다. 만나야 한다. 이 전직 용접공은 자신이 살았던 집으로 가기 위해 기차를 탄다. '과연 이 남자는 돌아올까? 하는 배웅하는 구세군 여자의 눈빛. 힌트는 있다. 용접은 쇠를 붙이는 것만이 아니라 붙은 쇠를 자르는 역할이니까, 과연 그는 어떻게 될까?

그는 한때 아내였던 여자를 만난다. 이 미스터리한 남자의 아내는 히스테리를 가진 그냥 그런 여자였다. 식은 난로 같은 아내의 태도 역시 미적지근하다. 결투할 줄 알았던 새 남편이라는 남자가 던진 말이 재미있다. "듣기보다 좋은 사람"이라는 말은 얼마나 애정이 식었는가에 대한 표현일 것. 밝혀진 옛날의 그. 절제 없는 인간이었다. 회장집 아들도 아니고 미인 아내와 자식이 있는 것도 아닌. 주식이 망해서 화가가 되기로 한 고갱도 아니다. 노름으로 절제력을 잃고(빚에 시달리던 도스토옙스키에 대한 헌시는 아닐지?) 아내와의 관계마저 깨어져 무너질 수밖에 없을 때, 그는 집을 나온 것이다. 아마 톨스토이였다면 강도에게 매 맞는 것이 아니라 추위와 허기에 쓰러지는 것으로 묘사할 텐데. 기쁨과 즐거움이 없는 젖은 장작 같은 삶일 때, 우리는 죽고 싶다. 과거 속에서 그는 오직 죽고 싶었을 뿐이고 현재 속에서 그저 살고 싶을 뿐이다.

감독의 일필휘지

우리가 알기로 〈카모메 식당〉의 밝음, '노키아'의 정확성, 복지와 교육이 잘 된 나라, 핀란드인데…. 은행은 몰염치, 취업서비스는 엉망, 경찰은 개판, 공무원은 불친절 등 이것이 북구 그 피요르드의 나라일까, 라고 갸우뚱 할 필요 없다. 감독은 복지 잘 된 핀란드의 그늘을 소개하는 것이 자신의 의무라고 생각하니까.

이 무표정남이 월급을 현금으로 달라고 할 때, 사장이 건네는 말씀. "그럼, 은행은 뭐 먹고 사나?" 아하! 할喝이다. 살아온 기록이 금리의 퍼센트를 결정하는 것이 우리네 삶 아니던가. 그렇다고 자본주의의 잘못된 부분을 드러낸다 해서 공익에 대한 설교로 가는 건 아니고, 오히려 유머로 간다. 은행에서 강도를 만나는 장면의 웃음이나 도둑 전기를 이어주는 장면에서 "어느 날 내가 고랑에 빠졌을 때 나를 끌어당겨줘요"는 여유다. 이 유머를 던지는 이는 감독이지 배우가 아니다.

삶의 그늘을 묘파하는 서사? 단순해서 좋다. 주인공이 자신의 존재를 증명하려 하지 않는 것처럼 감독의 솜씨 역시 거의 무표정이다. 그렇다고 감독이 백치겠는가. 서사, 캐릭터, 미장센 그런 것 일필휘지의 달리는 붓이 그 세밀한 감성을 쓸어버린다. 강가 옆 창고 앞에 감자 몇 알을 심고 거두고 하는 장면들은 어린애 장난처럼 태연하고 뻔뻔스럽다. 그래도 감독이 만든 그림에서의 주인공은 청바지에 초록 셔츠, 하늘색과 푸른 바다 빛 그리고 오래되 녹이 슨 창고의 녹색 등 분명 회화적 감각이 있다.

단조로운 음악만을 연주하던 구세군 밴드의 레퍼토리는 조금 바뀌지만 실력이 특별히 좋아지지도 않는다. 〈레닌그라드 카우보이…〉의 밴드도 마찬가지였다. 이야기가 화려해지면 존재의 본질을 생각할 여유가 없으니 감독은 철저히 무미건조로 가는 것. 영화 속 주인공이 그렇고 경찰도 간수도 변호사도 모두 무표정한 사람들이라니. 기름기 없이 뼈다귀만 남은 대사 역시 간략하다.

편집 없는 영화는 없을 것이다. 하지만 소스를 구한 후 늘어놓고 짜깁기 하는 스타일이 아니다. 붙이는 솜씨가 거침없다. 한 마디로 일필휘지다. 그 붓질은 무심한 상태에서 나올 것이다. 용맹정진하지 않지만 놀지도 않는 상태. 잘 써야겠다는 강박관념이 없을 때 내공이 실력으로 이어져 무념무상에서 나온 작품이란 느낌.

그의 주인공들은 결심하지 않는다. 미워하기, 더 올라가기, 더 열심히 일하고자 결심하지 않는다. 철저히 가라앉은 자만이 떠오를 수 있다는 삶의 철학, 좋다. 그러니, 아무것도 기억하지 못한다는 것은 얼마나 큰 축복인가? 이 정도 대가를 지불할 수 있다면 '과거가 없는 남자'로 다시 사는 것도 좋을 듯…. 추측? 깡패들에게 맞은 이유는, 그가 스스로 고용한 킬러들은 아니었을까? 왜? 화면을 잇기 위해서는 페이드아웃 시켜야 하니까.

P.S. 글을 휘두른다는 것, 아아, 얼마나 어려운 일인가?

방만 바꾼 혁명
하녀(The Housemaid)

감독	임상수
출연	전도연, 이정재
제작	2010년/106분/한국

문학에 기댄 영화들

한국영화가 자랑하는 유현목의 〈오발탄(1961)〉과 임권택의 〈만다라 (1981)〉는 한국문학에 빚이 있다. 전쟁 이후의 궁핍한 현실을 묘파한 이범선의 리얼리즘 소설 「오발탄」과 참 종교란 무엇인가를 묻는 김성동의 구도소설 『만다라』라는 괜찮은 작품의 각색이 없었다면 한국영화의 외연은 풍성해지지 못했을 것이다. 엄청난 관객들을 스크린으로 불러 모은 이장호의 〈별들의 고향(1974)〉이나 김호선의 〈겨울 여자 (1977)〉 등도 당연히 소설에 기댄 작품이다. 그러나 한국영화의 최고봉을 자랑하는 김기영의 〈하녀(1960)〉에는 그 빚이 없다. 그 '씨나리오'가 '김기영프로덕슌'에서 나온 것이기 때문이다. 개봉 당시 22만 관객동원으로 최고 흥행작이 된 그 김기영의 오리지널리티를 이참에 임상수 감독이 같은 제목으로 리메이크 했다.

오랫동안 별자리를 차지하던 영화의 리메이크 작업은 원작이 갖는 아우라를 차용해 '새로운' 영화를 만드는 작업이다. 또한 작품에 경의를 표하는 의미 혹은 새로운 캐릭터나 드라마를 형성하기 위한 또 하나의 창작방법인 것. 한마디로 그럴 만한 가치가 있는 작품일 때 가능한 작업이다. 〈하녀〉 탄생 50주년을 맞아 임상수가 경의를 표한 21세기 〈하녀〉는 20세기 흑백영화 〈하녀〉가 갖추었던 강한 드라마를 통한 인간 본성의 조명 혹은 그 스릴러적 장치로서의 영화적 문법 등, 과연 원작을 뛰어넘을 수 있을까?

20세기 스릴러 〈하녀〉

하녀라? 사전에 있지만 거의 사용되지 않는 말이다. 요즈음 하녀를 하녀라 부르는 사람은 없다. 청소부는 미화원이 되고 식모는 가정관리사로 불린다. 파출부 혹은 가사도우미 뭐 그런 말이 사용되지만 요즘 세상에 누가 감히 '하녀' 라는 말을 사용하겠는가? 그러니 제목부터 프로파간다의 정치성을 내포한다. 〈바람난 가족(2003)〉 〈그때 그 사람들(2005)〉로 주가를 높인 임상수 감독이 리메이크한 김기영 감독의 원작 〈하녀〉를 먼저 살펴보자.

작곡자이자 방직공장의 음악선생인 동식(김진규)은 인텔리로 여공들의 흠모를 넘어 연애편지를 받는 미남이다. 그는 헌신적인 아내(주증녀)의 바느질 노동 덕에 이층 양옥을 마련하고 어린 아들(안성기)과 다리가 불편한 딸과 함께 행복한 가정을 꾸려가고 있다. 근대화가 진행 중인 상황 속에서 중산층의 소도구인 피아노와 텔레비전, 냉장고에다 싱크대에서 수돗물이 나오는 부엌을 갖춘 가정의 가장 동식은 고생하는 아내의 수고를 덜기위해 하녀를 물색하는데. 동식을 사모하던 여공 경희(엄앵란)의 소개로 젊은 여인(이은심)을 하녀로 맞이한다. 이름이나 출신을 드러내지 않는 이 하녀는 젊다. 시골에서 상경함이 분명한 이 여성은 담배를 피우는 것으로 보아 품행이 그리 방정하지는 못한 것 같다.

그러던 어느 날, 임신한 아내가 요양 차 친정에 간 사이 경희가 집으로 찾아와 동식에게 사랑을 고백하고, 그는 이를 매몰차게 거절한다. 이 장면을 유리창 밖으로 지켜본 하녀는 경희가 돌아간 후 동식을 유혹해 관계를 맺는다. 그리 매력 있거나 동식이 탐할 취향이 아닌데…, 하녀는 덜컥 아이를 임신한다. 이것은 거의 하녀의 자발성이 가져온 결과지만, 예기치 못한 임신으로 이제 그의 유복한 가정과 미래의 삶이 뿌리째 흔들린다. 이 사실을 알게 된 동식의 아내는 하녀를 계단에서 넘어뜨려 유산을 시키는 잔인성을 보이고, 시앗싸움에 괴로워하는 동식. 그리고 아이를 잃은 하녀는 독한 복수를 시작하는데….

한국의 근대화 진행 속에서 벌어지는 이농과 상경의 과정에서 공장의 노동자나 버스 안내양도 되지 못한 시골처녀들은 중산층의 식모로 일했다. 값싼 노동력을 제공하던 과정에서 젊은 하녀가 주인남자와 치정관계를 일으킨다는 것은 동서양의 있음직한 이야기일 것이다. 사실 하녀의 임신은 당시 중산층 가정의 갈등이라는 사회문제가 되고 신문에도 자주 기사가 실렸다는 것은 그리 새로운 이야기도 아니다. 그렇다면? 표현의 방법이 문제가 된다.

김기영의 〈하녀〉는 유리창을 통해 관음의 시각을 제공하는 촬영방법, 밀실공포를 만들어 내는 음향과 스릴러가 갖추어야 할 서스펜스 구조 등 탁월하고 세련된 맛을 보여준다. 하녀의 방에서 남편이 자고 쥔 여자가 밥을 해 바치게 되는 기구한 설정, 극도의 클로즈업 장면,

쥐약병에 설탕물을 넣어 관객을 놀리는 장치 등은 지금 보아도 새롭다. 복층구조의 현대식 가옥의 계단은 조명의 질감에 따라 빛으로 가득해 행복으로 올라가는 상징이 되기도 하고 때론 한 계단 한 계단이 차가운 윤곽을 만들어내어 그로테스크한 분위기의 전쟁터가 되기도 한다. 그 공들인 조명에 따라 쥔 여자가 모시옷을 입고 오르는 장면은 아름답고, 카메라의 위치에 따라 하녀의 목은 안 보이고 다리만 보이는 장면과 남자의 다리에 걸려 질질 끌려 내려오며 머리를 찧는 장면들은 50년 전 영화임에도 불구하고 왜 김기영의 〈하녀〉가 한국 최고의 작품인가를 말해준다.

　　한계는 있다. 사운드와 입의 모양이 안 맞는다거나 유치한 대화가 없지 않으나 이것은 그야말로 옥의 티에 불과하다. 액자구성으로서 이 모든 고통이 꿈이었다는 식의 마지막 장면의 허망함은 계몽성을 강조하던 검열의 시대를 뚫어야 하는 작가의 고민으로 읽는다면 그리 야박하게 볼 일도 아니다. 어린 자녀의 후사녹음 사운드에 따른 간간히 객석에서 터져 나오는 실소는 작품에 대한 애도라기보다는 시대에 대한 동정일 것이다. 한국적 정서의 신파성으로 대중의 가장 많은 사랑을 받은 〈미워도 다시 한 번〉이 1968년 작품이란 것을 생각해 보면, 이은심이 연기한 전복적 캐릭터서의 악녀 연기는 일찍이 없던 하녀의 욕망을 잘 표현했다. 생활은 서구화를 지향하는데 주인여자는 한복을 고수하는 그림이나 영화 끝까지 하녀의 이름이 나오지 않는 것 역시 감독의 웅숭깊은 의도일 것이다. 거기다 시대를 냉철히 보는 사회풍자적 시선 또한 당시로서는 감독의 올곧은 혜안이었다.

21세기 프로파간다 〈하녀〉

임상수가 보여주는 첫 장면은 한 젊은 여자의 자살에 이르는 공포와 함께 온갖 허드레 일에 종사하는 여성 노동자들의 일하는 모습을 다큐처럼 배치한다. 모두 하녀라는 말이렷다. 김기영의 〈하녀〉가 좋은 옷을 입은 여공들이 음악실에서 합창하는 비현실적인 장면을 보여주는데 비해 임상수의 〈하녀〉는 영화 초반 다양한 형태로 화덕에서 먹을거리를 만드는 음식점 종업원들과 자영업자의 자기착취적 땀 흘리는 모습을 오래 붙든다. 이들이 밖에서 신공과 노동력을 바치던 외거노비라면, 고무장갑 낀 식당종업원이었던 은이(전도연)가 최상류층 솔거노비로 들어가게 되는 것이 서곡이다.

하녀도 밑천이 있어야 한다. 전문대 유아교육과 중퇴와 식당에서의 경험 그리고 최소한의 경제가 그녀의 밑천이다. 이혼해서 혼자 살지만 평택에 작은 아파트도 있으니 극빈의 하녀는 아니라는 말씀. 아주 바닥의 서브나 마이너는 높으신 분들의 하녀가 될 자격도 없다는 말일 것이다. 요리를 잘 할 수 있는 능력치와 복종이 삶에 내면화 된 것들 이를테면 로열티가 하녀 채용의 척도일 것. 거기다 은이가 선택된 것은 아마도 반반한 얼굴과 적당한 백치성 때문은 아닐까?

벽마다 그림이고 샹들리에와 대리석으로 처발라진 높은 거실 공간은 이곳이 호텔이 아닌가 싶게 한다. 돈이 인격과 교환되는 것임을 누가 모르리오만은 상류사회를 엿보는 것만으로도 그리 싫은 하녀직은 아닐 듯하다. 세일러문 복장과 닮은 검은색 타이트스커트와 하얀색 블라우스의 메이드복을 입은 하녀는 쌍둥이를 임신한 안주인 해라(서우)의 빤스를 손빨래하고 페티큐어를 칠하는 것으로 하녀직을 시작한다. 은이는 중성적 이미지의 생각 많은 딸 나미의 보모 역할에 주인 남자 훈(이정재)의 식사를 준비하는 등 점차 하녀 생활에 적응해 가는데…. 고참 제조상궁 병식(윤여정)이 차린 식탁의 내용물을 들고 널찍한 이층 계단을 오를 때, 무수리 은이의 구두소리가 또박또박 난다.

친절한 주인님은 가지고 싶은 것은 모두 다 가지고 태어난 남자다. 도대체 어떤 일을 하는지는 모르지만 무슨 조폭처럼 몇 놈이 수행을 한다. 집안에서도 넥타이 차림으로 피아노를 치시는 주인님은 돈은 말할 것 없고 음악성까지 타고 났다. 주인님은 와인 맛을 음미하듯 목욕실을 청소하는 은이의 종아리를 음미한다. 아내가 입으로 해줄 때, 거만하게 누워있는 훈의 육체는 레오나르도 다빈치의 인체비례 그림을 닮았다. 잘 빠진 육체를 가진 훈이 아내를 다루는 행태를 보면 아내 해라 역시 하녀보다 약간 높은 위치에 있을 뿐임을 암시하는 것.

겨울 별장에서 아내와의 의무방어를 끝낸 주인님은 무례하게 하녀의 방에 들어와서 와인을 권한다. 존댓말을 쓰는 주인님께서 벗은 몸의 은이를 피아노를 치듯 만질 때 은이는 쉽게 무너진다. 와인을 권하는 사장님이 자신을 좋아해서 관계를 맺는다고 생각할 만큼 은이는 어리석다. 자신의 의지와 상관없이 진행되는 사건 속에서 객관화가 안 되는 애매한 지점의 '배우 전도연'의 적당히 싼티나는 모션과 눈 연기는 봐줄 만하다. 방안에 있던 카메라가 창밖으로 얼른 빠져나갈 때, "빨어"라고 명령하는 남자와 이를 수행하는 하녀를 비추는데 …. 도덕적 판단보다는 몸이 먼저 반응해버린 은이는 이것이 사랑인가 아닌가를 전혀 생각하지 못한다. 다만 은이는 관계 후 파란 아이섀도와 루주를 더 짙게 칠한다. 감독도 감독이 만든 캐릭터도 안일하지 않은가?

수표라니? 은이와의 잠자리 후, 베토벤을 연주하던 점잖은 악당은 존댓말을 쓰면서, "넣어두시"란다. 그것이 꼭 사랑이 아닐 줄이야 알았겠지만 이런 무례는 상처를 입히고 깊은 모욕을 준다. 하긴 이 무례를 넘어 이제부터는 그들의 거친 폭력이 시작될 줄은 은이는 상상도 하지 못한다. 하녀를 임신시킨 것이 드러났는데도 쿤양반 훈은 꽃밭에 물 준 것으로 생각하는지 별 감정이 없다. 예쁘지만 조금 맹한 구석의 하녀는, 뱃속에 자리한 아이를 떼기 위해, 계단 끝에서 슬쩍 밀어버리는 장모(박지영)의 악의마저 눈치채지 못한다.

있는 것과 없는 것

전작에 없던 여집사 병식마저 없었다면 21세기 〈하녀〉의 결은 한층 더 거칠었을 터. 감독은 단지 넓은 집을 은이 혼자 처리하는 물리적 노동이 부담스러워 나이든 하녀 병식을 배치하지는 않았을 것이다. 하녀로 성공하는 비법이 눈과 귀와 입을 닫고 사는 것임을 병식은 잘 안다. 매사를 돈으로 해결하는 주인집의 충복이지만 개인적으로 자식을 검사로 만든 하녀 병식도 저 옛날부터 저런 수치들을 수없이 겪었을 텐데. 주인이 남긴 음식을 먹으며 "세상은 아더메치야, 아니꼽고, 더럽고, 메스껍고 치사하고…" 담배 피는 병식의 표정에는 온갖 마음이 다 들어 있다. 그녀는 모든 욕을 눈으로 한다. 문제 인간들의 관찰을 눈의 표정으로 전달할 줄 아는 배우 '윤여정에 의한' 영화이기에 은이의 존재감은 두 번의 성애 장면과 후반부의 반짝하는 복수 장면 외에는 주인공으로서의 볼륨이 떨어지는 결과를 낳고 만다.

하녀와 주인여자의 임신이라는 모티브와 계단에서 돌이킬 수 없는 사건이 벌어진다는 설정은 같다. 이제 처녀가 아니니 어떡하느냐고 협박하면서 주인과 하녀의 관계를 전도시키던 김기영의 〈하녀〉가 능동성을 밀고 가는 것에 비해 임상수의 〈하녀〉에서는 대책 없이 당하는 존재로서의 수동성과 부자들에게 자비란 아예 없다는 것이 포인트일 것. 장모는 계단에서 사다리를 민 것이 실패하자 한약에 낙태성분을 집어넣는다. 복수의 스릴러를 밀고 가야하는 우리의 주인공은 유산을 하고 눈물을 보이다가 최후로 몸에 불을 놓는데, 극한 방법의 폭발치고는 여운이 길지 못하다.

수틀리면 장모에게 반말에 호통까지 내부치는 폭군은 피아노를 어루만지고, 경제적 안락과 지위를 지키기 위해 사랑 없는 결혼생활을 하는 해라는 마티스 화집을 들여다본다. 물론 제스처다. 그러나 감독은 이 위선덩어리들이 사용하는 가용어휘나 삶의 고민을 담지 못했다. 어떻게 부자인가? 부자는 무엇으로 사는가? 부자는 무엇을 더 욕망하고 슈퍼 리치로 살아가기 위해서 희생해야 되는 것들에 대해 말하지 않는다. 단지 상류사회의 '아더매치'를 드러내는 데 많은 장면을 할애하고 만다. 결이 조금 더 풍성하기 위해서는 이 부잣집 주인님이 문화적 존재로서 베토벤의 소나타를 두드리는 건반의 음이 안 맞는다고 신경질을 부렸어야 했다.

원작을 넘지 못하는 리메이크

물질적 잉여는 도덕적 결핍을 가져온다. 그 잉여를 나타내기 위해 31억을 들여 임상수가 제작한 비주얼한 세트는 탐욕과 희소성의 예술품들로 가득 차 있다. 전도연의 뒤태와 이정재의 몸을 보여주는 관능에 관객의 눈은 만족한 표정을 짓지만 감정이입에는 고개를 갸우뚱한다. 표현의 새로운 방법이 없기에, 전작이 보여 준 서스펜스 스릴러를 넘지 못하는 것. 하녀가 느낀 '경멸'에 대한 항의의 표시로 몸에 불을 붙인 엔딩신이 보여주는 방법으로는 그래봤자 이 포식자들에게는 겨우 '기스'밖에 나지 않는다. 그러니 "내 죽음을 헛되이 하지 말라"던 그때 청계천에서 불에 몸을 맡긴 청년의 외침 같은 깊은 울림으로 와 닿지 못한다.

스릴러 장르에서 복수만한 소재는 없다. 복수를 위해 팜므파탈을 창조해낸 김기영의 〈하녀〉가 장마철 천둥소리가 배경이라면 순둥이의 죽음으로 끝나버리는 임상수의 〈하녀〉의 창밖은 스산하게 눈 내리는 겨울이다. 끝까지 그 계절 그대로다. 한철에 벌어지는 지옥 이야기라면 호흡이 너무 짧지 않은가? 〈친절한 금자씨〉나 〈킬빌〉 등 복수를 다룬 수많은 동서의 작품들이 가지는 캐릭터들의 기획과 실천의 묵은 시간들을 생각해 보라. 단막의 드라마가 아닌 바에야 주인공들의 사회적 연륜에 따른 고민과 갈등이 익어가는 시간과 호흡이 조금 더 길었으면 좋았을 것을. 겨우 한겨울에 일어난 짧은 이야기를 가지고 이 정글과 그 곳의 짐승들을 보여주기에는 그 부피가 너무 얇다.

김기영의 〈하녀〉는 주전자의 물이 끓는 장면을 통해 정서를 이야기 한다던가 유리창 밖으로 사람을 관찰하는 방식과 그로테스크한 분위기를 잡기 위한 사선의 계단을 활용하는 밀도 있는 촬영으로 승부한다. 여기 비해 21세기 〈하녀〉는 주로 카메라를 고공에 놓고 올빼미의 시선으로 사람들을 내려다본다. 검은 옷을 입은 하녀를 비틀리게 잡는 마지막 신을 제외하고는 섹스 장면이 그렇고 하혈하는 은이 그리고 용렬한 주인들을 내려다보는 은이의 죽음 직전의 시선이 그렇다. 그래도 쓸 만한 지점이 있다면 블라인드 밖을 바라보는 두 여자와 계단을 빠르게 내려올 때는 신발을 벗고 뛸 줄 아는 정도랄까. 원작에 대한 기대와 고급스런 소품, 전도연의 벗은 몸 플러스 홍보플레이는 언론의 주목을 받았지만 칸영화제 수상을 기대한 것은 사실 쑥스러운 일이었다.

방만 바꾼 임상수

혁명은 안 되고 나는 방만 바꾸어버렸다
그 방의 벽에는 싸우라 싸우라 싸우라는 말이
헛소리처럼 아직도 어둠을 지키고 있을 것이다

　　'문학이 근대적 의미의 역할로서 개인과 현실의 문제를 떠맡는 시대는 지났다' 는 가리타니 고진의 지적은 문학인들에게 섭섭하지만 일리가 있는 말씀이다. 어디 시와 소설만 그러겠는가? 〈오발탄〉이나 〈태백산맥〉같은 소설과 영화가 가슴을 뭉클하게 하던 시대는 지난 듯하고 개인의 발견이란 이름으로 미니멀한 현실에 펜과 카메라를 들이대는 것이 작금의 실정이다. 영화 역시 감독이 조망한 사회 속에서 인간과 삶에 대한 가치를 확신하고 이를 관객과 나누고자 하는 열망을 기대하기에는 신기한 것과 소재주의적인 것이 판치는 세상이 되어 버렸다. 임상수 열망의 지점은 가치가 있을지 모르지만 의미의 전달과 그 표현 방법은 금방 녹는 눈이 되고 말았다.

　　지난 50년 동안의 우리 문학은 주로 상경민들 혹은 피해자들이 바라보는 부자나 힘 가진 자들의 밀실 들여다보기에 그치고 말았다. 가해자들의 사고와 시선을 담는 글쓰기와 영화 만들기가 시도되어야 할 것이다. 임상수가 천착한 지점이 바로 여기였을 터인데, 분명 미약했다. 영화든 소설이든 그 텍스트가 하나의 시대를 구분하는 임자로 자리매김하기 위해서는 주제와 표현방식에 있어서 긴장감을 잃지 않는 '김기영식' 미장센과 전복적 상상력을 보여주는 문체의 힘이 뒷받침되는 작품들이 나와야 할 것이다.

　　"니들이야말로 뭐하는 짓들이니, 이렇게들 살고 싶니?"라고 말하는 병식의 지적으로 대표되는 임상수의 〈하녀〉는 더러운 자본가에 대한 외침치고는 거친 정치극이 되고 말았다. 빈부격차나 인간성 격차라는 사회 풍자적 기능은 다 했을지 모르지만 부자들의 고민지점과 인간본연의 하녀근성 나아가 인권 같은 숨은 가치에 대한 부분은 아쉬움

으로 남는다. 그러니 고전의 리메이크를 두고 '새로운 작품의 탄생' 이
란 평가는 홍보성 짙은 주례사다. 김수영의 말대로 '방만 바꾼 혁명'
이란 말이다. 하여, 문학인들에게 50년 전에 만들어진 우리의 문화유
산인 김기영의 수고秀稿 〈하녀〉의 재독을 권한다.

개장수들 그리고 아아! 천안함

그린 존(Green Zone) · 허트 로커(The Hurt Locker)

감독	폴 그린그래스
출연	맷 데이먼
제작	2010년/152분/미국, 영국etc

감독	캐서린 비글로우
출연	제레미 레너, 안소니 마키
제작	2008년/130분/미국

개장수들의 〈그린 존〉

9·11은 할리우드의 상상력을 뛰어넘는, '영화' 그 이상이었다. 미국도 안전한 영토가 아니라는 사실이 드러난 15개월 후, 2003년 3월 19일 미국은 가장 오래된 역사 도시 바그다드를 공격한다. 전쟁 이유? 사담 후세인을 몰아내고, 이라크인에게 자유를 찾아주기와 세계평화 유지라는 대의명분이 그것. 석유와 달러라는 미국 자본에 항구적 자유를 선사하는 음모론까지, 이유는 사실 구차하다. 멀쩡한 개를 잡아먹기 위해서는 미친개라는 누명을 씌우듯, '대량살상무기 색출'이라는 그럴 듯한 이유로 전쟁은 계속된다.

　미 육군 로이 밀러 준위(맷 데이먼)는 대량살상무기가 있는 곳을 찾아내 이를 제거하는 특수임무를 수행하고 있는 중. 그런데 '마젤 란'이라는 별명의 제보자로부터 얻은 소스에 따라 죽음을 무릅쓰고 수색할 때마다 매번 허탕을 친다. 관객들은 다 안다. 대량살상무기라는 것이 애초에 없다는 것을. 주인공만 모르고 관객이 얼음의 돌출부분 같은 비밀을 알 때, 시나리오가 빛을 발한다는 정석 그대로다. 관객들은 팔짱을 끼고 이 추악한 전쟁을 주인공이 어떻게 파헤쳐 가는지, 관찰해도, 좋다.

장군도 장교도 아니지만 실전 군인 밀러는 실태를 파악하던 중 후세인의 오른 팔이었던 알 라위 장군이 배후에 있음을 알고 그를 추적한다. 목숨을 담보한 피 말리는 추적의 과정에서 밀러는 개를 잡아먹으려는 간악한 미 정부 관리가 관련된 위험한 진실과 마주치게 된다. 이것이 조작이란 것을. 이 살육의 피바다 속 음모의 전진기지 한 가운데에 파라다이스가 있으니 이름하여 '그린 존'.

사담은 제거되었지만 지속되는 폭력 사태로 인해 폐허가 되어가는 바그다드는 마실 물 한 방울이 없는 상황이다. 이런 이라크인에 비해 비키니 차림으로 맥주를 마시는 최고급 수영장과 나이트클럽까지 차려진 그린 존을 드나들며 밀러는 진실 속으로 몸을 던진다. 옛날 후세인의 공화궁을 개조한 미군사령부 및 이라크 정부청사가 자리한 전쟁의 중심부 여기서 벌어지는 음모라니. 이라크를 악의 축으로 지목한 개장수들이 얼마나 지독한 악으로 둘러싸여 있는지를 서서히 파헤쳐 들어가는데….

〈본 아이덴티티〉 시리즈의 맷 데이먼을 원톱으로 세운, 총격전에 추격전의 비주얼도 볼 만하다. 진실을 향한 강인한 정신력과 도덕성을 겸비한 영웅이 대량살상무기 존재 여부를 파헤쳐가는 스토리는 탄탄하고. 보이지 않는 더러운 개장수 세력을 향해 다가서는 뜨거운

가슴의 정의감과 냉철한 두뇌, 거기다 빠른 발을 가진 미션수행에 능한 군인 밀러는 결국 진실을 세상에 알리고 또한 살아남는다. 리얼한 액션을 담는 현란한 카메라 워크와 스피디한 편집은 이라크 전쟁의 추악한 진실이라는 묵직한 주제의식을 전달하는데, 허 참, 자국의 더러운 속성을 드러내는 미국의 영화 만드는 자유라니….

킬 존의 〈허트 로커〉

역시 이라크 전쟁이야기다. 〈그린 존〉이 지옥풍경을 망원경으로 굽어다 본 리얼리티 스릴러라면, 〈허트 로커〉는 그 전쟁의 한 부분을 현미경으로 들여다 본다. 직역하면 '상처입은 열쇠공' 이고, 베트남이나 이라크에서 전쟁을 치른 군인들이 말하는 '극단적인 고통이 있는 곳' 이라는 속어란다. 로커(locker)는 '빠져나갈 수 없는 상황' 이란 뜻도 있다고.

이라크 전쟁 1년 후인 2004년, 사담이 잡히고 부시의 승리선언으로 전쟁은 끝이 났지만 전투는 계속된다. 첨단무기가 뿜어대는 무시무시한 화력의 시대에도 기계나 로봇이 할 수 없는 영역이 있는 법. 민중 속에 숨어든 게릴라들은 미군이 가는 길목에 사제폭발물을 설치하고 높은 곳에서 원격조종한다. 이 위협과 맞서는 미군 폭발물제거반(Explosive Ordance Disposal) 특수부대의 활약을 다룬 화면에는 감동이 있고 그 과정은 긴장 그 자체다.

첨단무기를 자랑하는 미군들이 가장 두려워하는 것이 바로 사제폭발물. 이 킬 존을 마음 놓고 통과할 병사는 없기에 처음에는 원격조종 카메라로봇이 출동한다. 이 로봇을 지켜보는 이라크인들의 시선과 미군들의 시선은 다르지만 공통점은 불안감이다. '니네 나라의 평화를 위해 왔는데' 라는 표정에 전혀 감동하지 않는, '즈그들 그러거나 말거나' 라는 표정 뒤에 숨은, 무언가 일어나길 바라는 멀거니 바라보는 이라크인들의 표정이라니. 작은 돌멩이 하나, 쓰레기 한 점, 지나가는 고양이 한 마리조차 모두 불안감을 자아낸다. 여기 브라보 중대 제임스 중사(제레미 레너)는 살인적인 더위 속에서 옷 무게만 45kg의 우주복 닮은 폭탄해체 의상을 입고 텔레토비처럼 걷는다. '성전聖戰의 도화선' 이라는 말이 레토릭이 아닌 폭발물에 붙은 선과 기폭장치를 찾아내는 것이 그의 임무다.

살아남는 길은 전역밖에 없기에 제대 날짜를 거꾸로 세는 군인들의 모습은 인간적이다. 전투신이 전혀 없는 전쟁영화 속 죽음을 다루는 것보다 더 어려운 것은 죽음을 앞둔 병사들의 두려움을 담는 것. 총 가진 놈의 불안감을 만들어내는 리얼리티를 위해 감독이 제시하는 화면은 철저히 관찰자 시점이다. 군인들 옆에서 포르노 DVD를 파는 소년의 죽음 혹은 폭탄조끼를 입은 이라크인에 대한 이야기는 전쟁의 큰 그림으로 보면 미국의 프로파간다 같은 느낌을 주지만 감독은 그냥 덤덤하게 심미적 접근의 유혹을 이긴다. 피범벅 군복 입은 채 샤워 하는 한 장면 빼고는.

살 떨리는 폭발물 제거 현장을 다룬 스토리 라인은 심플하다. 이라크전쟁 종군기자가 시나리오를 쓴 이 영화는 관객이 전쟁의 한복판에 있는 것처럼 숨 막히는 리얼리티를 보여준다. 자신과 동료를 잡을 번 한 사제폭탄을 873개나 해체한 후 기폭장치를 수집하는 괴벽이 있는 제임스는 살아남아 결국 미국 집으로 돌아온다. 그는 배수구에 든 낙엽을 치우고 아들과 잠깐의 평화를 접고 다시 바그다드 델타중대로 복귀하지만….

흔들리는 핸드헬드 다큐멘터리 기법에 저예산 영화라고 우습게 보지마시라. 가장 적은 양의 총알과 포탄으로 가장 많은 긴장을 제공한 캐서린 비글로우의 〈허트 로커〉는 그 전쟁 속 진실의 한 퍼즐 조각을 이야기 한다. 한정된 공간에서의 우직한 판단과 생사를 넘나드는 미션완수를 보여주는 과정의 성실성은 전쟁의 음모를 넘어 감동을 선사한다.

캐릭터에 대한 감정적인 접근 그리고 시선을 통한 긴장감의 조성이 이 영화의 미덕이다. 하니, 영화를 공부하는 사람들이라면 장면 하나하나를 뜯어볼 만한 작품. 멀쩡한 개를 미친개로 만드는 위선자들에 대한 적대감보다는 극한상황 속에서 임무에 충실한 병사들의 숭고한 인간성이 전달되게 하는 것은 감독의 내공이다. 전쟁영화 속 미군을 증오하는 것이 습관이 된 사람에게는 그리 시원하지 않겠지만, 불편하지는 않을 것. 무거운 소재로 흥행에 관계없는 영화를 만드신 예순 다 되신 여성 감독께서 전남편 제임스 카메론이 만든 〈아바타〉를 누르고 아카데미 감독상, 작품상 등 6개를 석권했단다. 3D가 미래영화의 전부는 아니리라고 믿는 사람들에게 굿뉴스다.

아아! 천안함

목련들이 죽은 병사들의 넋처럼 희게 빛나는 사월, 전쟁 영화 중 세라복 입은 해군을 다룬 영화가 떠오른다. 〈크림슨 타이드〉, 〈붉은 시월〉은 잠수함이라는 밀폐된 공간 속 죽음에 대한 공포를 다룬다. 독일군의 시각으로 본 영화 〈특전 U보트〉에서 독일 해군들은 소나그래프와 해도海圖 그리고 감각만을 의존한 채 천신만고 끝에 지브롤털 해협을 통과해 무사히 도크에 귀환했는데, 그들을 맞은 것은 연합군 전투기의 기총소사였다. 후일 우리 해군영화가 개봉하면 한번쯤 비교해보시길 바란다.

상현달이 뜨는 밤, 수심의 변화가 가장 적은 시각. 천안함이 침몰했다. 안타까운 치욕은 꼬리에 꼬리를 물었다. 안강의 그물을 가진 민간인 고기잡이배가 가라앉고 링스 헬기 두 대가 떨어졌다. 영화 속 폭발물처리반 제임스 하사는 돌아왔지만 영화 바깥의 천안함 함미를 수색하던 UDT 노병 한준위는 영화처럼 돌아오지 못했다. 열길 물속은 알아도 장관과 장군들의 속은 모르겠다. 해군의 명망은 땅에 떨어지고 국민들의 가슴은 뻥 뚫리다 못해 두 동강이 났다.

함정 아래쪽에는 유리창이 없다. 물길을 가르는 거대한 어뢰를 쏘는 헌터가 다시 헌터에게 밥이 되는 폭뢰가 터지고, 물이 찬 함정 속에서 청춘들이 죽어가는 '영화 아닌' 잠수함에서 발사된 어뢰(정부측 발표대로)에 처참히 죽어가는 '실제상황' 이 일어났다. 영화가 아닌 현실이기에 유속과 간만의 차이라는 작은 지식에서부터 로미오, 상어, 유고급 잠수함 등 많이 배운다. 잠수함을 다룬 롤플레잉 게임과 전략 시뮬레이션 게임 등 모든 영화적 상상력을 동원해도 천안함의 진실은 아직도 알 길이 없는데….

글쎄, 이제 '잠수 탄다' 는 말 함부로 못하겠다. 그 무슨 화양연화도 없이 함미에 갇혀 버려진 젊은 수병들을 기다리는 세월은 〈추노〉의 OST처럼, '하루가 일 년처럼' 길다. 드라마 속 이병헌, 신세경, 장혁 등이 가더니 돌아오지 않는다. 그리고 천안함 생목숨 마흔여섯 명 중 그 누구도 돌아오지 않는다. 한국영화와 드라마 작가 그리고 감독들에게 한마디 꼭 하고 싶다. 주인공 함부로 죽이지 말라, 제발.

2010년 사월 중순에 내린 눈에 벚꽃들이 얼음땡 자세로 엉거주춤 서 있다. 그 나무들 곁에 그냥 함께 있어주고 싶었는데…. 46명 천안함 용사들의 명복을 빈다.

신神도 버린 아이들
시티 오브 갓(City of God)

감독	페르난도 메이렐레스
출연	알렉산드레 로드리게스, 레안드로 피르미노
제작	2002년/130분/브라질, 프랑스

죽음의 테마파크

1월에 발견했대서 '리우 데 자네이로' 라 불리는 강, 그 이름을 딴 도시 리우 근교. 강이 흘러드는 지류를 받아들이듯 여기 강 주위에 가난한 사람들이 흘러든다. 비키니가 넘실대는 코파카바나 해변과 거리가 먼 이 동네는 전기도 수도도 없는 빈민가. 누구도 관심 갖지 않는 도시다. 닭의 목을 치는 오프닝은 '쇼킹 아시아' 처럼 서툴지만 대지의 저주받은 자들의 삶을 드러내는 방식으로 탐색전이나 소강상태 없이 그냥 방아쇠를 당긴다. 놀랍다. 그 총에 관객의 머리가 뻥 뚫린다. 나라의 보배라는 아해들이 죄의식도 없이 쏘아대는 이 총질을 성장통이라 부르면 배부른 소리다. 이것은 루저의 성장드라마나 깡패의 성공담이 아니기에. 그 저개발의 기억인 60년대 '신시티' 에는 약탈은 있어도 살인만은 삼가는 나름대로의 룰이 있었다.

룰이 예외가 되고 예외는 다시 원칙이 되는 70년대, 연이나 날릴 애새끼들이 탁구를 치듯 총질을 즐긴다. 그리고 대가리에 피도 안 마른 것들이 코카인과 마리화나를 흡입하면서 동지가 되고 남자가 되었다고 우긴다. 살인의 토너먼트 끝에 제뻬게노와 베네가 마약을 파는 전설의 악당으로 성장할 때, 영화의 내레이터 부스카페는 똑딱 카메라로 사진찍기를 즐긴다. 이렇듯 살인이 풍경이고 총성이 코러스가 되는 죽음의 테마파크에서는 그 누구도 다만 악에서 구해달라고 기도하지 않는데, 살인과 약탈에 실패한 유일한 청소년 부스카페에게 고급 카메라가 생긴다. 그는 썩은 짐승을 먹기 위해 고기에 머리를 박는 리우의 하이에나들을 찍는데….

브라질 판 살인의 추억

누나가 강간당해서, 집을 뺏겨서 악당의 길로 접어드는 아이들은 나름대로 이유를 갖고 살인 병기가 되어 간다. 운동화 끈도 제대로 못 맬 아이들이 리볼버 권총을 쏘아대는데, 신神도 신발도 없는 배고픈 아이들이 한 생애를 탕진하는 데는 불과 몇 시간이 안 걸린다. 방금 사람을 죽인 아이들은 이마빡에 피도 마르기 전에 총에 맞아 죽고 아무 데나 던져진다. 살인과 잔혹이 어린 갱들의 자기실현일진대 이들에게 민형사상 미성년이 무슨 의미가 있을까? 더러운 싸움 뒤에 존재하는 스폰서 무기상들의 보이지 않는 손을 건든 갱들의 전쟁이 막바지에 이르면서는 아이들에게 총이 빵처럼 배급된다. 공급이 수요를 초과하자 총 든 아이들의 연령은 초딩에게까지 이어지는 것. 간덩이가 부은 이 철부지들이 총포상을 털고 모두가 전쟁에 휩싸일 때, 드디어 정부가 개입을 한다. 여기 경찰과 갱단의 한 가운데 카메라를 든 부스카페는 쫓기던 닭처럼 서 있다.

　"가난한 사람의 사진이 신문에 나오는 것은 범죄를 범했을 때에
한한다" 저 옛날 고리키 선생의 말씀. 실수로 게재된 악당의 사진 때문
에 신문사 비정규직 사진기자가 된 부스카페는 '결정적 타이밍'을 잡
아내는 브레송이 되어 시시각각으로 찰나와 대결하는 증인의 순간을
살아간다. 살인의 포토그래피가 잔인한 증언이란 것을 알지 못하는 사
춘의 악당들이 신문에 범죄사진 실리는 것을 즐기는 아이러니라니! 이
들에게 저장된 살인의 추억을 트라우마라 부른다면 그것은 사치스런
언어다. 결국 총탄의 카니발 속에 그가 잡아낸 처절한 현장사진이 1면
톱을 장식하면서 정식 사진기자가 되는 회고의 순간, 엔딩 크레딧이
올라간다. 리우 뒷골목에서 풀타임을 소화한 자, 부스카페 하나뿐이
다. 그리고 마지막 한 마디, 이것은 실화에 기초했다고….

브라질 만다라

『사모아의 청소년기』가 마가렛 미드의 인류학 교과서라면 이 브라질 리포트는 파울로 린스의 동명소설이 원작이란다. 이 끔찍한 보고서는 빈자의 사회학일 수 있고 저개발 선상의 인류학일 수 있겠지만, 이런 어려운 말보다는 한마디로 '브라질판『레 미제라블』' 이랄까. 그러나 여기서는 그 누구도 촛대를 주지 않는다. 다만 총을 줄 뿐. 그렇다면, 텔레비전 속 〈천사들의 합창〉이라는 그 예쁜 히메나 선생님의 제자들이 나오는 남미 초등학생들의 이야기는 뭔가? 가짜다.

그러나, 이것은 진짜다. 왜? 예측 가능한 장면이 없기에, 망치로 머리를 내려치는 힘이 있다. 2005년 11월에 개봉했지만 시골 극장에는 걸리지 않은 이 날것은 설날 텔레비전에서 해 줄 수 있는 영화가 아니다. 또한 이것은 갱영화지만 양복쟁이 갱들이 깽판 치는 누아르 영화가 아니다. 그래서 장르 범위에 머물러 있지 않다. 여기에는 쿠바 혁명의 이면을 비추던 〈저개발의 기억〉이 주는 시가 연기 같은 몽환이 없다. 이곳이 지옥이기에 그렇다. 그런 점에서 〈모터사이클 다이어리〉는 귀공자 의대생의 낭만에 불과하다. 갱영화의 대부 코폴라의 〈대부〉가 현악기의 유현함을 갖춘 장엄이라면, 〈시티 오브 갓〉에서 들려주는 삼바 리듬과 라틴 디스코를 깐 사운드는 무간지옥의 귀로 듣는 '만다라' 다. 하여, 나는 이 압박 만땅의 브라질 잔혹사를 권상우식으로 뱉고자 한다. "세계화, 신? 족까라고 그래!"

스타일리시를 넘지 못하는

다시 보았다. 흑백영화가 아니었다. 첫 장이 막장인 아이들의 이야기는 초반은 컬러였다가 세피아 톤에서 다시 컬러로 바뀌었는데, 나는 왜 이 영화를 흑백이라고 믿게 되었을까. 먼저 나는 황톳길 신작로 주변에 지어진 바라크 집들은 분명 황색인데도 영화 속 웃통을 드러낸 갈색 피부의 아이들이 모두 무채색으로 보였다. 또 마치 보도사진전을 보고 온 느낌, 왜일까? 총질이 일상인 이 저주받은 동화는 시시티브이에 찍힌 범죄 장면으로 생각나게 하는 효과를 주려한 것이기에. 시도 때도 없이 이루지는 부감 숏 그리고 음악이 사라지면서 주위를 찬찬히 돌려대는 카메라는 피범벅 장면마다 여지없이 핸드헬드로 흔들린다. 그리고 선거유세 같은 거친 점프 컷, 분할 화면, 극단적 렌즈의 사용 등 사실 이것들은 스타일리시에 머물 위험이 있다. 그래서 걸작이라 말하기에는 조금 머뭇거려진다.

그래도 상징 하나. 부스카페가 진땡 카메라를 갖게 되는 순간에 울려 퍼지던 기억나는 음악, "에브리바디 워스 쿵푸 파이팅" 나의 고딩시절 한참 듣던 칼 더글라스의 노래다. 이 미국 노래에 맞추어 브라질의 대가리 굵어진 10대들이 춤을 춘다. 성숙한 사회적 기반 없이 강대국 노래를 교가처럼 받아들이고 몸을 흔드는 모습이라니. 우리가 지나온 날의 표준화된 그 취향은 이 영화 속 미필적 고의의 살인교사를 강요하던 보이지 않는 손이 '누구' 라는 것. 그가 바로 FTA를 강요하는 '그' 라는 것, 간단하지 않은가? 그러나 카카, 아드리아노, 호나우딩요의 경기 이력을 줄줄이 외우는 나의 아들은 주성치가 메리야스 입고 싸우던 〈소림축구〉 OST에도 나왔던 노래란다. 기특하지만 그것이 바로 강자의 표준이란 것은 모른다.

신이 외면하는 도시

영화를 다시 보면서 바흐만 고바디의 영화 〈거북이도 난다〉가 떠올랐다. 언어가 단절되던 순간들. 이라크 국경지대 지뢰밭에서 팔 다리 잘린 저 어린 것들이 더는 길 수 조차 없을 때, 날아야 하는 이야기는 수

치심을 자극하기에 충분했다. 짠했고 눈물로 이어졌다. 어린이들의 삶
터인 지뢰밭에는 사랑과 우애와 존중이 지뢰처럼 묻혀있었으나 브라
질 아이들의 상처와 진물은 화농으로 발전될 뿐, 딱정이가 앉을 시간
이 없다. 이 신도 외면하는 도시에서 벌어지는 무규칙 이종 총격전에
서는 서로가 서로에게 공공의 적이 되기에 측은지심의 발동에서 더는
나아가지 못한다. 전에 본 브라질 영화 〈중앙역〉은 똑 같이 리우 데 자
네이로 사람들의 편지를 써주는 가난한 사람들의 이야기였는데, 거기
의 따뜻한 체온이나 희망이 읽히질 않아 안타깝다. 음, '고요한 이피랑
가의 강변에서' 라는 브라질 국가國歌는 애국에 대한 강요보다는 지구
의 허파로 불리는 웅대한 원시림을 노래한다던데….

　　악마는 가난한 집에 두 번 찾아간다던가. 과연 악마가 찾아가는
곳은 커피 콜로니제이션의 동네, 여기뿐인가. 코리안드림을 꿈꾸며 왔
다가 여수에서 불에 타죽은 아시아인들은 신의 도시 사람들은 아니런
가. 리우 하꼬방 소년들이 '다음 죽음은 내 차례' 라고 믿듯, 그 다음 죽
음이 자기 차례라고 믿는 외국인 노동자들에게 단속 다음은 감금 그리
고 추방 아니면 죽음이라는 공식일진대, 시장의 단일화를 위해 죽자
사자 달려가는 이 대한민국을 신이 지키는 나라라 말할 수 있을까? 다
시, 안타깝다.

대표 단수, 원빈! 졌다

아저씨(The Man from Nowhere)

감독	이정범
출연	원빈, 김새론
제작	2010년/119분/한국

익숙한…

한 사내가 있다. 혼자 산다. 큰 키, 더부룩한 머리지만 잘생겼다. 세상을 등진 채 살아가는 태식(원빈)은 어둡고 좁은 빌딩 구석에서 물건을 담보로 돈을 빌려 준다. 전당포 남자다. 고리타분하게시리, 젊은 놈이 사채업자도 아니고, 이 시대에 무슨? 그에겐 불행한 과거가 있을 것 같다. 여기 그의 삭막한 둥지에 작은 소녀가 새처럼 날아든다. 이 정도면 거의 〈레옹〉 버전 아닌가? 장르의 새로움이 없는 익숙한 컨벤션.

　〈레옹〉의 마틸다가 메리야스 걸친 젖 돋는 소녀의 롤리타 콤플렉스 스타일로 간 반면, 소미(김새론)는 아직 한참 아이다. 통통한 아이를 불러들였던 기존의 한국영화에 비하면, 소미는 연약하고 부드러운 듯하지만 유리같이 투명하며 섬세한 선을 가지고 있다. 상한 날개를 가진 한 마리의 새. 도벽에 익숙한 소녀는 이 우울한 남자에 의해 고통과 위험에서 벗어나고, 불우한 남자는 소녀를 통해서 구원 받는 형식으로 흘러 갈 것이라는 예상은 쉽다. 과연?

술 아닌 우유 마시기를 좋아하는(레옹처럼) 전당포 사내의 유일한 말벗 소미는 옆집 사는 댄서의 딸이다. 엄마가 약을 먹고 취하거나 집에 불량한 사람이 찾아오면 소녀는 아저씨를 찾는다. 손버릇 나쁜 데다, 없이 사니 친구도 없다. 레옹이 소시지 반찬에 밥을 차려주면서 묻는다. "너도 내가 나쁜 사람처럼 보이니?" 사연 많은 마틸다가 대답한다. "감옥이 잘 어울릴 것 같긴 해요. 아저씨 별명은 전당포 귀신이래요"라고 천진하게 말하던 아이가 도둑으로 몰리자 이 남자 모른 척한다. 아이의 절망스런 눈빛은 후일 그가 크게 갚아야할 빚이고 연결고리인 셈. 맹목적 운명이 아닌 존재들 간의 상호적 관계라는 말씀인데, 조금 허하긴 하지만 감독은 그냥 밀어붙인다. 왜? 주인공이 미남이시니까.

만사가 귀찮은 은둔자를 다시 세상에 나오게 하는 동인動因은 소미의 유괴사건이다. 태식의 유일한 말벗이 갑자기 엄마와 함께 사라지는 것. 소미 엄마가 나이트클럽의 스트립걸이자 마약 운반 역할이라는 우연으로도 영화가 된다니, 쯧쯧. 하필 태식이 전당잡은 물건이 소미 엄마 것이고 소녀가 아저씨에게 마지막으로 선물한 것은 '암흑의 기사' 카드다. 설정이 빤하지만, 희망 없이 살아가는 사람에게 공포는 없다는 데, 동의한다. 아니, 우리는 이 미남의 우수에 젖은 얼굴 때문에 '그까짓 것' 다 봐주기로 한다. 하이에나의 먹이에 손을 댄 소미 엄마가 장기가 척출된 채로 잔인하게 살해되고 소미의 행방을 알길 없자 태식은 물불 안 가린다. 한 발 늦게 뛰어 든 경찰과 범죄 조직의 추격을 받게 되자, 이 남자는 "소미를 찾아도 너희 둘은 죽는다"라며 악의 소굴을 청소하기 시작한다.

질투

배짱과 무술로 야차들을 하나씩 제거하면서 한국판 '레옹'의 불행했던 과거와 이력이 드러난다. 그는 깡패는 아니고 무관출신으로 전직 국정원 요원이었던 것. 특수작전부대에서 재능과 열정을 인정받던 과거 살인병기 이 남자는 작전 수행 중 사랑하던 아내가 비통하고 억울하게 죽었으니, 이제 더 이상 잃을 것도 두려울 것도 없다. 이 베테랑은 자신의 열정을 나쁘게 사용하는 것도 아니고 단순하게 쫓고 쫓길 뿐이니 우리는 어렵지 않게 그의 불우한 상황에 동화되고 그 용기에 고양된다. 별 능력이 없는 공적 영역의 형사들은 그의 프로필을 소개해주는 데 그치고 항상 버벅거리지만 그리 큰 방해를 하지는 않는다.

'독고다이'는 힘들다. 혼자 뛰니 어시스트나 세트피스도 없고 믿을 사람이 없으니 배신도 없다. 스토리 라인에 복선이나 반전을 깔 여유도 없다는 말이다. 원수를 갚는 〈킬빌〉의 베아트리스처럼 하토리 한조의 검을 구하러 갈 이유도 없고 전직 '섬멸 요원'이니 무술 비급을 찾거나 도사의 도움을 받을 필요도 없다. 원톱이니, 원빈 고생 좀 해야겠다.

무술과 작은 무기를 사용하는 액션 영화의 배경은 적당한 홀을 가진 복층 '객잔'이 제격이다. 〈킬빌1〉에서의 전투 신은 객잔의 좁은 공간을 아크로바틱하게 쓰기 위함인데, 여기서는 공장과 목욕탕 신으로 황량하게 때운다. 가죽재킷의 태국남자 타나용 윙트라쿨의 절제된 표정은 좋으나 무술 고수가 죽어야 하는 데는 설득력이 또한 부족하다. 그래, 악당 부하가 어설프게 착해지는 것 등 작은 것쯤 눈감아 주자. 왜? 원빈이니까.

검푸른 배경에 맞추어 끝까지 감색 수트 한 벌로 가는 원빈! 그 슬픈 눈에 눈물이 고일 것 같은데, 그의 손에서는 총알과 칼이 튀어나간다. 인간병기인 그가 보여주는 필살기는 동맥 자르기와 관절 꺾기, 거기다 사람의 뼈를 부러뜨린다. 그 징한 소리라니! 살을 파고드는 칼과 총의 기계작동이 깊은 울림을 만들어내는 과도한 사운드가 원톱 배우의 고단함과 불안함을 상쇄시킨다. 자동차가 시멘트 바닥을 돌 때 나는 불쾌한 소리를 비롯 영화 전반 에코를 너무 많이 넣은 사운드는 스토리의 세련됨보다는 출혈과 총소리 등 총체적 잔인함만 남는데…. 이 폭력 남용을 정의의 실천으로 슬쩍 치환하는 것은 하이에나들의 도를 넘은 탐욕과 잘생긴 배우의 멋진 복근이다. 에이!

또 질투

〈마더〉에서 모자란 청년 역이었는데, 턱선이 아직 반듯한데, 머리도 안 빠지고 배도 안 나왔는데 무슨 아저씨야? 했는데 '오빠'에서 '아저씨'로 잘 넘어가는 서른네 살 배우는 그 이름도 멋있다. 원빈! 이 귀때기 새파란 아저씨 비를 맞아도, 쉼표도 없이 사람을 패고 스타카토로 쑤셔대도 쿨하다, 참….

버스 창에 기대어 음악을 듣는 원빈, 푸른 조명의 지하도를 걷는 원빈의 뒤를 춤추듯 따라가는 카메라는 분노의 감정보다는 우수를 자아낸다. 비 내리는 골프장 그물 위로 떨어지던 고독한 사나이를 잡는 부감 숏은 아름답고, 총알 제거 수술을 받거나 머리를 깎아도 원빈은 멋지다. 셀프 삭발 신은 사실 복근과 우수의 눈빛을 보여주는 여성 관객들을 위한 서비스 숏인 것. 공들인 조명으로 피부는 검게, 눈동자는 더욱 검어 그의 결기는 의연해진다. 머리를 길러도 예쁘고 머리를 깎으면 얼굴선이 더 잘 보이는 데다 거기 피범벅이 되면 안쓰러워 꼭 안아주고 싶다. 긴 기럭지를 훑던 카메라가 세심한 클로즈업으로 삭발의 얼굴을 돋보이게 하는데, 피 흘리는 옆모습은 더욱 비장하다. 그러니, 영화 끝 장면에서 "한 번만 안아보자"처럼 어색한 대사마저도 감격일 수 있다.

숙제

생사람을 죽인 후 냉동고에 보관하는 장기척출용 시신 같은 상상을 뛰어넘는 잔혹함은 독하게 장사해야 먹고 사는 우리나라 영화판의 현주소다. 태식을 정의의 사도로 간주해 쑤시고 자르는 사형私刑을 용납하게 만드는 것은 '개미굴'에서 마약을 만드는 데 일조를 하던 아이들의 장기척출 밀매라는 끔찍한 설정이다. 도를 넘었다. 이것도 원빈이기 때문에 용서되어야 하는가?

한국영화에서 남자 배우로 뜨려면 조폭 액션은 필수과목이다. 강철중의 인기가 시들해진 후부터일까? 계몽이야 진즉 포기했고 실정법을 따르는 것이 정의라는 등식이 무너진 지 오래. 한국의 액션 영화들은 무능한 공권력을 대신하는 집행자들의 활극판이다. 잘생긴 배우가 살인병기 역할을 하거나 음험한 살인자(박해일)라는 설정은 꽤 오래 되었다. 장동건은 〈친구〉에서, 조인성은 〈비열한 거리〉에서 또 최민식은 〈올드보이〉에서 그 역할을 강하게 수행했다. 이병헌의 〈달콤한 인생〉 이후 이제는 한국영화에도 총기류가 장난감 수준을 넘어 제법 잘 소화한다. 〈아저씨〉 속 총격 신은 제법 세련됨으로 다가갔지만 그리 달갑지 않은 질주다.

공간성으로도 딸린다. 현대적 이미지를 담은 의미 있는 공간도 아닌 데다 이 영화 속 칼과 총을 휘두르는 장면들은 깔끔하지만 연결성으로서는 솔직히 〈올드보이〉의 '장도리 신'만 못하다. 강한 악당보다 더 강한 주인공만 살아남듯 단지 독하고 강한 영화만이 살아남는 것이 한국영화의 현실이라면, 안타깝다. 그러니 앞으로의 한국영화는 덜 잔인하게, 우아하고 품위 있게 가야 하는 숙제가 생겼다. 부디, 배우의 외모로 여성관객을 부르고 독한 액션장면으로 남성관객을 유도하는 영화는 이것이 마지막이었으면 하는데….

용서

피 한 방울 섞이지 않은 아저씨가 피를 흘리며 아이를 구하는 모습을 보며 동생을 잃은 잔인한 악당이 묻는다. "너, 정체가 뭐냐?"고. 이 남자 "나, 옆집 아저씨다"라고 말한다. 보통명사를 고유명사처럼 사용하려면 그 정도는 잘생겨야 하고 무술신공은 풀타임을 소화해야 한다. 아, 키 크고 잘생기지 못하면 동네 아저씨도 해먹지 못하는 더러운 세상이다. 그런, 대표단수를 이르는 보통명사를 『술꾼의 품격』을 쓴 전직 기자 임범은 '애주가'로, 유성용은 '여행생활자'로 자신을 표현한다. 이 영화를 통해 나를 표현할 보통명사의 틈새를 찾아야 하는 고민만 하나 늘었다.

원빈. 액션영화의 원톱이라면 외모가 몰입을 방해할 확률이 높은 배우다. 구태여 찾자면, 얼굴이 조금 길다. 키도 너무 크고. 아니, 그런데, 그 큰 눈을 갖고도 클래스가 다른 액션이 되다니. 원빈은 한국 폭력영화의 거룩한 계보에 차태식이라는 이름을 올렸다. "내일만 보고 사는 놈들은 오늘만 사는 놈한테 죽는다" 짧게 끊어 치는 대사가 바닥에 깔려야 하는데, 아직 목소리 멀었다. 그런데, 그것이 원빈과 무슨 상관이란 말인가?

'꽃짐승'이란다. 여성의 미모는 자본에 앞선다더니, 원빈의 눈빛 행동 모든 것이 영화의 성긴 스토리텔링과 플롯의 엉성함을 구원한다. 내 너무 구질구질했다. 졌다! 그리고 용서한다. 원빈.

마음에 서둘지 않는 경지

시(Poetry)

감독	이창동
출연	윤정희, 이다윗, 김희라
제작	2010/139분/한국

브레송의 〈무쉐뜨〉 죽음 이후

그녀가 물에 빠져 죽어 냇물로부터
넓은 강물로 떠내려갔을 때
하늘의 오팔은 마치 그 시체를
위안하려는 듯 매우 찬란하게 비추었다.

수초와 해초가 그녀에게 엉겨 붙어
그녀는 차츰 무거워졌다.
물고기들은 그녀의 발치에서 서늘하게 헤엄쳤고
식물과 동물들이 그녀의 마지막 여행을 힘들게 했다.

하늘은 저녁이면 연기처럼 어두워졌고
밤이 되면 별빛이 떠있었다.
그리고 그녀에게도 아침과 저녁이 있도록
하늘은 일찍 밝아졌다.

그녀의 창백한 몸통이 물속에서 썩었을 때
(매우 천천히) 일어난 일이지만, 하느님은 서서히 잊어버렸다.
처음에는 그녀의 얼굴을, 다음에는 손을,
그리고 맨 마지막에야 비로소 그녀의 머리카락을.
그 뒤에 그녀는 많은 짐승의 시체가 가라앉은 강물 속에서 썩
은 시체가 되었다.
— 브레히트, 「익사한 소녀(1920)」 전문

이것은 한 소녀의 죽음에 관한 이야기다. 브레히트 시에서 소녀
의 익사 원인이 드러나지 않는 데 반해, 1967년 프랑스의 영화감독 브
레송이 만든 〈무쉐뜨〉에서는 소녀의 죽음에 이르는 과정이 드러나 있
다. 우리가 짐작할 수 있는 어린 소녀에게 일어날 수 있는 많은 일들이
있은 후, 나막신 신은 길갓집 소녀는 언덕에서 몸을 굴려 스스로 물에
몸을 던진다. 첨버덩 하는 물소리에 몸을 맡긴 〈무쉐뜨〉의 마지막 사
운드는 남한 감독이 만든 영화 〈시〉에서 오프닝의 여울물 소리로 이어
진다. 한국의 어느 중소도시를 흐르는 강물에 머리를 처박은 시체로
교복 입은 어린 소녀가 둥둥 떠 있는 것. 그 무심히 흘러가는 남한강 물
에 뜬 시체 위에 〈시〉라는 타이틀이 새겨지며 영화가 시작된다. 그러
니 이창동의 〈시〉는 무쉐뜨의 죽음 그 다음 이야기인 것이다. 하얀 교
복을 입은 소녀는 왜 죽었을까? 그리고 그 죽음 후에는 도대체 어떤 일
들이 일어난 것일까?

예의 없는 세상

경기도 어드메 그저 그런 도시다. '조손 가정'이라는 사회적 언어 속의 외손자 욱이와 살아가는 여성(윤정희)이 있다. 할머니라긴 좀 그렇고 아줌마보다는 나이가 많은 이 여성은 아마 기초수급자일 것이다. 그녀는 최소한의 벌이를 위해 노인 간병을 한다. 그녀가 돌보며 목욕시키는 노인(김희라)은 사람을 불편하게 하는 시선을 가지고 있다. 인생의 마지막을 장식할 품위보다는 끈적끈적한 성적 애원이 간병인을 불편하게 한다.

그러거나 말거나, 시폰 치마에 꽃이 수놓아진 모자를 즐겨 쓰는 이 여성은 주민센터 시민강좌에 시 창작 수강신청을 한다. 하여, '욱이 할머니'로 살던 그녀에게 시보다 먼저 그녀의 이름이 찾아온다. 양미자. 미자는 곱다. 노년의 고집이나 게으름 혹은 초탈 이런 것 없다. 강좌에서 강사 시인(김용택)은 말한다. "살아가면서 젤로 중요한 것은 '본다'는 것이다" 미자는 시인이 시킨 대로 사과를 뒤집어도 보고 베어 물기도 하면서 사물을 잘 보려고 노력한다. 그리고 수첩에 느낌을 메모해 간다. 스무 살도 아닌데, 시의 역에는 멋진 기차가 자신을 또 다른 세상으로 안내해 줄 것이라고 믿는 미자. 그런데, 아름다운 시가 찾아올 줄 알았는데, 중학생 손자의 끔찍한 범죄의 뒤치다꺼리가 기다리는 것. 아, 그 때 다녀오던 병원 장례식장에서 실성한 듯 딸의 죽음에 몸부림치던 여자의 고통이 미자의 일이었다니….

중학생 손자는 급우들과 같은 학교에 다니는 '무쉐뜨'를 성폭행해 자살에 이르게 한 것. 그 소년의 아비들은 교감선생과 함께 '대책회의'를 한다. 뻔하다. 그들에게 궁금한 것은 과연 이 일을 누구누구가 알고 있는가이다. 해서, 경찰과 언론의 입을 막는 것과 행동통일이 첫번째. 다음에는 죽은 소녀의 육체에 값을 매기는데, 문제는 '분빠이'

다. 미자에게는 500만 원의 분담금을 낼 능력이 없고, 그들에게는 자식 교육에 대한 후회나 미안함 그런 것 별로다. 죽은 애도 죽은 애지만 우리 애를 어떻게 할 것인가? 살 놈은 살아야 한다는 것이 그들의 협동정신인데.

부동산 사무실에서 시커먹은 널브러진 음식 잔해의 장면들은 그들의 몰염치에 대한 상징일 터. "불쌍한 할머니가 눈물로 사정하는 거예요, 같은 여자끼리", 대책회의 중 맥주를 마시면서 "레이디 퍼스트!" 또는 "남자깨나 울렸겠네"를 입에 담는 남자들의 뻔뻔함, 시골 간이 정류장에 붙어 있는 '땅' 광고 등의 일상적 폭력들이 화면에 이어지는데, 예의 없는 것들! 경멸. 하지만 미자는 손자 혹은 같이 있는 대책위 남자들에게도 불쾌한 시선을 던지지는 않는다. 기가 막힐 때는 붉어진 얼굴로 마당에 나가 돌 아래 핀 붉은 맨드라미를 보는 것이 낫다.

시란 아름다운 것이라고 생각하는 미자가 시인에게 시는 언제 찾아오는가를 묻는다. "시상詩想에게 찾아가 사정해도 올 동 말 동한 게 시"라고 말하는 시인의 말을 좇아 미자는 시를 찾아 나선다. 그러나 아름다움은 항상 혼자 오지 않는 것. 멋진 시구 대신 미자에게는 치매 초기 증상이 찾아오는데, '전기'가 그렇고, '터미널'이 그렇듯, 흐르는 강물처럼, 아주 서서히, 명사부터 지워져 간다. 그리고 동사. 아마 자신의 과거 아픈 기억들도 그렇게 지워져 갈 거라고 믿는 미자는 치매를 받아들인다. 미자는 길을 걷다 말고 쪼그려 앉아 조심스럽게 수첩에 글귀를 적고 시낭송하는 곳을 찾아간다. 환대의 공간인 시낭송회 뒤에도 음담패설이 함께 하는 분위기에 실망하지만 미자는 진심을 다해 기다린다. 누구는 아름다움이 치매에 걸렸다고 이야기하지만 사실 치매에 걸린 것은 이 사회의 예의다.

삶의 결기보다는 받아들이는 것에 익숙한 미자는 성당의 애도 미사에서 소녀의 사진을 집어와 식탁에 놓는다. 손자는 죽은 '무쉐뜨(희진)'의 사진을 앞에 두고 태연히 밥을 먹는다. 고통은커녕 죄의식도 느끼지 못하는 손자는 아무렇지 않게 오락실에서 놀고 텔레비전을 보면서 웃는다. 사회적 체벌도 신체적 형벌도 받지 않는 아이들은 태평스럽고, 노인은 비아그라를 먹여달라고 애원한다. 이 무간지옥에 사적 복수를 시도하지 않는 죽은 여자 아이의 부모 앞에 거간이 되는 기자가 있다. '갑과 을'의 관계 속에 경찰과 기자가 있는 세상의 이 태연함 앞에 과연 시가 미자를 찾아줄까?

떨어지는 것들

미자는 소녀가 갔던 길을 따라 밟는다. 학교의 과학실, 소녀의 집과 강물 위의 다리까지도. 남한강 산수교 강물에 모자가 떨어지고 공책에는 빗방울이 떨어진다. 소녀의 고통을 이해하기 위해 찾아가는 시골길 바닥에는 살구가 떨어져 있다. 이 '떨어지는 것들'을 마음으로 받아들일 때, 놀랍게도 아득하던 시의 언어가 아주 조금씩 찾아온다. 감당할 수 없는 진실의 치욕과 함께 시의 손길이 찾아오는 것.

아득한 것이 빗방울로 얼굴을 스치다
아득한 것이 또 한 번 빗겨 내리며
그곳을 스치다

그래 나도 간다 몸겨누운 사람들 손발을 밟고
머리 타넘어 나도 간다 반지처럼 빛나는 치욕의
긴 긴 사슬을 끌며

개를 만나면 개를 타고 간다 깨벌레를 만나면
깨벌레에 업혀간다 아득한 것 살던 곳으로 간다
가서, 아득한 치욕 뿌리 내릴까

지금은 빗물 고인 길바닥의 그림자로 간다
— 이성복, 「아득한 것이 빗방울로」 전문

김노인의 욕망을 채워준 대가로 돈을 마련한 미자는 남자들에게 묻는다. "이제 이대로 완전히 다 끝난 건가요?" 그들은 그렇다고 말하지만 미자는 이것이 끝이 아니라 '아득한 치욕'임을 안다. 이것이 '바로 보는' 것이고 또한 시의 입구라는 것을 안 미자는 늘어진 작은 아파트를 깨끗이 치워놓고 손자의 손톱 발톱을 깎아 준다. 그리고 그 복잡한 생각으로 경찰과 배드민턴을 친다. 저린 팔을 위해 운동으로 배드민턴 콕을 보내는 것이 아니다.

원고를 제출한 후, 미자가 다다른 그 자리는 바로 그 소녀가 마지막으로 서 있던 강물 위의 다리다. 결코 아름다운 경치가 아니다. 서로에게 건너갈 다리가 없어 미자는 그 자리에 선다. 그녀는 다리 아래를 내려다본다. 진실을 알고 나면 더 이상 알기 전의 상태로 돌아갈 수 없는 법. 그래서 미자는 소녀가 되고 소녀는 무쉐뜨가 되는 자리가 바로 거기다. 아니, 미자는 오래도록 죽지 않고 무쉐뜨의 그 세월을 견뎌온 것은 아닐까? 그래서 「아네스의 노래」라는 미자가 지은 시의 뒷 낭송은 소녀의 목소리다. 뒤돌아보는 소녀 그리고 강물소리, 마지막으로 암전이다.

절제여, 오오 결기여

독일 시인이 쓴 시 속의 '하느님도 잊어버린 익사한 소녀'와 프랑스 영화감독이 만든 〈무쉐뜨〉가 신의 존재를 묻는 영화라면 이창동의 영화는 인간에 대한 예의를 묻는다. 스무 살 베트남 신부의 결혼사진이 곧 영정사진이 되는, 이 나라에 무슨 위로나 치료가 필요할까? 그래서 감독은 죽음 속에 은폐된 진실 혹은 이 시대의 죄의식에 대해 이야기하니 당연히 시각적 쾌감을 배제할 밖에. 그러니 칸에서의 수상은 불편한 진실이 되고 극장에는 불과 열 손가락 안에 드는 관객만 숨을 죽인다.

시낭송회에서의 와이담을 이해하지 못하는 순진한 표정의 윤정희, 성당에서의 비통하고 안타까움을 감추지 못하는 윤정희, 죄의식 없이 소녀를 윤간한 손자의 이불을 붙잡고 "왜 그랬어, 왜 그랬어?"라고 울부짖는 윤정희, 노인의 얼굴을 만져주는 슬픈 섹스의 윤정희, 목욕을 하며 우는 젖은 윤정희, 500만 원을 달라고 할 때의 붉은 얼굴을 한 '배우 윤정희'의 늙었지만 흰 몸은 '벌거벗어야 하는 고통'이라는 말이 레토릭이 아님을 보여준다. 천박과 비겁과 치사스러운 자들과 마주 서 소통할 수 없는 심연을 표현할 방법은 연기밖에 없으니 말이다. 아아, 칸에서의 심사위원장이 환상가 팀 버튼이 아니었다면…, 윤정희에게 여우주연상이 돌아갔을 텐데, 영화에게 또 배우에게 미안해지는 순간이다.

〈초록물고기〉로 영화판에서 살아남은 이창동은 〈박하사탕〉에서 "나 돌아갈래!"를 외쳤다. 건망증이 심한 시대를 살아가는 사람들에 대한 경종은 사실, 조금 쉬웠다. 그런대로 관객 수치에서 선방하던 이창동의 영화는 '니들 그렇지 않느냐?'는 냉소로 해석될 여지를 가진 〈오아시스〉와 〈밀양〉에서 분명 업적을 바라며 세상을 째려보던 눈길이 있었다. 그러던 그가 이제 〈시〉에서는 꼰대기질을 졸업하고 명쾌한 대조 아닌 애매한 대조를 즐기는 선수기질을 보여주는데.

애타도록 마음에 서둘지 말라
강물 위에 떨어진 불빛처럼
혁혁한 업적을 바라지 말라
개가 울고 종이 들리고 달이 떠도
너는 조금도 당황하지 말라
술에서 깨어난 무거운 몸이여
오오 봄이여

한없이 풀어지는 피곤한 마음에도
너는 결코 서둘지 말라
너의 꿈이 달의 행로와 비슷한 회전을 하디라도
개가 울고 종이 들리고
기적소리가 과연 슬프다 하더라도
너는 결코 서둘지 말라
서둘지 말라 나의 빛이여
오오 인생이여

재앙과 불행과 격투와 청춘과 천만인의 생활과
그러한 모든 것이 보이는 밤
눈을 뜨지 않은 땅속의 벌레같이
아둔하고 가난한 마음은 서둘지 말라
애타도록 마음에 서둘지 말라
절제여
나의 귀여운 아들이여

오오 나의 영감이여

　　　　　　　　　　　　　　　　　　　　－ 김수영, 「봄밤」 전문

　　이 영화를 관통하는 것은 시를 찾는 할매의 고통이라는 상투적 연민보다는 일상적 삶의 '예의 없음' 이다. 이창동은 죽은 자에 대한 산 자들의 벌거벗음을 속수무책을 넘어 토르소로 보여준다. 사실 브레히트가 말한 '서정시를 쓰기 힘든 시대' 가 아닌 '시가 죽어가는 시대' 의 예감과 징후와 결과에 대해 이야기 하는 것. 따귀 때리고 물 찌크는 막장 드라마와 소녀들의 골반춤과 초콜릿 복근이 노래가 되는 나라, 칸에서의 각본상을 받은 작품이 자국에서 시나리오 점수 빵점을 받는 나라에서는 영화 속 황병승 시인이 말한 대로 "시 같은 건 죽어도 싸" 다.

　　이창동은 〈시〉에서 감동에 이르는 상징적 조작과 드라마의 과단성을 포기한다. 관객들의 사유에 침범하는, 눈물을 만들기 위한 양념으로서 음악적 장치마저 절제하는 것. 명쾌한 드라마보다는 애매한 대조를 통해 수를 드러내지 않는 의뭉스런 이창동이지만 소녀의 세례명을 차용한 시 「아네스의 노래」는 필연적으로 누군가를 떠 올리게 한다. 덜 드러냄이 이 영화의 미덕일진대, 구태여 누구를 말하는 것이 무슨 의미가 있을까 싶다. 그것은 보는 사람의 몫이리라.

　　이창동은 시의 생명이라 할 서정성과 세련된 언어의 조탁을 '강물에 떨어진 불빛' 으로 치부하는 듯한 〈시〉를 남겼다. 부드러운 중의성을 통해 선명성을 대신하려는 태도는 '애타도록 마음에 서둘지 않겠다' 는 이창동의 작가적 선언으로 읽힌다. 그는 이런 결기 다음에도 남한에서 영화를 만들 수 있을까? 그 답은 시집을 사고 영화표를 사는 사람들에게 달려 있을 터.

제 81회 아카데미상 관전기

슬럼독 밀리어네어(Slumdog Millionaire) · 그랜 토리노(Gran Torino)

감독	대니 보일
출연	데브 파텔, 프리다 핀토
제작	2008년/120분/영국

감독	클린트 이스트우드
출연	클린트 이스트우드, 크리스토퍼 칼리
제작	2008년/116분/미국

인도 청년의 이력서

쓰나미로 한참 뒤숭숭 할 때, 인도에 보름 동안 다녀 온 적이 있다. 말을 걸어주는 동네였다. 잠깐의 시간에도 매혹은 도처에 널려있었지만, 게서 살고 싶지는 않았다. 집에 있는 사람들이 모두 거리로 쏟아져 나온 듯한 대로 위, 낑겨 탄 오토 릭샤 위에서 나는 깨끗한 생수를 마셨다. 버짐 핀 그 '신의 아이들'의 손을 잡지도 않았다. 가느다란 탄식이 나오는 좁은 골목길 식당에서 그들의 짜파티와 커리보다는 한국인답게 보라색 무로 만든 김치 비슷한 것에 찰기 없는 쌀밥을 챙겨 먹었다.

　　광활한 유채밭, 바라나시의 아름답고 소름끼치는 풍경 등 어디에 앵글을 두어도 사진이 되는 풍경에 영화 속 자말 형제가 신발을 훔치던 타지마할은 아름다웠으나 통풍이 잘 안 되는 백색궁전 안 냄새는 역겨웠다. 그리고 여행자 아닌 관광객이 보는 인도영화는 그저 그랬다. 렘브란트 조명, 불어오는 바람에 휘날리는 여주인공의 머리카락, 뻔한 스타일의 노래와 군무, 우연의 반복, 권선징악과 그 슬픔이 맥락으로 연결되지 않고 그저 해피엔딩으로 끝내는 그런 것 말이다.

첫 번째 회상 장면은 매혹이다. 인도라는 천지인의 조화가 만든 뭄바이 빈민가의 녹슨 양철지붕을 붙드는 카메라가 만든 디자인은 하느님이 쓱싹 붓으로 칠한 듯하다. 비슷한 패턴이 만들어낸 반복의 파스텔 톤 그림은 누추함이 아닌 모던함으로 다가온다. 이제 그 모자이크가 완성하는 풍경이 빠르게 줌아웃되고 나면 가난한 아이들이 띈다. 뭄바이 특유의 사회문화적 도상圖像으로 좁은 골목과 부감 숏으로 잡은 기막힌 색상의 빨래터를 지나 기차 위까지 아이들은 띈다. 쫓고 쫓기는 긴장 속에서 잡히고 도망가는 스타일이라니. 그렇다. 〈슬럼독…〉은 인도 영화가 아니다. 바로 〈트레인 스포팅〉의 대니 보일이 만든 영화인 것. 신의 아이들이 아닌 신도 버린 아이들의 기구한 운명이 어지러운 몽타주 장면으로 펼쳐지는데….

이 슬럼가에 그분이 오셨다. '아미타브 밧찬' 말이다. 인도 최고의 배우를 보기 위하여 대지미술을 방불케 하는 쓰레기장과 공동변소의 똥통 속을 기어 나온 우리의 주인공 자말은 기어코 스타의 사인을 받아낸다. 이 아이의 삶이 어떠한 어려움도 강한 의지로 극복한다는 암시렷다. 이교도의 폭동에 부모 잃은 자말과 살림 형제와 아몬드 눈을 가진 라띠까 이들은 콜라 한 병에 앵벌이가 되고 만다. 장님 앵벌이를 만들기 위해 눈에 수은을 넣고 숟가락으로 파내는 삼촌새끼들을 피해 이들 형제는 타지마할에 흘러들어 안내원 겸 신발 도둑놈으로 살아간다. 이 거지 자말의 연기에는 이를 악물고 눈에 힘주고 그런 것 없다. 그저 선량하게 바라볼 뿐. 형은 갱단이 되고 라띠까는 갱단 두목의 노리개가 되는 설정은 대니 보일의 솜씨라기보다는 원작에 충실한 결과일 것이다. 인도식 신파다.

모바일회사의 텔레마케터가 된 자말은 퀴즈쇼에 나가게 되는데, 이제부터는 블루와 오렌지 조명이 막 섞인다. 이것은 예술가의 자아실현을 위해 만든 영화가 아니란 말씀(경제도 어려운 마당에 무슨 예술인가?). 쉽지 않은 문제가 출제되지만 그는 답을 척척 맞추어나간다. '모든 정답은 그의 삶이었다' 는 카피대로 그 문제들은 그가 이미 인생 밑바닥에서 몸으로 체득한 삶이었으니까. 미국 100달러 지폐에 새겨진 얼굴의 주인공을 맞추는 문제는 눈을 잃은 친구에게 적선한 통큰 이야기고, 더 어려운 문항들은 부잣집 도련님 차심부름하면서 귀동냥으로 들은 것이다. 커피잔을 나른다고 어디 차만 따르겠는가. 그렇다. 생존을 위한 적응능력에서 생긴 '어깨너머' 배운 지식들이야말로 최고의 지식이고 근근이 사는 일이 잘사는 것이란 말이다.

방송국의 거물과 경찰은 이 덜떨어진 녀석이 문제를 맞히는 데 무슨 음모가 있는가를 밝히기 위해 고문과 인권유린을 자행한다. 빈민가 출신이 어떻게 어려운 문제를 풀 수 있는가라고 따지는 것은 전문대 나온 백수가 무슨 '미네르바' 냐고 묻는 것과 비슷하지 않은가, 하하. 영화 속 악당님은 "남자는 돈과 여자 때문에 실수를 저지른다"라고 말하던가. 형은 돈 때문에 죽어가지만 동생은 라띠카를 찾기 위해 퀴즈쇼를 포기하지 않는다. 부모의 죽음 끝에 죽어라 고생한 다음에 적들의 음모를 깨고 미인을 차지한다는 감동의 쓰나미는 영웅설화의 패턴 그대로다. 결국 개천(슬럼독)에서 용(백만장자)이 나는 이 이야기는 사람 징하게 많은 기차역 군무 댄스로 엔딩 크레딧을 올린다. 당연하지 않은가, 인도인데.

잘 늙은 미국 노인의 유언

미국 중서부 어디, 포드 공장 조향 파트에서 50년을 근무한 한 노인의 마누라 장례식에 가족들이 모인다. 그런데 교회에 차려진 할머니의 관 앞에서 손자놈은 문자질이고, 피어싱에 배꼽티를 입은 손녀 지지배는 담배를 피우면서 영감의 분신 같은 1972년산 그랜 토리노를 달랜다. 우리나라로 말하면 잘나가던 시절의 '각그랜저' 정도나 될까? 기름 많이 먹는 데다 외관은 투박하며, 도요타의 기능에 비해 뛰어날 것도 없는 차종 말이다. 어림없다며 혀를 차고 때로는 눈을 부라리는 이 노인에게 되는 일이란 하나도 없다. 거기다 귀때기 새파란 신부 녀석은 "죽음이란 쓴맛의 고통과 단맛의 구원"이라는 같잖은 말을 내부치면서 이 고집불통 노인에게 고해성사를 하란다.

　한국전쟁에서 수많은 적(?)을 죽이고 살아남은 퇴역용사 월트 노인에게는 살아남은 것 자체가 고해고 짐이다. 도요타 자동차 세일로 먹고 사는 아들놈은 아비가 양로원에 가길 바라며 재산이나 탐내니 노인의 친구라곤 개 한 마리뿐이다. 참나, 백인들이 살던 미국인 중산층 동네는 이제 노랑둥이 검둥이들이 설치는 동네가 되었다. 떠나지 못한 이탈리아계 이발사와 노가다 십장 정도만 남았고 의사도 중국인이고 옆집에 이사 온 사람들은 쌍까풀이란 없는 보트피플 출신이 분명할 소수민족, 알고 보니 묘족苗族이란다. 얼치기 흑인 갱들과 잘못 얽혀 소란을 피우는 묘족의 알 수 없는 친절로 인해 노인은 피곤할 뿐인데…. 어느 날 저녁 누군가 토리노를 훔치려든다. 옆집 묘족 청년이다.

집 앞에 성조기를 걸고 무료하게 흘러가는 시간을 지키던 노인 (아! 저 지친 모습의 노인이 시거를 씹던 〈석양의 건맨〉이고 매그넘을 들던 〈더티 해리〉란 말인가?)은 '에무왕(M1)'으로 동네서 이 묘족 가족을 괴롭히는 갱들을 혼내준다. 질서 없이 돌아가는 동네 꼬라지에 침을 찍찍 뱉는 노인네는 맥주가 떨어지자 술 한 잔을 얻어 마시려 이웃에 들렀다가 그들의 고유한 음식을 맛보며 이 키 작은 사람들의 기담을 듣는다. 베트남전 당시 미국 편을 들었다는 이유로 대학살이 감행되자 이를 피해 건너왔다는 사연에 자신이 살기 위해 총질을 한 동양인들의 삶이 새로운 무게로 다가섬을 노배우의 지친 눈빛으로 말해 주는데….

이 귀찮은 아시아 사람들이 정이 많은 사람들이란 걸 깨달은 노인은 묘족 얼빵 청년 토드에게 관심을 갖는다. 영감은 소년을 동네 이발사 아저씨에게 데려가 욕지거리를 늘어놓으며 남자답게 대화하는 법과 미국에서 살아남는 법을 가르친다. 노인이 작업실로 데려가 토드에게 보여주는 장면은 의미 깊다. 작업실을 가득 채운 수많은 공구로 상징되는 연장들은 미국이란 나라의 부지런함을 말해 주는 것. 미국이 세계를 이끌고 또 고치고 하던 중요한 역할에 대한 상징일 것이지만, 구구한 설명은 하지 않고 다만 보여줄 뿐이다. 할배와 토드는 이제부터 서로에게 의미 있는 타인이 되느니만큼, 산업화 시대의 강대한 미국을 추억하는 상징물인 그랜 토리노를 누구에게 줄 것인가는 뻔한 예측을 자아낸다.

"사람에게 일어나는 대부분의 일은 그가 주문하지 않은 것"이란 노인네의 말씀처럼 그에겐 원하지 않는 일이 일어난다. 동네 양아치들과의 최후의 대결 말이다. 클린트 이스트우드란 아이콘 그대로 역시 그는 수호신 역할을 한다. 그렇지만 이 총잡이 할배는 손가락으로 '빵' 하는 시늉을 해 보일뿐, 끝까지 총을 사용하지 않는다. 반전 없는 반전인 것. '요즘 애들, 문제야' 라는 뻔한 무책임이 아니라 죽음으로 문제를 해결하는 숭고함은 노인을 위한 나라는 없지만 노인도 할 일이 있다는 말씀 아닐까? 비록 퇴물 경호원 혹은 퇴물 노동자로 늙어갈지라도 자존심 있는 꼰대로 늙어 갈 것에 대한 주문으로 읽힌다.

〈미스틱 리버〉, 〈이오지마에서 온 편지〉, 〈체인질링〉 등 만년에 만든 작품마다 의미 깊은 작품을 남긴 이스트우드 영감님께 한 가지 여쭙고 싶은 말이 있다. 글쎄, 인간의 삶이 평생 골수에 새겨온 생각을 죽음 직전 몇 사람들과의 관계 속에서 '단맛의 구원'으로 쉽게 변할 수 있냐?, 이거다. 물론 답은 필요치 않다. 내 삶을 이어줄 싸가지 있는 제자에게 그랜 토리노를 물려주는 늙은 백인 도사의 반성문은 〈밀리언 달러 베이비〉의 연장선상에 있으니 말이다. 총잡이로 인생을 보낸 노인의 이 고해서를 다시 한 번 해석하자면, 이렇게 집안 가득 채운 공구와 총으로 살아온 거대 미국도 이제는 의미 있는 모션으로 조용히 사라지라는 메시지로 받아들여도 좋을지….

〈더 레슬러〉 그리고 제81회 아카데미 상

작년 제80회 오스카 시상식은 예술영화 전용관의 모습이었다. 〈노인을 위한 나라는 없다〉에 작품상 감독상 등 4개의 상을 안겼고, 〈데어 윌 비 블러드〉도 2관왕을 수상했다. 글쎄, 칸이 아닌 아카데미가 이런 난해한 영화에 상을 몰아 준 것은 그들이 견지하는 영화 이념이 변했다기보다는 코엔 형제나 다니엘 데이 루이스에 대한 존경의 표시였으리라. 그렇다면 올해 81회 오스카가 〈슬럼독…〉에게 8개 부문을 몰아 준 것은 과연 크리슈나가 은총을 베풀어서 그랬을까?

형제애와 순정 거기다 돈과 퀴즈왕 등극 등 이런 것들을 속도감 있는 내러티브로 전달하는 몽타주 방식 또 거기다 적당한 시간에 악인을 죽일 줄 아는 맺음도 나쁘지 않았다. 가능한 변화를 넘어선 인생 역전의 '슬럼독' 들이 지친 사람들에게 희망을 던져주는 해피엔딩은 봐 줄만 했다. 그럴 수 있겠다. 역시 아카데미는 감동드라마를 선호한다는 그들 심사위원들의 입맛대로 돌아온 것이었을 테니. 그 이면에는 불황에 접한 사람들의 불안한 심리에 희망을 던지려는 것 거기다 인도 및 제3세계 관객을 위한 아부도 작용했을 것이니 말이다.

〈다크 나이트〉의 조커 고故 히스 레저가 남우조연상을 수상한 것이나 〈월e〉가 애니메이션 상을 탄 것에 공감한다. 그런데 아까운 배우가 있다. 바로 미키 루크! 희대의 미남으로 킴 베이싱어와 아름다운 섹스의 모던한 파티를 보여주던 〈나인하프 위크〉의 그가 〈더 레슬러〉로 돌아온 것에 우리는 낮은 탄식으로 응원을 보냈다. 그러나 영화 속 카메라는 한 번도 그의 얼굴을 정면 클로즈업으로 보여주지 않는다. 이제 그는 결코 매력이나 기품이 있는 배우가 아니라는 것을 카메라도 관객도 너무 잘 알기에. 〈더 레슬러〉는 짠한 이야기다. 또 다시 이런 마이너 정서에 상을 주기에는 경제로 느끼는 사회분위기가 너무 어두웠을까?

　　인간에 대한 애정이 〈슬럼독…〉의 수상으로 연결되었다고 믿는다. 현란한 칼라와 멋진 조명의 〈슬럼독…〉이 우리가 보듬고 가야할 것에 대한 상찬이라면, 카키색 군복색깔보다 조금 다른 낮은 채도를 가진 우울한 블루의 〈그랜 토리노〉는 와 버린 길에 대한 회한 그리고 어떻게 남은 생을 영광스럽게 마감할까에 대한 질문일 것이다. 이 영감님의 유언장은 81회 아카데미상에서 배제되었다. 그래서 전북비평 포럼에서는 감독상에 한 시대를 읽는 눈을 보여준 클린트 이스트우드 영감님을 올린다. 그럼, 남우주연상은 누구냐고? 당연히 〈레슬러〉의 미키 루크 형님이시다.

윤상원로路와 느긋한 연대

화려한 휴가(May 18)

감독	김지훈
출연	김상경, 안성기, 이요원
제작	2007년/118분/한국

S#1. 윤상원로

사식집이 즐비한 을지로 3가, 네거리에서
나는 사막을 체험한다.
여러 갈래길, 어디로 갈 테냐
을지로를 다 가면
어느 날 윤상원로가 나타나리라.
사랑하는 이여
이 길은 隊商이 가던 비단길 아니다
살아서, 여럿이, 가자.

황지우의 시집 『나는 너다』에 나오는 시다. 윤상원? 모르는 사람도 많을 것이다. 1980년 5월 27일 새벽, 광주도청에서 진압군의 총탄에 생을 마친 청년. 그를 모르는, 혹은 잊게 된 내 또래의 사람과는 도쿄돔의 홈런 소식이나 미국의 서브프라임 위기가 가져올 여파를 이야기한다. 서로의 영역을 밟지 않기 위해서, 다치지 않기 위해서. 그렇지만 나도 승엽의 홈런이 기쁘다. 그리고 몇 푼의 펀드가 불어나는 것이 좋다. 그러므로, '나는 너다'. 하지만, 아시다시피, 아직 광주에는 '윤상원로'가 없다.

S#2. 기우杞憂

한참 〈캐러비안의 해적3〉로 돈을 벌고 있던 동네 극장 사장님이 물었다.

"〈화려한 휴가〉 요것이 100억 든 대작인데, 손님 좀 들까요?"

답을 하기 어려웠다. 잊을 수 없는 사람이 있고 고별사로 보내줄 수 없는 시절이 있는 것. 붙들고 있기도 내려놓을 수도 없는 어떤 것이 '광주' 아닌가. 진상규명이나 책임자 처벌이 안 된 상황에서 가해자와 피해자가 눈을 뜨고 살아있는데, 의미 있는 혹은 매혹적 장면을 만들기가 쉽지 않을 텐데. 글쎄, 주제는 어쩌고, 스타일로서 강건체가 아닌 우유체의 광주는 과연 가능할까? 도대체 무고하게 죽어간 사람들의 그 아픈 사연을, 잔인무도한 군바리들과 미국의 애매한 태도를 어떻게 두 시간에 줄인단 말인가? 아니, 그 후로도 오래도록 유령처럼 맴돌던 공포와 슬픔과 상처, 무력한 언론에 대한 극도의 절망감을 과연 어떻게….

이 작은 투자자는 나의 "글쎄요?"에 섭섭해 하는 눈치였다. '잘 될까?'에서 '잘 되면 좋겠다'는 생각이었지만, 솔직히 관객이 안 드는 쪽에 걸고 싶었다. 음, 졸전은 고사하고 자뻑만 없어도 좋을 텐데. 아무리 잘 만든 '5월'이라 해도 운하를 만들겠다는 이李가도 좋고 '아빠 만세'의 박朴가도 나쁘지 않다는 사람들이 넘쳐나는 현실에 대한, 학습효과였을 것. 심한 말로 심형래는 다시 개그를 하면 되지만, 이 영화가 뒤집어지면 이것은 치명상이 될 터이니까.

S#3. 뮤직 비디오

> 너무 가지 말자.
> 너무 가면 없다!
> 너는 자꾸 마음만 너무 간다.
>
> — 황지우, 「나는 너다」 중 130-1

　　나도 봤다. 중산층을 향한 내 현실적응 감각은 틀렸다. 나행이다. 이것저것 다 넣으려는 욕심에 대한 절제, 좋다. 복잡하지 않다. 고통스럽긴 하지만, 신념을 강요하거나 계몽도 강하지 않다. 택시 운전하는 착한 형(김상경)과 공부 잘하는 동생(이준기)의 이야기는 〈태극기 휘날리며〉처럼 역시 형제 코드. 일상을 살아가는 약소자와 간호사(이요원)의 사랑이야기는 소박하고. 역사가 개인적 운명에 영향을 미치지만 홈드라마 형태로 수위를 낮추려는 것. 운전수 주변인물로 범위를 넓히면서 혁명가나 지식인도 아닌 프롤레타리아 둘을 섞어 진한 농지거리로 무게를 잡지도 않는다. 먹물들이었다면 필요한 말들 아니면 벅찬 언어로만 되어있을 대사들이었을 텐데, 젊은 감독 김지훈은 강박을 잘 헤쳐 간다.
　　"괴로우나 즐거우나 나라 사랑하세"라는 애국가에 맞추어 금남로에는 꽃잎처럼 붉은 피가 뿌려진다. 살육. 지옥을 드러내는 공들인

뮤직비디오에 사람들이 운다. 나도 눈 위로 손이 올라간다. 시민군의 대화는 우리에게 부산 앞바다에 항공모함을 파견한 혈맹 미국은 무엇인가를 묻지만 오래 붙들진 않는다. 그랬을 것이다. 비디오보다 참혹하면 외면할까봐, 감독은 속도와 감정선을 잘 조절한다. 발포와 학살에 맞서 "우리는 폭도가 아니다"라는 최소한의 외침과 "우리를 기억해 주세요"라는 신애의 절규는 짧게 잡고 휘두르는 스윙이다. 웃음과 로맨스 그리고 신파로 안전판을 담보하기에 간호사의 살인이나 총을 드는 신부 장면 역시 그리 부담스럽지 않았다. 전형적 인물들임에도 불구하고 다행히 자뻑은 없다.

주인공들의 표준말 사용은 이것을 단지 전라도 영화로 만들지 않겠다는 감독의 계산이었을 것이다. 〈웰컴투 동막골〉의 강원도 사투리는 모두의 이해가 같기에 흉내 내고 싶지만, 이 동네 사투리만큼은, 아니다. 왜? DJ의 사투리는 그의 업적에도 불구하고 그를 '한 지방의 지도자'로 만들고 마는 것이 보수신문의 꼬투리거늘. 사투리, 문제없다. 오란씨와 교련복과 장발 등 당시의 코드도 잘 살렸다. 됐다. 썩 좋지는 않지만, 이정도면 잘 만든 대중영화 아닌가.

마지막 장면. 죽은 자들은 모두 웃고 산자 신애만이 어리둥절해 있는 결혼사진은 그래도 고급독자를 위한 장치로, 살아남은 자의 슬픔일 것. 다큐 식으로 드라이하게 갔으면 예술성은 살 지 모르지만 '저 새끼들 하는 짓이라니' 그런 평가를 들었을 것이 뻔한 일. 사실 이 이야기는 미니멀이다. 너무 많은 비극중의 지극히 작은 이야기이고 시작이니까. 앞으로도 짐승들의 잔인함에 대한 증언과 어깨 펴지 못하고 사는 사람들의 괴로움에 대한 새로운 버전은 계속 만들어져야 한다.

S#4. 느긋한 연대

나무를 심은 사람 윤상원이 등장하지 않은 것, 하나도 서운치 않았다. 감독이 오버하지 않으려 애쓴 것처럼 나도 울지 않으려 눈꺼풀에서 눈물을 말렸다. 그리고 영화 속 형이 살아남기를 바랐다. 살아남는 것 또한 아름다운 일이란 것을 보여준다면, 그날 물러서고 외면하던 사람들과 변심보다는 좀 바빠서 모른 척 살아가던 사람들에게 위로가 되지 않을까 해서 하는 말이다. 그래서 이승엽과 펀드 수익률을 이야기한들 무에 그리 나쁘랴.

나는 칼숲 거리의 계엄령이 인간의 영혼에 어떤 재갈을 물리는가를 체험한 세대다. 하지만 4·19에 대한 추억은 단지 교과서 속의 사진 몇 장과 수유리에서의 참배뿐. 이 영화를 만든 김지훈 감독이 1971년생이란다. 그 역시 화면 속에서만 5월을 기억할 터인데, 기특하지 않은가? 〈목포는 항구다〉라는 평범한 영화를 만든 경험이 전부인 이 대구 청년은 충격과 공포, 불심검문과 굴욕의 시대를 살아보지 않은 사람이기에 덤빌 수 있었을 것이다. 작년, 화염병으로 〈괴물〉을 퇴치하자는 유쾌한 설정을 보여준 봉준호, 이 영화에 100억을 파이낸싱한 제작자, 스크린을 500개나 확보한 배급사를 차린 386들은 돈 말고도 '뭔가를 알려야 한다'는 문화적 가치와 사명감을 잊지 않은 것이리라. 수익률이 최우선일 이 판에서 밥 먹는 세대들의 이 느긋한 연대에서 나는 느린 희망을 본다.

다시 극장 안. 고급 추리닝 바지에 팝콘을 들고 히히덕거리는, 끈으로 윗몸을 가린 젊은 처녀애와 카키색 밀리터리룩 반바지에 스니커즈 차림으로 다리를 앞좌석에 올리는 싸가지 없는 머시마들에게도 광주의 오월은 전해진다. 나는 경청을 방해하는 저들이 밉지 않다. 예쁘다. 이 영화는 젊은 관객의 참여가 중요한 관건이니까. 제아무리 영화가 쉽다 손치더라도 이들에게 광주는 관찰이나 경험이 불가능한 영역의 페이지일 것. 글쎄, 이 영화 한 편으로 젊은 것들이 역사의 만리장성을 쌓겠냐마는 이들에게 최소한의 기억과 해석은 가능할 것 아니겠는가? 혹시 이들 중 몇이라도 '윤상원'을 검색엔진에 넣어보는 이도 있을 테니…. 벌써, 80년생이 서른 살이 다 되간다. 서른 살에도 광주를 아는 사람이 있고 오십에도 광주를 모르는 사람이 있을 수 있다. 다시 몇 년 후에는 광주 이후에 태어난 젊은이가 만든 또 다른 광주가 나오지 않겠나.

S#5. 우리를 잊지 말아 달라

바람에 지는 풀잎으로 오월을 노래하지 말아라
오월은 바람처럼 그렇게 서정적으로 오지도 않았고
오월은 풀잎처럼 그렇게 서정적으로 눕지도 않았다

오월은 왔다 피묻은 야수의 발톱과 함께
오월은 왔다 피에 주린 미친개의 이빨과 함께
오월은 왔다 아이 밴 어머니의 배를 가르는 대검의 병사와 함께
오월은 왔다 총알처럼 튀어나온 아이들의 눈동자를 파먹고
오월은 왔다 자유의 숨통을 깔아뭉개는 미제 탱크와 함께 왔다

노래하지 말아라 오월을 바람에 지는 풀잎으로
오월은 바람처럼 그렇게 서정적으로 오지도 않았고
오월은 풀잎처럼 그렇게 서정적으로 눕지도 않았다
　　　ㅡ 김남주, 「바람에 지는 풀잎으로 오월을 노래하지 말아라」
　　　　　　　　　　　　　　　　　　　　　　　앞부분

"우리를 잊지 말아 달라"고 절규하던 장면을 '386동창회 내지는 노땅들의 술자리 회고담 같다'는 젊은이의 리뷰가 있었다. 그럴 수 있겠다. 세월 흘렀으니. '원인적 모순과 저항의 알맹이는 쏙 빠졌다'고 말하는 야박스런 평론가의 지적도 있었다. 앞에 올린 김남주 시가 주던 분노가 빠져서 그렇게 말할 것이다. 옳은 지적이다.

역사가 사실의 기록이 아니라 새로운 해석이라는 점에서 별로 새로울 것이 없다는 그들의 말에도 일리는 있다. 그런 사람들에게 일단 나는 몇 학번이냐고 묻는다. 나이를 벼슬 삼기 위함이 아니라 그를 이해하기 위하여 묻는 것이다. 그런 그에게 나는 말한다. 우리 사회의 수준이 〈디 워〉 정도라면, 〈화려한 휴가〉 이 영화는 전략이라고. "이제 그만 하자"며, 광주를 지역의 문제로 폄하하는 트랜스포머들 앞에서 보여줄 수 있는 어쩔 수 없는 최소한의 전술이라고. 어디에도 없는 '윤상원로'가 어딘가에 있지 않겠냐고.

3
人生과
영화
사이

영화 내내 긴장을 불어넣던 대령의 대화에는 유머가 없다. 히틀러도 마찬가지다. 정신에 대한 각성이 없기 때문에. 마찬가지로 경전이나 역사책에는 유머가 없다. 세상이 근엄할수록 유머는 필수일 것. 영화는 역사책이나 성경이 아니라는 말씀. 타란티노가 창조한 절체적 상황에서 쥐새끼들을 한 방에 몰아넣고 불을 지르는 유머는 영화라는 장르를 자유롭게 한다. 더불어 역사책을 싫어하는 청년이 가지고 있는 알량한 역사적 지식을 무장해제 시키고. 역사적 개연성을 붙잡고 늘어지는 우리를 근엄에서 벗어나게 해주는 즐거움만 가지고도 충분히 가치가 있는 작품 아닐까?

피요르드행 배낭을 꾸리게 하는

카모메 식당 (Kamome Diner)

감독	오기가미 나오코
출연	코바야시 사토미, 카타기리 하이리
제작	2006년/102분/일본

핀란드 붐을 만든 영화

콜럼버스는 동쪽 끝에 '지팡구'라는 황금의 나라가 있다고 믿었다. 마
네나 모네 등 인상파들은 일본의 도자기와 부채들을 좋아했다. 유럽
사람들이 동쪽 끝 먼 나라를 그리워하는 것처럼, 일본사람들은 북구의
끝을 동경하는 것일까? 자리에 들기 전, "껌을 씹고 자라(그런 정신 나
간 엄마들이 있겠는가?)"는 자일리톨의 나라, 시벨리우스의 나라 핀란
드 헬싱키에 한 일본 여자가 식당을 연다. 이름하여 카모메(갈매기)식
당. 중년 여성 사치에(고바야시 사토미)가 경영하는 이 식당은 일본 고
유의 주먹밥이 대표 메뉴. 식당에서 먹을 수 없는 '집밥'을 파는 것은
좋은 아이디어지만 깨끗한 홀엔 그저 투명한 햇빛만 쏟아진다. 통유리
로 안팎이 훤히 드러나 보이는 식당 앞으로 의심 많은 서양 할매들이

잠깐잠깐 스쳐지나가며 고개를 갸웃할 뿐.

　　이 영화, 백사장에서 길손의 새우깡이나 얻어먹는 갈매기에 대한 이야기가 아니라 날다 지친 갈매기처럼 쉬어가는 세 여성의 이야기다. 눈이 휘둥그레지는 음식 이야기라기보다는 조용하게 날개를 부딪지 않고('서로의 죽지에 얼굴을 파묻는'이란 표현은 좀 진부하지 않은가?) 날아가는, 먼 나라 이웃나라의 이야기다. 서로 다른 이유로 핀란드에 모인 세 명의 이 일본여자들은 한 사람 한 사람 시차를 두고 선을 보이는데, 한꺼번에 한 상 차려내는 것이 아니라 조금씩 뜸을 들인 후 등장하는 것이 뷔페 아닌 코스요리 같다.

여자 셋이 빚는 소울 푸드

연어를 좋아한다는 이유로 핀란드에서 식당을 하고 있는 사치에(젊은 날 원미경 닮은)가 인사하는 모습은 사월 햇볕이다. 여기 일본 만화 오타쿠인 핀란드 청년 토미가 첫 손님으로 찾아와 대뜸 만화영화 〈독수리 5형제〉의 주제가를 묻는다. 문제에 답을 하는 사람은 꺼다리 노처녀 미도리(가타기리 하이리)인데, 그녀는 눈을 감고 지구본을 돌려 손가락 가리킨 곳이 핀란드라 일본을 떠나온 갈매기로, 카모메 식당의 인턴종업원이 된다. "만화영화 주제가를 좋아하는 사람치고 나쁜 사람이 없다"는, 그녀 나름의 철학은 일리가 있다. 아니 동의한다. 끝으로, 여행객치고는 성장차림의 마사코 여사님은, '휴대폰 멀리 던지기 대회'가 있는 나라여서 핀란드를 여행지로 선택했는데 도착해야 할 짐을 잃어버려 함께 식당에서 생활하게 된다. 일종의 단기 스태프인 셈. 별것 아닌 이유로 모여들었다는 설정 자체가 흥미롭지 않은가?

　　항구의 밥집 아가씨 사치에의 맛깔스런 음식과 함께 식당을 둘러싼 이 일본 여인들 그리고 몇 명의 핀란드 사람의 사연이 이야기를 만드는데…. 여기 세 명의 여자 주인공들 모두 적당한 나이를 먹었지만 그만한 나이에 있기 마련인 쓰러진 연애나 갱년의 불안을 말하지 않는다. 여기까지 날아오느라 깃털이 얼마나 해어졌을 텐데 말이다. 당연히 그들 중 누구도 서로의 사연에 안달하지 않는다. 여기 남편의 부재로 인한 슬픔에 빠진 핀란드 중년 부인이 나타나 작은 파문이 생기고, 주먹밥의 첫 번째 '고객님'은 당연히 술에 '쩐' 핀란드 아줌마인데….

이들의 마케팅 전략은 예의바르고 친절한 서빙과 조리로 착한 음식을 만들어 내는 것. 어머니가 만들어주신 주먹밥을 팔 줄 아는 그녀는 자신의 고향만을 아름답다고 말하지 않고 이역만리 어느 곳도 고향이라 생각하는 일찍이 볼 수 없던 배짱 좋은 여성. 경영합리화, 그런 것 없는 그녀의 연장은 칼과 도마만이 아니라 엄마의 마음과 자신 있는 미소. 아! 하나 더 있다. 박물관의 빗살무늬 토기만이 아름다운 것이 아니라 이 영화 속 스테인리스 그릇도 충분히 아름답다. 거울같이 빛을 내는 예쁜 주전자라니! 이런 동네에서 저런 식기류를 데리고 도마질을 한다면 식당도 못할 것이 없다는 생각.

비행기를 갈아타다 가방을 잃어버렸다는 장년 여인 마사코는 자신이 애타게 찾던 그 가방 안에 여벌의 옷과 짐 대신 그녀가 핀란드 숲에서 캤던 버섯이 가득 들어차게 되는데. 이것은 그녀가 잃어버린 것은 가방이었지만 찾은 것은 사람과의 따뜻함이란 말일 것. "핀란드 사람들이 평온해 보이는 것은 숲 때문"이라는, 눈치 없이 만날 공짜 커피를 마시는 토미의 말이 그 힌트 아니겠는가? 먼 길에 필요한 것은 무거운 짐이 아니라 온유라는 것을 깨달은 그녀에게 어느 낯선 노인이 다가와 고양이를 건네준다.

한국영화에 없는 것들

사람을 먹이는 것은 복 짓는 일. 그래서 동막골 촌장님께서는 "멀 마이 믹여야 령도력이 생긴다"고 말씀하시지 않았던가. 차와 밥 그리고 때로는 술로, 상처받은 사람들이 위로를 받고 나가는 복된 식당. 이들은 갓 구운 계피빵, 맛있는 케이크와 커피로 사람들의 마음을 위로한다. 서로에게 상처주지 않는 사람들. 쉽다. 거기다 마지막 수영장 장면은, 따뜻하다.

여자 혼자 산다고 놈팽이가 찝쩍대지 않는다. 지지리 궁상, 없다. 어른들의 이기심을 드러내는 순진한 소도구로서 애들이 등장하지도 않고 매혹적 악당 그런 것도 없다. 카모메 식당이 들어선 그 자리에 과거 카페를 운영했던 남자가 잠시 식당에 들러 소란스럽게 하지만 이내 곧 평정을 되찾는다. 이 동네 식당 손님들 역시 '와우' 하면서 음식에 대해 감탄하지 않고. 다만 고개를 주억거릴 뿐. 고귀함을 잃지 않고 자아를 지키는 주인공들, 여성의 연대를 말하지도 않고 나쁜 남자가 하나도 없다.

〈원스〉같이 굴욕이나 연민이 없는 영화를 만드는 사람들이 있다. 옛날에는 참 철없는 사람이구나 하는 생각이었는데 요즘은 부럽다는 쪽으로 생각이 바뀌었다. 뭔가 안 돼도, 조금은 힘들어도 고성과 낄낄거림을 드러내지 않는 영화를 만드는 그들이 부럽다. 사실 미도리와 마사코는 겉모습이 그리 매력 있게 생긴 배우들이 아니다. 그런 점에서 김수미나 유해진처럼 망가지는 것이 조연이라고 생각하는 한국 영화들을 보노라면 화학조미료 듬뿍 넣은 '역 앞 식당'에서 덤터기 쓴 기분이 든다.

이 영화 헬싱키라는 도시적 아름다움에 대한 강박관념 그런 것 없다. 영화 속 도시는 단조롭고 무심할 뿐. 헬싱키라는 도시의 역사적 용모나 퍼스낼러티에 대해서도 관심이 없으니 핀란드 사람들 조금은 섭섭할 성싶다. 그래도 동양사람 마음에는 피요르드 해안을 스쳐온 햇빛에 대한 '노르웨이의 숲(비틀즈의 노래는 사실 '가구'라지만)'과 가까운 헬싱키라는 도시적 품격을 한 번쯤은 확인하고 싶지 않을까.

깨끗한 식당, 품위 있는 주인, 아름다운 그릇들. 여자 셋이 모이면 접시를 깨는 것이 아니라 깨끗한 접시에 소울 푸드를 빚어낸다. 이런 산뜻함 말고도 이 영화에는 주먹밥과 합기도 등 일본적인 것에 대한 자신감이 넘쳐나는 부분은 사실 얄밉기조차 하다. 〈킬빌2〉에서 히토리 한조 검을 만들던 머리에 수건 쓴 스시 요리사를 붙든 쿠엔틴 타란티노의 영향도 자신감을 불어 넣었을 터.

여기서 허영만의 만화를 필름에 옮긴 〈식객〉을 생각해 본다. 우리 것이 최고라는 압박감 그리고 음식의 모든 맛과 향을 나타내던 먹는 이의 과장된 표정들은 영화관을 나오면서 휘발하지 않던가. 선악구도를 축으로 하여 인간을 믿지 않는 스토리는 이제 졸업할 때가 되지 않았을까. 〈바그다드 카페〉나 〈바베트의 만찬〉 같은 영화가 나오려면 얼마를 더 기다려야 할 지?

가보고 싶은 영화 속 동네

핀란드는 겨울이 힘든 나라. 좋지 않은 환경이 정확한 사람을 만들고 노키아 휴대폰이 그래서 유명하다는 말을 들은 적이 있다. 〈카모메 식당〉 때문에 일본사람들이 이 추운 나라 비행기에 줄을 이었고 헬싱키가 한국의 젊은이들도 꼭 들르는 영화 속 명소가 되었다 한다. 휴대폰 멀리 던지기 시합에 참가한 후, 아무것도 하지 않고 맑은 햇빛 아래 그냥 앉아 있는 날들이 올까? 영화 한 편으로 노키아와 숲의 나라가 말을 걸어주는, 놀아주는 동네가 된다는 것, 신기한 일 아닌가. 혹시 일본어를 공부하는 사람이라면 이 영화 속 대화는 쉬운 일본어이기 때문에 그냥 일본어 버전으로 들어도 좋을 것.

가이드 뒤를 졸졸 따라 간 〈냉정과 열정 사이〉의 피렌체 두오모는 공사 중이었고, 사랑을 봉인하던 〈화양연화〉의 앙코르와트 성벽은 사람이 너무 많았었다. 〈비정성시〉의 바다가 내려 보이는 대만의 지우펀(九份) 언덕을 벙어리처럼 바라보고 싶다. 〈아비정전〉의 야자나무 숲을 기차로 달리는 꿈, 또 가슴 저리게 하던 다큐 〈우리 학교〉가 자리하는 홋카이도는 겨울에 가 봐야 제 맛일 터. 하나 더, 야크 젖에 만두 모모를 먹을 수 있는 라싸를 못 가본 것이 요즘 마음에 걸린다. 많이.

올드 히어로의 세계

섹스 앤 더 시티(Sex and the City: The Movie) · 아이언 맨(Iron Man)
인디아나 존스(Indiana Jones and the Kingdom of the Crystal Skull)

감독	마이클 패트릭 킹
출연	사라 제시카 파커, 킴 캐트롤 외
제작	2008년/137분/미국
감독	존 파브로
출연	로버트 다우니 주니어, 기네스 팰트로
제작	2008년/125분/미국
감독	스티븐 스필버그
출연	해리슨 포드, 샤이아 라보프, 케이트 블란쳇
제작	2008년/121분/미국

올디스 벗 구디스

머리를 송곳으로 쑤시는 영화는 좋다. 그러나 〈섹스 앤 더 시티〉처럼
부드러운 샴푸에 머리를 맡기는 영화 역시 나쁘지 않다. 도시의 파티
걸들이 '뉴욕 뉴욕, 구두를 내어라 그렇지 않으면 구워서 먹으리' 노
래하지만 그들이 원하는 것은 꼭 남자와 구두만은 아니리라. 고랑이
깊게 파인 캐리의 얼굴과 갱년을 맞은 사만다의 노화는 실제적으로 우
리의 노화를 확인시켜주는 것이 되어 안타까웠지만, 돈 많고 교만한
중늙은이가 설쳐대는 〈아이언 맨〉이나 중절모에 채찍을 휘두르는 독
거노인 〈인디아나 존스〉의 아날로그 액션은 낡은 이발소에서 머리를

말리는 듯 해 좋았다.

강철맨은 어떻게 단련되는가?

발명가이자 사업가인 토니 스타크(로버트 다우니 주니어)는 억만장자다. 인간과 도구를 연결시켜 세상을 유용하게 만드는 인터페이스 아닌 그 관계를 파괴하는 무기를 만들던 사람. 새로운 무기를 팔러간 그가 아프가니스탄 사막에 불시착한다. 그는 돌 언덕에서 어린 왕자나 장미꽃과 조우하는 것이 아니라 목숨을 노리는 아프간 반군을 만나 죽어라 담금질을 당한다. 영웅설화 역경탈출 장면에서 그는 자라나 물고기의 도움이 아닌 자신의 힘으로 탈출을 시도하는데.

엉성한 무쇠갑옷으로 위기에서 목숨을 건진 그는 나름대로 깨달음을 얻는다. 뭔가 잘못 살았다는 것. 하여, 무기의 역사를 쓰던 그는 이제 자신이 직접 무기가 되기로 한다. 인간에 대한 무기통제능력의 상실을 비꼰 정도의 깊이 있는 내용은 아니지만, 장년의 그는 변한다. 영리하게 생긴 눈, 빠히 바라보는 음험한 시선을 가진 사십도 중간을 넘긴 그의 변하는 모습, 좋지 아니한가.

카리스마보다는 교만의 얼굴로 놀 줄 알게 생긴 이 CEO는 패밀리 비즈니스를 혼자서 처리해나간다. 머리 좋은 사람들의 특징이랄까?

집중력과 인내력 그리고 자신이 처한 상황을 극복해내는 뛰어난 능력의 소유자. 교활한 지혜를 던지는 사냥꾼인 그는 자신의 두뇌와 노력 그리고 돈을 믿는다. 어려운 일이 생길 때, 없는 사람들은 계약으로 갈등을 막고 연대해서 조정을 하는 법이지만 금불알을 달고 태어난 그가 이것을 알 리 있겠는가?

독창적 하이테크놀로지라 해도 그다지 예술적이지 못한 아모르 수트를 개발하는 과정은 재미있다. 수트가 갖는 방어력과 속도와 파워에 대한 믿음 그리고 제어에 대한 확신이 설 때까지 끊임없이 버전을 달리하는 제품개발에 몰두하는 그를 보면 전력에 대한 적개심이 사라질 정도. 스파이더맨은 피자를 배달하고 슈퍼맨은 가난한 사진기자로 자기 자신을 감추기에 급급하지만 이 양반은 결정적 순간에 자신이 아이언 맨임을 밝히는 것, 신선하다. 자고로 영웅은 말수가 적지만 이 슈퍼 히어로는 말도 많다. 아쉽다면 아모르 수트가 너무 무겁게 디자인되었다는 것. 외유내강의 로봇 에반게리온의 선처럼 좀 고왔으면 좋았을 텐데, 하지만 로봇 에바를 조종하는 열다섯 살 소년 신지보다는 장년의 수고가 2편을 기다리게 한다.

40대 아가씨들의 성장 스토리

대부분의 도시형 러브스토리가 여성들의 과거를 다룬다면, 드라마 〈섹스 앤 더 시티〉는 미래가 그려지기를 바라는 여자들의 이야기일 것. 이 드라마를 남자들은 싫어한다는 사실. 왜? 쇼핑에 미치는 데다 변덕스럽기 짝이 없는 여자가 넷이나 나오니 말이다. '아니, 사십 넘긴 지가 언제인데 왕자타령이야?' 이 교양 있는 속물들은 하나같이 능력 있는 데다 우정은 또 얼마나 강고하며, 밝히는 것은 얼마나 뻔뻔한지. 게다가 이들은 어떤 남자와도 쿨하게 헤어지지 않던가.

뉴욕. 세트를 짓지 않아도 도시 그 자체가 스펙터클한 시대극(최첨단 현대) 세트가 되는 동네다. 이 매혹의 공간에 멋쟁이 캐리, 헌신적인 미란다, 사랑을 카마수트라로 생각하는 사만다, 요조숙녀 샬롯(남자들도 좋아하는)이 뉴욕을 활기차게 걷는 도입부 크레딧 시퀀스는 비눗방울처럼 가볍다. 영주나 지주가 아니어도 호화로운 저녁을 먹는 꿈으로 찻집과 밥집 옷집을 찾는 이들은 나이가 들어도 정치에는 도통 관심이 없다. '나는 쇼핑한다. 고로 존재한다'는 치즈녀들의 섹스 앤 석세스 스토리도 즐겁지만 드라마 말미에 칼럼처럼 늘어놓는 캐리의 깨달음을 담은 경구는 들을 만하다.

초밥을 몸에 바르고 누워있는 지천명이 다 된 사만다 누님은 연하 애인 할리우드 배우랑 한참 지겨워지고, 섹스리스 미란다 변호사님은 남편 스티브가 외도를 한다. 사랑하는 남편 해리와 아이를 입양하며 행복한 결혼생활을 영위하던 입이 찢어지게 환한 웃음의 샬롯에게는 임신의 기적이 일어나고. 그리고 신발에 집착하는 감성주의자 캐리에게 부자 남자친구 맥이 룸메이트 아닌 웨딩메이트로 살아가자는 청혼을 한다. 쇼핑에 남자, 비단에 꽃 뿌리기가 이제 곧 재 뿌리기 이야기로 전개되는데.

칼럼니스트 캐리는 앞으로 살게 될 펜트하우스의 옷방을 꾸며준다는 빅의 말에 감격하는데, 그저 왕자를 기다리는 재투성이 여자가 아니라 자신이 공주라는 사실에 더 기뻐하는 것. 잡지《보그》의 웨딩드레스 주인공이 되면서 이 아가씨 자신을 깜빡 잊는다. 그러나 얼굴이 노트북만한 장년의 빅에게는 보통사람들이 인생에 한두 번 생기는 일이 그에겐 벌써 세 번이라는 사실. 빅은 결혼식 자체가 쇼가 되어 이목을 끄는 것이 불편하다. 결국 빅의 낙차 큰 커브에 상처받은 캐리는, 운다. 안정된 공간으로 편입하는 일이 자신의 자아를 해치고 독립성이

훼손된다는 것을 깨닫지만, 때는 늦은 것.

하지만 상처받은 캐리에게는 친구들이 있다. 결혼보다 자립의
중요성을 깨달은 우정의 전사들 말이다. 결혼식에 결석한 그를 잊어야
하는 어려운 시절이 지나가고 그녀에겐 깨달음이 찾아온다. 자신의 러
브스토리가 윤리양식에 대한 고민이 없었다는 것. 남자의 마음을 읽기
보다 삶의 데커레이션이 본질을 넘어서버렸다는 성찰이 성숙의 시간
으로 이어지는 동안 샬롯은 아이를 낳고, 이 뉴욕 스토리는 할리우드
엔딩 스타일의 정점인 결혼으로 흘러간다.

노인을 위한 나라

인디아나 존스 박사의 모험을 보면서 우리는 늙어왔다. 늙어간다. 액
션 어드벤처의 전설 〈인디아나 존스3 최후의 성전〉 이후 19년을 기다
렸다. 나이 드신 영감님이 펼치는 아날로그 액션 〈인디아나 존스 크리
스탈 해골의 왕국〉이 주는 스릴과 쾌감은 역시 짜릿했다. 남미의 유적
들이 모두 테마파크 같아서 〈모터사이클 다이어리〉처럼 가보고 싶게
그려지지 못한 것에 아쉬움은 남지만.

'침대 밑 빨갱이'를 찾는 1957년 매카시 선풍이 한참인 때, 존
스 박사는 대학에서 고고학 강의를 하며 착하게 살고 싶지만 세상이
그를 내버려 두질 않는다. 대학에서 잘리자 시간강사 자리나 알아보려
는 그 앞에 제임스 딘 흉내 내는 풋풋한 머트 윌리암스(샤이아 라보프)
가 나타난다. 결국 이 영감님은 남미로 날아가 호사가들이 만들어낸
전설 '크리스탈 해골'을 찾아 나서는데 여기에 아리따운 적이 있었으
니, 소비에트 공화국 대령 이리나(케이트 블란쳇) 일당 역시 해골에 얽
힌 미스터리를 풀어 세계를 정복할 야욕으로 그들을 쫓는다. 중절모에
채찍이라는 향수를 자아내는 무기에다, 케이트 블란쳇은 단발머리에

탄탄한 몸매를 드러내는 올드 군복이라. 반갑다 친구야!

　　존스박사는 서커스에 가까운 액션 묘기를 부리지만 그의 등짝에는 노년의 둔탁함과 피로가 어려 있다. "학교 따윈 필요 없다"던 그가 지 새끼에게는 학교 다니라 하는 모습은 귀엽지 않은가. 대부의 돈 콜레오네는 그 나이에 농장에서 토마토나 일구었는데, 존스 박사는 채찍을 드시는 매력 있는 노인으로 고생하신다. 저 옛날 성궤를 찾는 영화에서 칼 휘두르는 녀석에게 총 한 방 팡 쏘면 쓰러지던 장면이 생각난다. "옛날엔 펄펄 날았는데" 하며 영감이 다 된 이참에도 죽어라고 쫓기는데. 애들은 사다리로 내려가다 자빠지지만 노인은 계단으로 조심스레 내려오는 장면은 CG보다 훨씬 유쾌하다.

　　스필버그 형님, 조지 루카스, 그리고 해리슨 포드라는 드림팀이 만든 논스톱 어드벤처의 롤러코스터 쾌감의 뒤를 마무리 짓는 부분은 좀 허망하다. 이 미스터리가 신과의 소통 뭐 이런 식의 궁금증을 자아내다가 결국 외계인의 선물이라는 식의 마지막 UFO장면은 젊은 관객들에 대한 아부로 읽히고. 결국 악의 축인 소련이 해골을 넣기 전에 미국이 보관한다는 스토리는 몇 십 년 전이나 똑 같다. 액션은 즐겁지만 감독이 다 알아서 혼을 빼줄 테니 너희들은 가만있으라는 과외받기 스타일이라 유쾌하지 못하지만, 노인일자리 창출이라는 면에서 긍정적일 것.

손석희, 클린트 이스트우드

도시적 세팅, 의상, 음식, 섹스라는 소비 공간의 아이콘을 그린 〈섹스 앤 더 시티〉는 여자들의 우정이라는 얄팍함으로 포장한 상품광고라는 질책도 있을 것이다. 보석반지 경매부터 핸드백, 구두와 웨딩드레스, 식스팩 근육남 등, 뭐 맞는 말이다. 근사한 레스토랑과 부띠끄를 찾아

돈을 쓰고 남자들과 헤어지는 뉴욕의 그녀들을 보다보니 10년이 후딱 갔다. 그리고.

독거노인 존스 박사가 채찍을 놓고 후학을 양성하는 사이에 기형도와 김광석이 간 지도 꽤 되었다. 지리산 계곡물에 삶을 두고 간 고정희의 시였을 성 싶다. '오, 우리의 사월은 이렇게 가도 좋은가' 를 술만 마시면, "우리의 사십은 이렇게 지나가도 좋은가?" 하며 소주잔을 들이키곤 했다. 노인으로 한발 한 발 나아가는 우리들은 이자율과 간수치를 이야기하지만 이제 한숨과 키스 그리고 잠 못 드는 날을 이야기 하지 않는다. 그래도 위안이라면 잠 못 자고 지켜보는 100분토론 진행자의 동안과 그의 컨트롤 파워를 이야기 하는 아침이 있다는 것.

소년은 이로 하지만 노년은 쉬 피로하다. 학문도 색도 이루기 어렵다. 그래서 영화라도 본다. 맨날 얼음으로 머리를 치는 영화만 볼 수는 없을 터. 〈노인을 위한 나라는 없다〉에서처럼 적절한 거리를 유지하며 뒷감당 먼저 생각하는 노인 수사관은 리얼리즘이지만, 적잖은 나이를 먹은 아이언 맨 혹은 캐리처럼 저지르는 판타지도 때론 필요한 일일 것. 깐 마늘 같은 쉰셋의 손석희 그리고 〈미스틱 리버〉를 만든 팔십 다 된 클린트 이스트우드는 영화 속 그림 아닌 현실 속 장면 아니던가. 워쇼스키 형제의 〈스피드레이서〉가 보여주는 취향의 속도에 이르기는 어려울지 모르지만, 애니메이션 〈쿵푸 팬더〉에서 거북이 노인네의 깨달음과 여우 시푸의 젓가락 훈련 그리고 뚱땡이 팬더의 재롱 섞인 무술을 즐길 줄 모른다면 '지혜' 의 올드는 '낡은' 이라는 해석에서 한 치도 벗어나지 못할 것이다. 늙지 말자!

해고에 대한 우리의 자세
인 디 에어(Up in the Air)

감독	제이슨 라이트먼
출연	조지 클루니, 베라 파미가
제작	2009년/108분/미국

즐거운 공항

공항이 좋다. 거대한 철제빔을 유리로 둘러싼 공항들은 옛 성처럼 품위는 없으나 얼마나 실용적인가? 비행기가 자전거처럼 받쳐진 쳅랍콕 공항이나 시골 버스터미널보다 조금 큰 둔황 공황도 설레긴 매한가지다. 왜? 어쩌다 들르는 곳이니까.

　　짐을 부치고 좌석권을 받고나면 까다로운 검색도 그리 싫을 것 없다. 탑승을 기다리는 것이 지루하다고? 매일 타는 비행기도 아닌데, 뭘. 면세점에서 수정방水井坊 한 병을 산 후 애인을 위한 콤팩트를 고를 때는 돈이 아깝지 않다. 넓은 창으로 비행기 로고를 확인한 후, 구름 위를 나는 것은 진짜 신나는 일이다. 거기다 스튜어디스들은 얼마나 친절하고 또 예쁜지.

잡다한 일상사와 반대되는 서사 디자인이 가능한 지점으로서의 영화 속 공항은 충분히 매력 있는 공간이다. 여기 작은 트렁크 하나를 든 채 반짝이는 공항 대리석 바닥을 걷는 이 남자는 일 년 중 322일을 비행기 속에서 보낸다. 한 해에 56만 킬로미터를 날아다니니 거의 달까지를 왕복할 거리다. 하여, 누가 그에게 집을 물으면 "이곳 공중이다"라고 말한다.

〈인 디 에어〉! '구름 속에 묻힌 듯한' 이 직역이라면, '불안정적, 불확실한 상태'를 말하는 중의적 의미란다. '부유하는 중생의 이야기'라고 의역이 가능한, 고독하지만 잘생긴 이 남자의 이야기는 비행기 위에서 본 풍경으로 시작한다. 부감 숏으로 바라보는 산과 들, 도시와 바다 그리고 발 딛는 공항이라는 엑조틱한 풍경마저 없었다면 100분 넘는 시간이 삭막했으리라.

미남 사형도수, 조지 클루니

이런 직업도 있나? 좋게 말해 선언대행. 정확히 말하면 강제적 퇴직을 선언하는 사형도수死刑刀手, 라이언 빙햄(조지 클루니)은 기업의 해고 통보 전문가다. 자르는 것마저 아웃소싱으로 해대는 자본주의라니. 미국발 서브프라임 모기지 사태가 불러온 경제 불황은 해고를 통보하는 이 잘 생긴 남자에게는 활황의 날들이다.

'잘생겼다'는 표현이 천박하다는 의미를 갖고 있는 경우도 있다. 그러나 조지 클루니에겐 예외다. 그가 출연한다는 것만 가지고도 여성관객들에게는 서비스 숏일 터. 눈썹의 흰 터럭 몇 개가 드러나는 나이지만 빤히 들여다보는 눈, 도톰하고 윤기 있는 눈 밑, 턱이 좀 긴 듯한데 해맑게 웃을 줄 안다. 섹시하고 세련된 도시 이미지에 매너 좋고 또 목소리의 울림도 좋다. 배우 이상의 배우인 그의 출연을 조금 나쁘게 말하자면, 약한 서사를 때우는 구실을 한다. 인물 없이 행동 없고, 행동 없이 플롯도 없다는 시나리오 격언도 있지 않은가. 아무리 냉혹한 여성비평가라도 그가 거느린 에너지의 자장 앞에 무장해제는 시간문제다.

잘생긴 남자가 테이블 앞 사원표를 단 남자를 그윽하게 바라보는 것은 그 남자에게 관심이 있어서가 아니다. 사실 빙햄은 평범한 직장인에게 시련을 주는 고통제공자이다. 그의 물질적 노동을 이루는 질료들은 상대에게 짧고 강한 고통을 전하는 것. "출입증 반납하세요" 직무해제 선언의 첫마디에 이어 "이것은 사적으로 자르는 것이 아니다"라고 숨통에 압박을 가한다. "이 회사를 위해 30년간 일했는데, 대체 왜 나를 자릅니까? 가족들은 스트레스로 죽을 겁니다"라고 버둥거리지만, 이 저승사자는 코스트 과다나 마켓 상황의 이해에 대해서는 말하지 않는다. 예의란 어려운 것. 특히 약자들에게는. 해고당하는 순간, 당사자들은 이성을 잃는다. 그들은 애원도 하고 증오도 하지만 어차피 이길 수 없고 버틸 수 없게 되어 있다. 겨우 의자나 서류를 던질 뿐, 저항하지 못한다. 이제 사형도수의 위로가 이어진다.

배낭의 달인

괴롭다. 지겨운 밥벌이지만 그는 신음소리를 내지 않는다. 괴로운 벌이를 하는 만큼 비싼 출장비가 지급된다. 그는 VIP카드로 한 끼에 50달러짜리 저녁을 먹고 힐튼호텔 가운을 입고 잔다. 그가 사용하는 플래티넘 카드는 사실 그의 출근부이자 삶의 기록물인 것. 이 집행자에게도 꿈은 있다. 세상에 아직 여섯 명밖에 없다는, 1000만 마일 마일리지 적립이 목표다. 이 마일리지는 늙은 베테랑 조종사들도 이룩하기 힘든 거리. 해고선언이 많을수록 그에게는 애착의 마일리지가 늘어난다.

인공조명과 인공환기 그리고 공항 레스토랑의 스시에서 집 같은 포근함을 느끼는 이 노마드는 짐 챙기기의 달인. '짐은 간편할수록 좋다'는 나름의 개똥철학으로 가정과 여자마저 짐으로 생각한다. 삶이라는 것이 배낭에 넣고 다니는 짐이라 여기는 그는 셀러브리티가 되어 계약이나 동기부여에 관한 연설 그리고 무소유까지 설파하고 다닌다. "그대들의 배낭에 든 소파와 자동차, 주택까지 이 모든 것이 내일 아침 아무것도 없다는 상상을 해보라"는 연설을 하는 그는 거의 〈와호장룡〉의 리무바이 수준이다.

여기서 배낭은 당연히 삶의 메타포이다. 여행이란 것은 없어도 사는 것에 대한 길들이기 아니겠는가. 최소한의 것들로 살아가는 훈련인 것. 눈치 빠른 관객이라면, 그가 그토록 자신하는 '빈 배낭'에 뭔가를 집어넣으려 한다는 모순이 이야기의 갈등을 만들어내는 장치일 것이라는 짐작이 가능하다. 하나 더, 자르는 것이 직업이라면 이 이야기는 당연히 그가 해고되는 것으로 이야기의 방향은 진행될 것이다. 과연?

직업전환전문가?

아니나 다를까. 매일 공중전을 겪는 체력손실에서도 평온과 여유를 갖는, 이 남자에게도 섬뜩한 시간이 찾아온다. 바로 사이버 戰. 코넬대학 수석졸업자로 심리학을 전공했다는 신입사원 나탈리 키너는 글로컬(글로벌+로컬)을 주장한다. 이 신참 견습생은 인터넷을 통한 해고라는 새로운 방법을 사용하면 출장에 따른 경비 예산의 85%를 절감한다고 역설한다. 스토리텔링 진행의 위기치고는 빠르다.

이 이상한 직업도 곧 사라질 수 있는 상품이란 걸 가르쳐 주는 재수 없게 생긴 나탈리가 저 냉혈한을 해고 하겠구나, 하고 속단을 하지만 영화는 잠시 유예의 과정을 거친다. 경영마저 무식하게 해대는 회사는 아니기에, 그는 회사 방침에 의해 이 애송이와 파트너가 되어 사형도수 일을 수행해 나간다. 남자 상사와 여자 부하라? 예단은 금물. 짐 싸는 디테일과 검색대를 빠른 시간에 빠져나가는 방법을 경청하는 이 풋내기 여성은 솔로를 즐기는 대선수가 좋아할 타입이 아니니까.

보통사람들에게 해고는 곧 좌절이다. 집행자 빙햄은 견습생 나탈리에게 해고자들에게 긍정적 시선과 믿음을 줄 필요가 있다고 역설한다. 품위 있게 죽음을 선택하라는 의미일 것. 아마도 해고당사자가 느끼는 거울효과 때문이리라. 멀쩡하게 일하던 사람에게 "당신은 안식이 필요한 사람이다"라고 말하지만 사실 '등을 찌르나 배를 쑤시나 큰 차이는 없다. 어차피 그는 죽는다'가 그의 생각이다. 그러기에 그는 선언에 따른 행동과 반응에 대한 예측을 담은 매뉴얼대로 움직일 뿐. 상대방이 소송을 걸지 않게 주의하면서 미래의 선택에 대한 조언을 잊지 않는다. "집에 가서 개인적인 일을 즐기시라, 이건 그저 시작일 뿐이다"라는 말 뒤에 "칼 출퇴근에서 이것은 부활입니다"라고 덧붙인다. 그럴 수 있겠다. 그러나, 노련한 그의 위무가 나탈리의 위로보다 낫다고 생각하는 해석들은 웃기는 일이다. 그는 다만 일에 충실할 뿐이니.

내 여자친구의 집은 어디인가?

빙햄은 비행기, 공항, 호텔 등 두 번 만나기 어려운 공간 속 사람들과의 찰나적 만남을 이어간다. 결손의 성장과정 역시 그러했다. 물론 여자가 필요하지만 결혼과 가정이라는 보험에서 철저히 자기를 비우는 것이 내면화 되었기에 원나잇 스탠드로 만족한다. 그러니 '누구나 죽을 땐 혼자다'라면서 자신만큼은 절대 배낭을 채우지 않으리라 믿는다. 이 때, 알렉스라는 여자가 '짠' 하고 나타나는데. 자신이 수행하는 미선이 주는 가식적 혜택(마일리지)에 환장하지 않는 쿨한 여자. 그들은 서로가 매일 공항을 종종거리는 같은 날개를 가진 새들임을 인식하며 관계를 발전시킨다. 관객들은 이 남자가 언제쯤 어떻게 해고되는가에 대해 타깃을 맞추었지만 나탈리가 스스로 그만 두고 마는 시점에서 이것이 낚시였다는 것을 깨닫는다. 나탈리는 문자로 남자친구에게 이별 통보를 받았고 또 자신이 해고를 선언했던 여인이 자살하는 사고가 발생하기에 먼저 회사를 그만두고 마는 것.

빙햄은 서로 간이 맞는 알렉스와 함께 고향을 방문한다. 누이동생의 결혼식에 참가하기 위해 며칠을 같이 보내는데. 좋아하는 여인과 자신이 졸업한 고등학교를 둘러보는 것은 보통사람이 공항을 들르는 것보다 즐거운 일일 것이다. '결혼은 미친 짓이다' 라고 믿던 이 장년의 솔로에게도 바다 아닌 공중에 부표浮漂라도 박아두고 싶은 마음이 새록새록 생겨남을 느낀다. 서사의 방향성이 해고에서 배낭 채우기로 변하는 지점이자 주인공의 일관성을 파괴하는 변곡점인 것. 결혼이라는 현실적인 기회를 잡기위해 그는 워렌 버핏의 고향으로 유명한 오마하에서 '백팩을 비우라' 는 대중연설을 하다말고 알렉스의 집이 있는 시카고를 향해 날아간다. 정박碇泊하기 위하여.

초인종을 눌러 집에서 나온 그녀는 출입문 뒤에서 누구냐고 묻는 집안 남자에게 "길 잃은 사람인가 봐" 라고 말한다. 그렇다. 아내가 결혼한 것이 아니라 애인은 이미 결혼했다. 그녀는 집과 남편과 아이가 있는 사람. 친구에게 전해줄 공책은 있는데, 그 여자친구가 이미 빈 노트인 것.

아, 그 먼 길을 날아왔는데, 그녀는 길 잃은 사람에게 또박또박 말한다. "넌 현실의 도피처일 따름, 휴식이자 잠이라구" 그녀의 예쁜 입에서 나오는 메타포에 그는 절망한다. 백팩을 비우며 살자고 전도하던 그가 가방을 채우려 하는 모순은 안타까운 깨달음을 준다. 글쎄, 이 비참한 결과를 가져온 로맨스는 거짓된 이야기 안의 은유된 진실로, 역시 해고에 대한 중의 아닐까?

해고된 그는 침몰하지 않고 다만 상처 입은 채로 항해하다 천만 마일리지 영웅카드를 받는다(예스24에서 플래티넘 회원이라는 것만도 즐거운데, 하하). 그리고 결혼한 여동생에게 50만 마일의 마일리지를 떼어주고 장년솔로의 성장기는 막을 내린다. 그는 남은 마일리지로 또 어딘가에서 배낭을 채우기 위해 부유하고 있지나 않을지….

시인은 누가 해고하는가?

시詩 한 편에 삼만 원이면
너무 박하다 싶다가도
쌀이 두 말인데 생각하면
금방 마음이 따뜻한 밥이 되네

시집 한 권에 삼천 원이면
든 공에 비해 헐하다 싶다가도
국밥이 한 그릇인데
내 시집이 국밥 한 그릇만큼
사람들 가슴을 따뜻하게 데워줄 수 있을까
생각하면 아직 멀기만 하네

시집이 한 권 팔리면
내게 삼백 원이 돌아온다
박하다 싶다가도

굵은 소금이 한 됫박인데 생각하면
푸른 바다처럼 상할 마음 하나 없네
— 함민복, 「긍정적인 밥」전문

시인은 시를 발표하고 때가 되면 시집으로 묶는다. 빨라야 몇
년이고 그 사이 영화표 한 장 값은 솔솔 오른다. 십오 년 전에 나온 함
민복의 『모든 경계에는 꽃이 핀다』는 정가가 7천원으로 올랐지만 그
사이 영화표는 9천원이 되었다. 사흘치 담배, 낙지가 들어간 짬뽕, 죽
한 그릇도 그 정도는 한다.

시집 한 권은 푼돈이지만 시인이 되는 과정은 지난하다. 정규직
한 자리 차지하기보다 어려운 등단절차를 거쳐도 시만 써서 먹고 살기
는 쉽지 않다. 펜과 사유라는 생산도구로 입에 풀칠하기도 어려운 이
지점에서 시인의 해고를 말하는 것은 과연 부당한 일인가? 게으름을
피워 시를 쓰지 않은 지 오래되거나 좋지 않은 시를 쓴다 할지라도 한
번 시인은 오래도록 시인이다. 누가 함부로 직무해제를 선언하지 못한
다. 그러니까 등단은 거의 자격증인 셈. 시를 쓰지 않아도 시인인 자,
다만 침몰한 군함처럼 녹슬어 갈 뿐이다. 시인에겐 해고보다 무관심으
로 잊히는 것이 더 무서운 것이니까.

어쨌거나, 노동을 찬양하던 시인들이 이제 생태로 방향을 틀었
다. 이유가 있을 것이다. 안도현이 새만금의 똥꼬를 열어달라고, 함민
복이 뻘밭의 말랑말랑한 힘에 대해 이야기해도 저들은 귀를 열지 않고
삽질을 멈추지 않는다(제기랄, 저들은 이제는 시인을 감옥에도 가두지
않는다). 재차, 흐르는 강들을 그냥 내버려 달라고 엘뤼아르처럼, '학
습 노트 위에 책상과 나무 위에 모래 위에 눈 위에' 삽질을 막는 시를
써야만 해고가 찾아오지 않을 것이다. '꿀벅지'가 시가 되는 천박한

세상, 그래도 '다음 내리실 역은 용산참사역입니다' 라고 쓰는, 칼날보다 날카로운 펜 때문에 해고전문가가 시인에게 범접하지 못하는 이유는 아닐까?

의원면직에 대한 꿈

뻔한 말이지만, 직업은 생계수단이자 자아실현의 수단이다. 세상의 직업은 많아도 맘에 드는 일은 많지 않기에 해고는 두려운 일. 해고당하지 않아도 신자유주의는 항상 불안정한 상황을 조장한다. 낮에 숨어있던 해고의 두려움이 저녁에 다가올지 모른다. 사랑의 해고마저 문자로 하는 축생이 있고 또 문자로 비정규직이 해고된다는 모진 뉴스도 가끔 들려오지 않던가. 그래서 해고는 뜻밖의 일이 되고 놀란 가슴은 새로운 슬픔에 터진다. 어차피 따뜻한 자본주의란 없는 법.

　　하늘 아닌 땅 위에서 부유하는 중생들로 살아가는 우리는 모두 퇴직자 아니면 예비 퇴직자 중의 한 사람이다. 강제적 해고보다는 오랫동안 보아왔던 애매한 단어, '의원면직依願免職' 즉 자발적 퇴직을 말할 수 있는 시절이 오는 꿈. 여차하면 회사에 전화로 아니 문자로 자발적 면직을 통보하는 그런 날이 올까? 그 통보 이후, '흰 당나귀와 나타샤'는 없어도 오롯이 시들을 읽고 쓸 수 있는 시간이 온다면, 그것은 읽은 책과 원고지와 씨름하던 순간들에 대한 마일리지일 것이다. 비행기를 타기 위해 배낭을 싸지는 못한다 하더라도 일어나고 싶을 때 일어나고, 읽고 싶은 책을 맘대로 읽는, 그런….

관객의 열정과 평단의 냉정 '사이'

블라인드 사이드(The Blind Side)

감독	존 리 핸콕
출연	산드라 블록, 퀸튼 애론
제작	2009년/128분/미국

별점과 평점 사이

> 사람들 사이에 섬이 있다.
> 그 섬에 가고 싶다
>
> — 정현종, 「섬」전문

새로운 주제의 영화 혹은 장르적 컨벤션을 파괴하는 형식의 영화에 평단은 찬사를 보낸다. 불안과 공포, 인간성의 극한을 밀어붙이는데 실험적 방법이 펼쳐질 때 비단을 깔고 꽃을 뿌린다. 의미 있는 욕구를 다루면서 잘 짜인 구조라면 더욱 그렇다. 반면에 팬들은 그 얼음이 녹아 가슴을 적시는 영화를 사랑한다. 그러니 전문가들의 평가와 관객들의 환호 사이에는 차이가 있을 수 있다. 최근작 중에서 가장 대표적인 괴리를 보여주는 텍스트가 〈블라인드 사이드〉 아닐까?

아카데미상 후보에 오르면 뉴스가 된다. 거기다 작품상에 추천되면 관객들은 눈과 귀가 쫑긋해진다. 〈블라인드 사이드〉도 작품상에 추천되었지만 결국 82회 아카데미 작품상 수상은 〈허트 로커〉가 차지하고, 산드라 블록은 여우주연상을 수상하는 데 그쳤다. 일조량이 턱없이 부족한 봄, 비슷한 시기에 극장에 나란히 걸린 미국이라는 거인의 우울과 불안을 그린 〈허트 로커〉는 소수의 관객이 들었지만 〈블라인드 사이드〉는 미국과 한국에서 많은 관객몰이에 성공했다. 그럴 수 있다. 그들의 오래된 가치관인 '가족중심주의'에 대한 동의라기보다는 힘든 세상살이에 잠깐 봄볕을 누린 것이리라.

관객들의 성원과 달리 평단은 '미국 주류들의 자화자찬'이라는 송곳 같은 평가 그리고 '미국 부유층의 양심에 대한 알리바이' 같은 조롱 깃든 촌철도 있었다. 주제의 새로움이나 표현의 신선함 어느 것도 기댈 것이 없다는 말이렷다. 동의한다. 특히 석세스 스토리의 중심이 흑인 소년이 아니라 백인 여성이라는 지적은 얼음장처럼 차갑다. 그렇다. 영화 속 추위에 떠는 아이에게 내민 손길의 온기를 보여주는 선의의 방식에는 따뜻함과 허전함이 교차한다. 하지만 '이성은 날카로우나 갑 속에 든 칼'이라는 옛적 고등학교 교과서 말씀을 떠올리며 평단의 칼날과 민간인들의 감성 '사이'를 천천히, 돌아보고자 한다.

슬럼독과 밀리어네어 사이

오프닝은 입자가 굵은 화소로 된 다큐 필름이다. 정연한 침묵의 순간, 어깨뽕을 잔뜩 넣은 보호대 의상을 한 헬멧들이 진영을 이루어 스크럼을 짜고 있다. 휘슬이 울리고 센터가 바로 뒤 공격 리더인 쿼터백에게

공을 넘긴다. 그때 좌측에서 날려든 선수가 강한 충격으로 쿼터백의 몸을 꺾어버린다. 한 쿼터백이 다시는 경기장에 설 수 없게 한 이 슬로 모션 화면은 연출된 것이 아니라 실제 경기장면 속 미식축구의 한 사건을 빌려온 그림. 쿼터백이라는 포지션은 팀 전체를 지휘하는 사령관격, 그런데 그에게 사각지대가 있다. 그것이 바로 '블라인드 사이드'. 미식축구에 쿼터백을 보호하는 오펜시브 라인맨(레프트 태클)이 생겨났다는 것.

오프닝 뒤 첫 번째 시퀀스는 슬럼가에서 부자 마을로 이동하는 트래킹숏이다. 부서진 지붕의 건물군과 지저분한 잔디 뒤로 보이는 기찻길 아래 흑인 할배가 쇼핑카트를 힘겹게 밀고 가는 가난한 동네가 트래킹아웃 되면서 굵은 나무 아래 정돈된 포도 위를 평화롭게 지나가는 유모차와 우아한 벽돌집들의 대조적 이미지는 쉽다. 흑인소년 마이클 오어(퀸튼 애론)의 이 관찰자의 시선은 영화의 앞길을 예견해 준다.

굵은 기둥과 붉은 벽돌로 지어진 학교 앞에 차가 멈춘 후, 인서트 장면. '사람에게는 이것이 가능하지만, 신에게는 모는 것이 가능하다' 미국 남부 테네시주 멤피스에 있는 미션스쿨 정문에 새겨진 글귀다. 자동차에서 내린 흑인소년이 전학수속을 밟는다. 미천한 출신이지만 코치의 강추로 사립학교에서의 수학 기회를 잡은 것. 어떻게? 슬럼가 출신 소년이 운동신경이 좋은 것을 간파한 코치는 이 원석을 다듬으면 '밀리언 달러 베이비'가 될 것으로 믿고 줍다시피 데려온 것. 그러나 미국이란 나라는 교과 성적이 좋지 않으면 선수출전이 불가한 것이 첫 번째 난관. 155킬로그램 거구는 운동신경은 좋지만 하위 평균 6%대의 성적에 지능지수는 80이다. 소년은 얼마 지나지 않아 교사로부터 얼굴도 본 적이 없는 아버지라는 존재의 애도 받지 못하는 죽음에 대해서 듣게 된다.

브라만과 언터처블 사이

할로윈을 준비하는 늦가을의 밤은 쌀쌀하다. 허벅지 하나가 여자 어른 몸통만한 소년이 반팔셔츠만 입은 채 쇼핑백을 들고 힘없이 걷고 있다. 척 보니 '언터처블' 이다. 리앤 가족은 이 불가촉천민 앞에 차를 세운다. 스팀 나오는 학교 체육관에서 잠을 자기 위해 걷던 중이라고. 리앤은 아무것도 묻지도 따지지도 않고 집에 데려다 재운다. 연민에 대해 재지 않는 브라만이시니, 샤넬 시계를 차고 프라다를 입는다 해서 모두 악마는 아닌 것 같다.

부자다. 신랑은 체인 식당이 백여 개이고 그녀는 잘나가는 인테리어 디자이너 업자다. 냄새나는 거지를 데려왔지만 선뜻 만 달러 소파를 내주기에는 조금 두려웠으리라. 다 큰 딸도 있는데 말이다. 또한 곰둥이는 어색했을 테고. 시작은 단지 정의감보다는 연민이라는 즉자적 판단에서였겠지만 적어도 탐색은 있다. 확신 없는 모험을 하는 그녀의 표정에는 애매함 같은 섬세함이 드러나는데. 아침에 '과연 이 소년이 은촛대를 가지고 갔을까? 하는 약간의 망설임을 담은 산드라 블록의 연기, 괜찮다.

유순을 갖춘 이 곰둥이는 무감각하거나 태평하지 않다. 일어나면 이불을 개킬 줄 안다. 잠자리를 깨끗이 치우고 밥시간이 되기 전에 떠나는 것. 민폐가 무엇인지를 아는 소년은 첫 번째 실험을 무사히 통과한다. 좀 꼬인 마음으로 보자면, 중산층 가정을 전전하면서 서바이벌 방법으로서의 눈치만 익힌 그 아니겠는가? 폐 끼치는 것임을 모르는 인간을 어떻게 도울 수 있나? 하는 중산층의 시선, 그럴 수 있다.

그동안의 동가식서가숙 생활을 알게 된 리앤은 소년에게 '당분간'의 잠자리를 제공하기로 한다. 이 새로운 후견인께서는 흑인 소년의 전력에 대해 묻지만 그의 또 다른 재능 중의 하나가 있다면 몸보다 더 무거운 입. 사실 이름도 모르고 성도 모르는 아버지는 육교에서 뛰어내렸고 엄마는 마약을 하는 중독자로 거주불명의 상황이니 말이다. 관심 갖는 척하다가 사라지는 사람들을 많이 보아왔기에 그는 과거에 대해 말하지 않는다.

끼니와 권리 사이

워털루 전투와 삼투작용에 대해 설명이 가능한 학습정도는 그가 중산층 사회화에 적응하는 과정을 보여준다. 옷을 사러 간 빅앤톨 가게에서 "이것뿐인가요?"라고 묻는 리앤과 마이클 사이에는 분명 간극이 존재한다. 헐렁한 바지에 줄무늬 티셔츠를 고르는 취향은 역시 빈민가 소년의 아비투스를 말해주는 것. 제법 말끔해진 소년은 〈지붕 뚫고 하이킥〉의 어린 하녀 신세경처럼 혼자 밥을 먹는 것이 아니라 가난한 집 거실만한 식탁에서 함께 밥을 먹는다. 저녁에는 세상에서 가장 편한 자세로 동화책 『황소 페르디난도』[1]를 읽어주는 브라만 곁에서 가족애가 무엇인가를 느끼고 추수감사절의 파티가 무엇인지를 체험한다.

TV드라마와 영화장르를 병치시킬 수는 없지만 잠시 생각해 보자. 서울로 상경한 두 자매가 운 좋게 부자 이순재 집에 정착하게 된다. 지적인 용모와 달리 머리 나쁜 데릴사위 같은 아빠, 책 읽어주는 어머니상이 아닌 아들을 깨울 때 마다 하이킥을 날리는 체육선생인 엄마, 잘나가는 의사 아들이 있다. 월급 50만원을 받는 소녀 신세경은 신세지는 것을 싫어하지만 "시간이 이대로 멈추어버렸으면 좋겠어요"라고 말하며 의사 청년을 사랑하는 꿈을 꾸지만, 빅 마이크는 주인집 딸을

---

1) 작가 먼로 리프, 삽화가 로버트 로슨의 그림 동화로 투우장의 어떤 황소가 몸집은 큰데, 싸우질 않고 사람들이 던져주는 꽃 냄새만 맡는다는 이야기다. 미국 베이비붐 세대의 bedtime book으로 가정평화의 상징적 측면이 있다.

언감생심 꿈도 꾸지 못한다. 도대체 이 비현실적 거세된 욕망에 동의하기는, 쉽지 않다.

덩치만 크지 정교하지 못한 데다 투지력도 부족한 이 킹콩을 브라만 가족의 막내 조무래기 아들과 리앤이 풋볼 전술훈련을 시킨다. 침대 곁 스탠드와 서랍장을 갖춘 '자기만의 방'에 대한 소감을 묻는 여주인의 말에 소년의 입에서 떨어지는 '태어나 처음' 가져 본 침대에 대한 환대는 보는 이의 가슴을 먹먹하게 만드는데. 그래서 소년과 대화를 마친 리앤이 서재에서 무릎을 붙이고 손을 모으는 장면은 없어도 무방하지만 절대 잉여의 장면이 아니다.

마이클은 쿼터백의 위험지대를 커버하면서 상대 진영으로 돌진하는 러닝백의 공격루트를 열어주는 포지션에 적응하면서 경기에 눈을 뜨는데, 이 과정 역시 리앤의 보호본능 자극이 커다란 동기유발을 한다. 경기에서 적응력이 높아지는 만큼 이제 가족들의 사랑도 깊어진다. 놀라워라! 이 브라만 여성은 운전면허를 갖게 해주고 통 큰 결단으로 중고차도 사 준다. 곰둥이가 교통사고를 내도 법적 후견인 그녀의 너그러움은 끝이 없다. 우유 속에 빠진 파리 같은 아이를 두고서 "커다란 흑인 녀석을 집에 들여 불안하지 않냐? 개를 돕는 것이 백인의 죄책감 때문이냐?"고 묻는 유한마담에게 그녀는 "내가 그 애를 변화시키는 것이 아니라 그 애가 나를 변화시킨다"라고 말한다. 가장 의미 깊은 대사 중 하나일 것. 응급연락처에 전화번호를 기입한 수준에서 후견인으로, 다시 입양으로 신뢰를 쌓으면서 마이클은 조금씩 한 가족이 되어 간다.

픽션과 다큐 사이

리앤은 빈민가에 가서 마약중독자 마이클의 친엄마를 만나 껴안아 주고 곰둥이를 입양시키기 위해 복지 행정부서를 찾아간다. 거기서 커피 마시며 노닥거리는 공무원들을 1시간 넘게 기다려야 하는 하층민의 삶을 체험하는데. 부서 책임자가 누구냐고 따질 때, 조지 부시 사진을 가리키는 장면은 이 영화가 정치성에 전혀 무감하지 않다는 작은 변명 같이도 읽힌다.

보호본능 98%의 마이클이 결국 미식축구 고등부 최강의 수비수로 군림하게 되자 여러 대학 풋볼팀에서 스카우트 제의를 받게 된다. 착한 캐릭터로만 전개되는 서사 라인이 밍밍하다고 느낀 감독 존 리 핸콕은 여기서 작은 갈등의 플롯을 제시하는데. 하나는 리앤이 졸업한 미시시피대학으로의 진로 결정문제, 더불어 장학생으로 진학이 과제인 것. 리앤은 가정교사 수(캐시 베이츠)를 채용한다. 그러나 과외선생 수는 민주당원. 흑인 아들에다 민주당원을 받아들이는 변화에 이 부자 금발 공화당원은 스스로 놀란다. 과락을 경고하던 문학선생의 짜디 짠 시험마저 멋진 에세이로 통과하면서 재능과 운이 함께 한 흑인 소년은 브라만의 모교 대학으로 예비 진로를 결정하게 된다.

흑인 신데렐라 주위의 엄마, 아빠, 학교 선생님, 거기다 과외 교사 또 축구 코치 등 모두들 착한 백인들. 고까울 수 있는 배치다. 여기서 별 긴장이 없던 소년의 아리랑 고개는 대학진학 문제에 꽤 긴 시간을 할애하는데. 다소 산만하게 전개되는 대학선택 이야기는 사실 소년의 몸값에 대한 상징으로 그치는 것이 아니라 브라만의 이기심에 대한 시퀀스다. 옷 고르는 것에는 별 신경을 쓰지 않던 그녀는 미시시피대학에서 치어리더였고 남편은 유명 농구선수였으니 그 전통에 대한 자부심과 집착 또한 대단하리라. 전형적인 WASP(White Anglo-Saxon Protestant) 가정으로 자연스러운 일이겠지만 사실 마이클이 가고 싶은 대학은 소수자와 흑인들이 많이 다니는 테네시대학이다. 스카우트에서 밀려난 대학들이 연합한 불편한 조사 앞에서 한 가정의 쿼터백 리앤에게도 사각지대는 있었던 것임을 뒤늦게 깨닫는 사이, 마이클은 가출하고 만다. 그러나 인종차별을 적나라하게 그린 영화 〈미시시피 버닝〉[2]을 아는 이라면 이 역시 간이 맞는 대목은 못된다.

잠시의 방황 속에서 동네 흑인들과의 폭력장면이 나오긴 하지만 그리 섬뜩할 정도는 아니고 마이클은 적당한 선에서 수습한다. 우여곡절 끝에 미시시피대학에 입학한 후 "여학생 임신시키면 거시기를 잘라버린다"는 브라만의 입에서 나온 잔소리는 그래도 편한 장면이다. 영화가 여기서 끝나는가 했는데, 다시 다큐 필름. 2009년 NFL 드래프트에서 1순위로 프로팀에 지명되는 마이클 오어의 자료 화면이 나오면서 엔딩 크레딧이 올라간다. 이 인간선의의 스토리가 픽션 아닌 실화라는 말씀. 당신들이 충분히 씹어댈 수 있는 착한 이야기가 '리얼리티 인간극장'임을 재차 확인하는 장치인 셈.

사명감과 관용 사이

정리해 보자. 해피엔딩으로 막을 내리는 영화 속 선의에 대한 인간성 고찰은 따뜻하다. 소심한 놈이지만 예의를 아는 흑인 소년이 공화당 지지자의 도움으로 성공했다. 성공의 과정 속 별 멸시 없이 백인사회에 적응하는 소년은 사실 얄미울 정도다. 육체적 즐거움은커녕 자신을 향한 폭력과 분노 하나 없이도 질풍노도의 시기를 유순히 헤쳐 가는 점은 가장 나태한 설정 아닐는지? 가난에 대한 성찰과 부자에 대한 최

---

2) 알란 파커 감독(1988)의 작품. 미시시피는 인종차별이 강한 지역이다. 미국 남부에서 흑인들의 투표권행사지원 등 민권운동을 하던 백인청년 2명과 흑인청년 1명이 살해된 실제사건을 만든 미국 인종차별의 포악함을 적나라하게 그린 영화. 이 영화는 백인우월주의자들의 잔인한 흑인 탄압을 잘 그려냈지만, 이러한 음모에 맞서 싸우는 FBI 수사관을 영웅시함으로써 흑인 탄압에 앞장섰던 FBI를 미화시켰다는 상반된 견해도 있다.

소한의 적개심마저 없는 점 역시 마찬가지다. 개운하지 않다.

가난의 해석은 정치적일 수 있지만 가난한 사람을 돕는 실천은 분명 아름다운 보편적 가치다. 이 달달한 시럽 같은 영화에서는 사회적 안전망으로서의 복지제도에 의존하지 않고 개인적 구원의 손을 내미는 거의 완벽한 시민상을 보여주는데. 아카데미 작품상 후보에 오른 것 자체가 미국사회의 공감을 자아냈다는 말씀일 것.

부자와 낙타에 대한 비유는 예나 지금이나 편견으로 판단하는 게 빠르다는 정서를 말해준다. 주 5일 내내 가난한 사람을 착취하는 일에 시간을 보내고 일요일에만 교회 가서 기도하고 봉사하는 사람들이 적지 않을 것이다. 자아에만 충실한 이런 사람들이 이 교훈 영화로 하여 인간 존엄성에 대한 성찰의 기회로 삼는다면 너무 순진한 생각일까? 수렁에 빠진 사람에게 손을 내미는데 불면과 고통이 따른다면 누가 동의하겠는가. '전대도 여벌의 옷도 가지지 말라'는 껄끄러운 성경 말씀이 아닌, '추위에 떠는 이에게 문을 열자'는 주의라면 내 부동산 값이 오르길 바라는 집 한 채 가진 사람들에게도 그리 불편하지 않은 메시지가 되리라.

여주인공이 조금 천박한 성품을 가졌다거나 도덕성에 하자있는 스폰서였다면 조금은 '영화적으로' 보였을 텐데, 부르주아의 착한 시혜로 하여 그 긴장감은 분명 반감된 측면이 있다. 단점을 말하자면 끝이 없겠지만, 여기에는 분명 단점을 넘어서는 측은지심惻隱之心이 있다. 미국관객들의 소구성에 충실하다보니 그렇게 됐을 것이다. 신자유주의를 구축하는 놈들이 갖는, 근본적 문제해결보다는 개인의 자선에 맡기자는 의도적 슬로건으로 읽힐 개연성은 충분하다. 하지만 누군가를 거두고 먹여 본 적이 있는 사람, 그리고 누군가에게 도움을 받아본 사람은 이해하려나?

악당도 안 보이고 반전도 없는 착한 이야기만으로는 스토리텔링이 쉽지 않다. 그럼에도 불구하고 이 착한 이야기는 그리 지루하거나 억지스럽지 않다. 외교적 감사, 꾸민 겸손, 연출된 용기는 아니라는 생각이 들기 때문에. 무엇보다도 보는 이의 양심을 찔러대지 않는다. 미덕이다. 선의에 대한 강요나 '거기 너 있었는가?'라며 질책을 던진다면 관객의 평점은 그리 높지는 않았을 터.

공선옥의 소설, 오바마 연설문의 감동을 가르치고 싶어 하는 선생이라면 적당한 온도의 목욕물 같은 이 영화를 학생들과 함께 보는 것도 좋을 듯. 추위에 떠는 아이를 재워주는 것에 망설이지 말라는 이 영화는 '사람은 무엇으로 사는가?'에 대한 한 편의 착한 에세이다. 사람 사이의 섬 속에서 사명감과 관용 사이에서 망설일 때, 잡아야 할 손길이 있다. 모든 사랑은 본질적으로 기쁨이다.

예술은 미래를 장전한 무기다

노벰버(Noviembre November)

🎬 규칙이 없는 것은 좋은 규칙이다. ─ 장 뤽 고다르

감독	아체로 마냐스
출연	오스카 자에나다, 잉그리드 루비오
제작	2003년/99분/스페인

11월당의 청년들

'예술가는 어떻게 살아가야 하는가?'에 대한 질문을 던지는 스페인 영화다. 아체로 마냐스 감독의 두 번째 장편영화로 자유·독립·소통을 기치로 내건 2004년 전주국제영화제에서 폐막작으로 선정된 작품이다. 그리고 올해 10주년 기념 상영을 한 번 더 했다. 메시지가 낡았다고? 아니다. 영화제에 걸 만한 영화지만 난해한 영화가 아니다.

'노벰버(노비엠브레)'는 자유극단이다. 왜 노벰버인가? 10월에는 러시아혁명이 있고 12월에는 데카브리스트들이 있었기에, 그들은 11월을 그들의 결사 명칭으로 정한다. '공연을 하되 절대 돈을 받지 않는다'는 것이 극단 규약 첫 번째. 글쎄, 혁명이자 몽상 아닐까? 순수예술의 유토피아를 꿈꾸는 알프레도를 중심으로 한 배우들의 추억이 전

개되는 '페이크 다큐멘터리' 스타일로, 영화 속 주인공들이 노인이 된 후 그들의 젊은 시절인 1990년대를 회상하는 방식을 취한다.

요즘 예술이 그렇다. '페이퍼 워킹'으로 일단 기획서를 써서 자본을 끌어오고 '아는 사람'을 통해 움직여지는 정치행위에 다름 아닌지 오래다. 그러니 이 영화는 오늘날 자행되는 예술 전반에 대한 경고인 셈인데. 흐린 창랑에 발을 담그지만 본질적으로 독립과 자유를 향한 예술의 이상향에 대한 메시지인 것. 죽음으로 끝을 맺지만 우울하지 않고 경쾌하기에 영화제의 축제성에도 걸맞다. 보자.

'1000유로 세대'의 도그마

1996년, 자전거를 탄 시골 청년 알프레도(오스카 자에나다)는 배낭에 마리오네트 인형 하나 달랑 매고 마드리드에 입성한다. 원하던 연극학교에 합격하지만 교수는 정신분석 타령이나 늘어놓고 연기에 미친 그를 쓰레기 취급한다. 그는 미련 없이 자퇴원을 던진다.

학교를 그만 둔 것이 오히려 그의 자유로운 연기의 시작이 된다. 작은 공연을 마친 후 몇 푼의 수입을 나눠주는 친구에게 웃으며 받지 않겠다고 말하는 알프레도. 왜?내 동기는 예술에 대한 사랑일 뿐이라고, 내 연기를 통해 사람들의 반응을 보고 싶고 이것은 상호이해의 한 과정이라고 말한다. 이 괴짜는 그가 하는 공연으로 엿 같은 세상을 바꾸겠다는 꿈을 이야기 하는데. 하여, 그와 친구들은 극단 노벰버를 결성하기에 이른다.

배우에게도 '밥벌이의 지겨움'은 있다. 88만원 세대 아니 1000 유로 세대로서 알프레도는 식당 아르바이트를 통해 최소한의 생활을 유지하면서 거리 공연을 시작한다. 이 젊은이는 예술가들이 갖는 치기나 게으름 그런 것 없다. 하루하루 먹을 것에 애달파 하지 않고 광대임을 자랑스럽게 여기는 앙팡테리블이 바라는 것은 문화계가 주는 알량한 시민권이 아니다.

공짜가 없는 세상의 지하철과 거리, 백화점 등 사람들이 모이는 곳이면 어디든 그들의 퍼포먼스는 계속된다. 관중이 황당해 하는 현실 속에서의 연기가 끝난 후 그들이 돈을 거절하자 오히려 관객이 당황해한다. 돈을 받는 순간 온전한 예술은 설 자리가 없어진다는 그들의 신념에는 변함이 없으니까. 건조하고 재미없는 세상에서 그들은 마드리드에 신선한 바람을 일으키는데. 약자이며 소수라는 것에 자부심을 느끼는 그들은 보험과 주택 청약에 신경 쓰지 않는다. 그들이 추구하는 것은 예술에 대한 사랑이지 쇼비즈니스가 아니기에.

순수하고 근본적인 것을 추구하는 이 '11월의 청년들'은 대의를 위해 공적 사적 도움을 받지 않는다는 첫 번째 원칙을 고수한다. 게다가 영화나 TV 등 대중매체에 관련된 사람들을 만나는 것도 금지. 그리고 기존의 텍스트에 해당하는 것은 모두 거부된다. 때론 기저귀 차고 악마 복장으로 하는 연기를 통해 마치 몰래카메라가 있는 듯 사람들을 조롱한다.

카메라는 예술영화가 갖는 지겨운 롱테이크 대신 젊음의 표정을 역동성 있게 잡아낸다. 잠자리에 애인과 벗고 누워서 이야기하는 장면은 특별히 아름답다. 체위를 바꿔가며 하는 사랑의 행위가 아닌 부감 숏으로 벗고 누워 있는 자세들만 잡아줄 뿐. 젊음의 밤이라고 섹스만 있는 것은 아니다. 껴안고, 때론 등을 대고 누워 밤새 그들은 대화를 한다. 젊은이로서 한 여인을 만나고 그와 관계를 맺고 아이를 낳고 하는 과정이 너무 담담하게 그려져 있다.

그들에겐 누드 또한 의상이어서 공연 중 벌거벗은 스틸숏은 보는 이의 유쾌한 미소를 자아내고. 벨라스케스 그림 앞에서 하는 연기나 마드리드 거리 여기저기를 잡는 카메라는 레알과 바르셀로나 축구 말고도 스페인을 가고 싶은 나라로 만든다. 그런데, 극단 노벰버가 더 이상 길거리 공연을 하지 못하게 되는 순간이 찾아온다. 마드리드 시내 한복판에서 총을 쏘는 퍼포먼스로 하여 앰뷸런스가 와 맥박을 재는 등 한 바탕 소란이 벌어진 후, 그들은 체포되는데 테러리즘을 정당화한다는 이유로 기소까지 되는 것. 당국은 그들의 소란스런 해프닝이 공공의 질서와 안녕을 헤친다는 이유로 휠체어를 압수하고 유치장에 가둔다. 바스크 분리주의자들의 시위로 인한 스페인의 강박관념이 읽힌다.

자유냐, 공연이냐?

공연을 하지 못하는 그들은 지쳐간다. 그 고통 속에서 아이가 생기지만 돈을 벌어오라며 다투지 않는다. 아내가 아이를 낳다 수술 하느라 어쩔 수 없이 범죄를 저지른다는 한국식 막장 그런 것 없다. 이러지도 저러지도 못하는 때, 11월당 멤버들에게 유수의 PD가 쇼를 요청한다. 수치스러운 돈을 안 받겠다는 그와 주겠다는 공연기획자 사이에서 공연에 대한 욕구가 결국 그들의 마음을 움직이는데. 독립극단으로서의 정체성을 유지한다는 그들의 규약은 깨어지고 비극은 다가온다. 공연을 계속 해 나갈 수 있는 유일한 방법은 유료 공연의 제안을 받아들일 수밖에 없는 형편이니까.

최초의 유료 공연 〈메시아〉를 두고 배우 입장에서 이들은 불편하다. 관객들 역시 불편한 모습을 보일 때, 십자가 위 예수 역의 알프레도는 중얼거린다. "주여, 왜 우리를 버리시나이까?" 문화부에 서류를 보내는 거나 푼돈을 위해 몸 파는 것을 가장 큰 죄악으로 느끼는 극단 멤버들 사이에 균열이 찾아오는 것은 당연한 일. 대형극장 공연은 혁명에 대한 사형선고나 다름없기에.

예술의 시장주의를 무시하던 이 문화적 탈레반들은 사실 부정의 힘으로 여기까지 왔다. 이왕 온 것, 마지막으로 2000석 짜리 로열극장을 털 계획으로 그들은 무대를 점거한다. 천정에 매단 줄에 의지하여 광대 복장을 하고서 알프레도는 부자들의 심장에 총구를 겨누고 관객들에게 외친다. "우린 자유롭다. 예술이 사람의 마음을 바꿀 수 있다면, 인종과 종교를 떠나 평등하게 작용하는 꿈을 꿀 것이다. 예술은 무기가 될 수 있을까? 표적은 맞춰져야 한다. 세상이 나를 바꾸는 것이 아니라 내가 세상을 바꾸는 것. 총성은 들려져야만 한다. 예술은 미래를 장전한 무기다"라는 말과 함께 방아쇠를 당긴다.

그러나, 그의 총구에서 나온 것은 총알이 아니라 꽃 한 송이 던지는 것이었는데, 순진한 친구 후앙이 알프레도에게 진짜 총알을 날린다. 〈네 멋대로 해라〉의 주인공이 담배연기를 뿜고 얼굴을 찡그리며 죽음을 맞는다면, 알프레도는 서커스 줄 위에 매달려 죽음을 맞는다. 자살이자 타살인 것. 참된 죽음이란, 예술이란 신전의 제단 앞에 목숨을 바치는 것.

시장이냐, 예술이냐?

> "대중을 얼떨떨하게 만드는 것이 예술 아닌가? 이 상투적인 세계에 그나마 예술적 충격이 없으면 인간들은 정말 스스로 파멸할 것이다. 예술이 위대해서가 아니라 건조한 세상이 재미없다 보니 예술이 위대한 것처럼 보일 따름이다"
>
> — 백남준

광고에 지겹게 등장하는 연아의 스케이팅도 예술이고 몸을 날려 안타성 타구를 잡아도 예술이라 한다. 불상 머리 위에 텔레비전을 설치하고 엄청난 액수를 부르는 것은 예술이자 또한 사기라고 백남준은 고백한다. 뱀파이어가 피를 마셔야 살아갈 수 있다면 요즘의 예술은 돈을 마시며 유지된다. 이제는 문화 뒤에 산업이라는 말을 거리낌 없이 붙여대며 마을의 애틋한 전설마저도 스토리텔링이란 이름으로 '스토리셀링'을 하는 세상 아니던가?

노예계약서라도 무대만 서게 해달라며 신인은 정신없이 틈새시장을 찾는다. 해프닝과 이벤트 사이에서 예술의 새로운 시도는 쉽지만 그러나 장벽은 두텁다. 그러니 멀쩡한 다리를 자르고 아픈 다리 내놓고 장사하는 사람도 없지 않다. 겨우 차비나 되는 상병 말호봉의 작은 수익금의 세계를 지나 부르주아 세계에 발을 디디고 돈과 이름이 함께 오길 기대하지 않던가? 소수지만, 새로운 모험과 시도가 성공한 뒤에는 셀러브리티의 명성과 함께 돈이 따라온다. 그 다음에는 프리에이전트가 되고 VIP 전용출입구를 이용하는 명사가 되는 것이 오늘날 예술가의 꿈이라면 꿈일 것.

요셉 보이스, 백남준 그리고 앤디 워홀의 법어에 이어 영화 〈바스키아〉의 명대사 역시 "예술은 사기다"라는 말이다. 기성의 삶을 조롱하며 새것에 대한 열망으로 대중을 한 방 먹이는 것. '아, 내가 왜 그 생각을 못했지?' 하는 공감을 이끄는 것으로 한 세상을 치부하는 예술가들도 많다. 그들은 겨우 남이 안 한 새것을 찾기 위해 혈안이 되어있다. 예술가 아닌 스타일리스트로 한 세상을 돈과 함께 살아가는 것, 가볍지 않은가?

어찌 다 그러겠는가? 아버지의 영화를 거부했던 누벨바그의 정신과 라스 폰 트리에 등의 1995년의 도그마 선언 '순수의 서약' 이 지금도 새롭듯, 이 11월당의 청년들의 자세는 영화 속 퍼포먼스만은 아니다. 생전에 작품을 팔지 못한 고흐와 이중섭이 그렇고, 『오리막』이란 좋은 시집을 낸 시인 유강희와 혼자 사는 함민복의 에세이가 〈노벰버〉의 진가를 증명한다.

영화제 영화치고는 비주얼한 충격으로 승부하지 않는다. 사실이 영화는 돈이 되지 않을 게 뻔해 극장에서 개봉조차 하지 못했다. 돈부터 벌어놓고 구애받지 않고 공연하겠다고 헛심 쓰는 예술가들, 스폰서의 입장에 따라 충분히 내용조정과 가격조정을 할 자세가 되어있는 유사예술가들이 꼭 보셔야 할 영화다. 아참, 미국 영화 〈노벰버 (2004)〉와는 다르다.

지금은 간신히
아무도 그립지 않을 무렵

망종(芒種, Grain in Ear)

감독	장률
출연	류연희, 김박
제작	2005년/109분/한국, 중국

그때 내 품에는/얼마나 많은 빛들이 있었던가

바람이 풀밭을 스치면/풀밭의 그 수런댐으로 나는

이 세계 바깥까지/얼마나 길게 투명한 개울을

만들 수 있었던가/물 위에 뜨던 그 많은 빛들,

좇아서/긴 시간을 견디어 여기까지 내려와

지금은 앵두가 익을 무렵/그리고 간신히 아무도 그립지 않을

무렵

― 장석남, 「지금은 간신히 아무도 그립지 않을 무렵」 부분

간신히 아무도 그립지 않을 무렵

〈망종〉은 거울이다. 〈망종〉 속엔 소리가 없다. 아무런 언어도 음악도

없이 시작되는 무미건조한 오프닝. 한 여자가 창을 바라보고 있다. 세상을 바라보기만 하던 이 여자, 커튼을 닫고 짐실이 자전거로 느릿느릿 지나간다. 카메라가 배우를 따라가지 않기에 풍경은 더욱 무심해 보이지만 보는 사람을 방심하지 못하게 만드는 묘한 긴장을 자아낸다. 시골도 도시도 아닌 배경 속에서 질적으로 느리게 가는 시간은 지아장커의 〈임소요(2002)〉를 닮았다.

시골 역사 철길 옆에 쥔을 붙인 32세 조선족 여인 최순희(류연희)는 아들 하나를 데리고 산다. 아들 창호는 동네 아이들과 역 구내에서 연을 날리고 노는 기찻길 옆 아이. "너는 조선족이다. 조선족 새끼는 조선말을 알아야지"하며 자식새끼에게 순희는 한글을 가르친다. 기찻길 옆 '둑 너머' 순희네 집 반쪽에는 시골서 올라온 네 명의 처녀들이 밤에 봉고차가 불러주기만을 기다리는데…. 한국드라마 〈이브의 유혹〉을 즐겨보는 그녀들을 태운 봉고차는 여자들을 유곽으로 퍼 나른다. 열정이 빠져나간 시간과 공간 그리고 그 인물들 모두 황량한 이곳은 어디인가? 중국 어드메일진대, 어드메면 어떠랴? 산업화가 진행되는 중국의 어디라고 다를 것인가?

이 여자 삼륜의 자전거 짐칸엔 조선 포채(배추로 만든 김치)가 있다. 화장기 없는 얼굴, 몇 벌의 수수한 옷차림, 애교가 없지만 영화 내내 먼 카메라로 잡아도 이 여자 윤곽선이 반듯하다. 예쁘다. 예쁜 여자는 응시의 대상이고 질시의 대상이어서 세상 어디든 젊은 여자가 혼자 살게 내버려 두질 않는다. 자동차 공장 기술원 김씨가 김치를 사면서 같은 조선인이라고 접근한다. "조선 여자가 어떻게 담배를 피우냐?'가 작업 멘트. 그녀가 유일한 생계수단인 자전거를 공안에게 압수당하고 터벅터벅 걸을 때, 김씨가 이 기회를 놓치지 않는다. 뜨거운 피가 식지 않은 나이이기에 그녀는 함께 맥주를 마시고 노래방을 가고

자신의 처지를 이야기 한다. 남편은 돈 때문에 사람을 죽이고 감옥에 가 있단다. 장률의 영화 〈경계〉에서도 아버지는 보이지 않는다. 연변 출신 감독 장률이 그리는 최순희의 아들에게 아버지는 과연 시장경제 의 남한일까, 아니면…?

비참의 미니멀리즘

예쁜 여자에게는 주위의 호의가 넘친다. 그러나 대가를 바래는 호의 들, 그 대가가 몸이 되는 것이 현실이다. 식당 운영권을 주겠다는 놈팽 이를 두들겨주고 나니 잘생긴 중국인 경관이 접근한다. 그는 순희에게 김치 판매 허가증을 만들어 준다. 과연 공짜가 있을까? "조선 사람끼리 못할 말이 무엇 있소?"라고 말하던 김씨는 아내에게 순희와의 정사 장 면이 들키자 돈 주고 산 여자라고 잡아뗀다. 그녀의 친절과 외로움을 삼킨 용렬한 남자 덕에 졸지에 순희는 창녀가 된다. 매음녀라는 모욕 과 상실감으로 경찰서에 수갑이 묶인 채로 앉아 있던 그녀를 왕경장이 아무도 없는 빈방으로 데리고 들어간다. 관용 없는 세상. 대가 없는 호의가 없는데, 그 빈 방에서 무슨 일이 있었을까? 공안에게 압수당한 자전거를 자신이 되사야 하는 현실이고, 한 발짝 뗄 때마다 수치를 강요하는 세상이다. 그녀의 고귀함이나 열정에도 특별한 관심이 없는 감독은, 산다는 것은 그냥 살아지는 것이라는 듯, 순희는 짜증을 부리거나 분노를 드러내지 않는다.

잉어연에 스프레이를 뿌려 파란 물고기로 만드는 머리를 박박 깎은 아들이 묻는다. "엄마 우리 언제 돌아가?" 인물에게 다가서지 않던 카메라는 아들이 열차에 받혀 죽었다는 소식에 최순희의 얼굴은 딱 한 번의 클로즈업 그리고 포커스아웃(이 지독한 감독은 거의 상대 숏을 찍지 않는다)이 있을 뿐. 새옹지마도 없는 그녀의 비극적 수난은 정녕 자신의 결함에서 오는가? 아니다. 여기서 한 가지 엉뚱한 이야기를 하고자 한다. 왜 한국 배우들은 흰자위가 많이 드러난 얼굴로 또 커다란 울음과 어깨를 들썩이는 커다란 동작으로만 슬픔을 표현해야 한다고 믿는가. 그리고 그런 얼굴을 포스터에 잡는 것을 보면, 멀었다. 배신에 따른 분노와 상실에 대한 애도를 과감하게 생략하는 장률, 독하다.

적막하다 못해 미니멀한 부엌, 여기에 따뜻한 레시피는 없다. 울음을 섞어서는 김치가 되지 않기에 그녀는 발목을 적시는 울음보다는 가면이 없는 맨얼굴로 담배를 피운다, 그냥. 이 가련하고 애처로운 모습에 관객들은 페이소스에 몰입할까 말까 망설이는데, 쥐를 무서워하던 이 여자 김치에 뭔가를 탄다. 그리고 왕경장의 결혼식 날 그녀는 김치 수레를 밀고 간다. 그녀의 마음을 장소로 하지만, 카메라는 그녀의 장소성보다는 삭막한 풍경과 그 풍경에 자리한 여주인공을 롱숏으로 잡아댈 뿐.

그녀의 처절한 비운에 연민과 동정을 갖는 페이소스의 감정이

입을 경험하는 순간, 감독은 이 순간을 언어도단의 경지로 전복시키고 만다. 지독하다. 강철은 어떻게 녹이 스는가? 녹이 슨 여인은 왜 쥐약을 타는가? 함부로 움직이지 않던 카메라는 휘청휘청 그녀를 부지런히 따라간다. 역사驛舍를 건너 파란 보리밭을 향하며. 수염이 있는 곡식 보리를 먹고 벼를 심는 날들, 망종芒種의 날들. 한 해 중 가장 바쁜 때, 망종 무렵. 그녀는 어서 고향에 가고자 함인가?

감정의 미니멀리즘

〈8월의 크리스마스〉에서 한석규와 심은하가 끝내 만나지 못하게 하는 설정의 허진호 감독이나 송해성 감독이 만든 〈파이란〉에서 장백지와 최민식이 한 번도 조우하지 못하는 장면을 두고 참 지독한 사람이란 생각을 했다. 그러나 〈망종〉에 비하면 이건 따뜻한 거다. 장평과 자간을 넓히지 않는 맨 활자 같은 장률의 영화. 시도 영화도 설명이 배제된 채 피지컬해지면 그저 행간의 의미를 읽어야 할 뿐. 간절한 진심, 이런 것 말고 지나가는 무심한 그 무엇. 세상을 조롱하는 어떤 것에는 붉은 녹물이 묻어 있다.

　〈망종〉, 음악 하나 없이 영화를 만든 장률. 형용사와 부사를 생략하며 만든 문장처럼 덤덤하다. 표현 못할 깊이가 작가의 목적이라면 감정의 미니멀리즘에 도달한 그는 깊이에 성공한다. 중국 사람들은 장률이 판 우물에 비친 중화인민공화국에 어떤 감정을 보일까, 궁금하다. 내가 중국 사람이라면 장률, 불온하다. 그리고 조선족들이 어떤 생각을 하는지 알고 두려워질 것이다. 사회주의가 인민의 시멘트가 되지 못한 것처럼 그의 영화 속 깨진 벽(페인트만 잘 칠해진)들은 오늘날 중국의 소수민족과 한족의 관계를 환유로 보여준다. 시대정신이 없는 시장경제와 실용만을 주장하는 변방 소수자의 따끔한 일침이라고 보기에 순희에게 조선춤을 배우는 중국 여자 공안을 보면 사실 그것도 아닌 듯하다. 다만, 간신히 아무도 그립지 않을 무렵의, 한 여자의 노여움이라면 너무 작게 보는 것일까?

고전이 될 명품 애니

토이 스토리 3(Toy Story 3)

감독	리 언크리치
출연	톰 행크스, 팀 앨런, 조앤 쿠삭
제작	2010년/102분/미국

애도의 액자

햐! 애니메이션의 시작 자체가 블록버스터급이다. 광활한 서부, 그랜드 캐니언 같다. 거기 황야를 질주하며 증기를 뿜는 열차 지붕 위에서 결투가 벌어진다. 보안관 배지에 카우보이모자, 박차가 달린 부츠를 신은 우디가 사력을 다해 악당과 싸운다. 기차는 천 길 낭떠러지 붉은 대협곡을 건너는 다리를 향하고, 바로 앞에서 엄청난 폭약이 폭발하는데…. 몸이 오그라드는 이 오프닝의 어드벤처 시퀀스는 사실, 앤디가 자신의 장난감을 아바타 삼아 상상력을 펼치는 장면이었다.

밭고랑의 무배추가 주인의 발소리를 듣고 자라듯 인형도 주인의 사랑을 먹고 산다. 그런데 그 장난감에 자신을 투영하던 아이가 슬그머니 인형을 내려놓게 되는 시간이 있다. 대개는 의사놀이로 장난감

빠끔살이는 끝나게 된다. 이것은 한 개인의 특별한 각성이 아닌 누구에게나 찾아오는 쓸쓸한 숙명 같은 것이어서 이 영화가 가지는 공감의 배경이 된다. 아버지의 몸에서 나는 냄새를 맡게 되고 집안의 구질구질함에 대해 입을 닫다가 아이돌 스타나 스포츠 영웅을 찾는다. 그리고 모르는 사이 이성異性을 찾고 고통을 아는 시간이 온다.

〈토이2〉에서 〈토이3〉가 나오는데 11년이 걸렸다. 장난감을 가지고 놀던 아이가 대학생이 될 나이. 영화 속 장난감들의 주인인 앤디는 이제 집을 떠나 대학으로 가야한다. 영화 안팎의 세월이 실제로 흐른 것. 청년이 된 앤디의 방은 인형이나 장난감보다는 컴퓨터가 방의 중심을 차지하고 있고 스포츠카와 록밴드 사진들이 잔뜩 붙어있다. 방 구석 박스에 처박힌 그 많은 장난감들을 앤디는 어떻게 처리할까? 하는 것이 액자구성의 액자를 이루는데…. 〈토이3〉는 장난감이 버려지는 지점에서 출발한다. 제작자 픽사는 미국인답게 장난감에 대한 애도치고는 말이 많다. 그런데 그 애도사가 거의 '사랑을 잃고 나는 쓰네' 수준이니, 들을 만하다.

짐을 싸는 앤디는 고르고 고른 끝에 가장 사랑하는 카우보이 인형 우디 하나만 가져가기로 한다. 한때 붕붕 하늘을 날기도 하고 레이저빔을 쏘며 한 시대를 풍미한 우주용사 버즈를 비롯한 쓸 만한 장난감과 어린이 대회 트로피들을 다락방으로 보낼 것인가, 쓰레기장 아니면 탁아소에 기부할 것인가를 두고 고민하는 사이, 초록색 군바리 인형들은 미리 갈 길을 떠나고…. 엄마의 실수로 인형을 담았던 검은 봉지들이 쓰레기차에 버려지기 직전 우디의 활약이 이 영화의 두 번째 시퀀스인데, 재미있다.

장난감 스타플레이어들

이 영화, 장난감의 마음에서 출발하는데. 장난감들에게도 슬픈 날이
있다. 놀아주지 않는 주인 그리고 새 선물이 들어오는 크리스마스와
생일이 서럽다. 더 이상 주인의 사랑을 받을 수 없는 앤디의 인형과 장
난감들은 자의반 타의반 '햇빛촌 탁아소'로 향한다. 이 장난감 왕국에
는 대장 인형이 있는데, 딸기향 나는 털이 복슬복슬한 분홍색 곰인형
랏소가 그 캐릭터다. 여자 아이들의 침대나 부잣집 소파에 어울릴 랏
소의 코는 부드러운 자주색 벨벳으로 되어있어 안아보고 싶은데, 사실
그는 <토이3>의 새로운 악당 캐릭터다. 주인공과 반동인물 캐릭터만
큼은 딱딱한 재질의 플라스틱이 아닌 부드러운 천의 재질을 가진 인형
으로 된 것은 재미있는 설정이다.

일장 연설을 늘어놓을 때 품위가 넘치는 부드러운 곰인형 랏소
에게는 사실 깊은 상처가 있다. 비 오던 어느 날, 어린 주인은 자신과
빅 베이비 인형을 들판에 놓고 그냥 돌아가 버린다. 그들은 어렵게 집
을 찾아가지만 주인에게는 이미 새로운 인형이 자리하고 있어서 그때
의 트라우마가 고약한 캐릭터를 형성하게 된 것. "우린 언젠가 폐기되
지"라고 말하는 한쪽 눈꺼풀이 고장 난 아기인형은 거의 유아 크기의
등신대 인형으로 랏소의 하수인이다. 주인공 우디의 반대편에 선, 시
기와 질투심을 가진 캐릭터의 내면을 보자면 과연 이것이 애들 만화영
화인가 하는 생각을 갖게 한다.

어드벤처 장르로만 가면 여자 어린이를 위한 이야기가 없기에
픽사 스튜디오 제작진은 닭살 로맨스를 벌이는 러브스토리를 배치하
는데. 앤디의 여동생 몰리는 매정하게도 바비인형을 기증함에 넣고 만
다. 그 버려짐에 대한 상처로 슬픔에 빠졌던, 날씬녀 바비는 탁아소에
서 멋쟁이 훈남을 만나면서 쾌활함을 되찾는다. 하늘색 반바지에 유원

지 룩을 한 미남 인형 켄에게 뿅 가는 것. 십 점 만점에 십 점을 맞아야 할 화려한 의상들, 명품 옷이 가득한 옷장에 엘리베이터가 딸린 켄의 드림하우스는 엄마와 딸들을 만족시키는 순정만화 구실을 한다. 거기다 스페인어로 입력된 버즈가 "세뇨릿다!"를 외치면서 말괄량이 카우걸 제시와 탱고 춤을 추는 역동적 화면 역시 여자 어린이들의 숨겨진 욕망을 잘 끄집어낸다.

　　기타 주전을 볼작시면, 마음 착한 녹색공룡 렉스, 몸에 용수철이 붙은 느긋한 성격의 강아지 슬링키, 말없는 망아지 불스아이, 피자행성에서 온 눈 셋 달린 녹색의 에이리언, 거기다 토토로 인형(일본의 지브리 스튜디오 출신)은 배역의 비중은 작지만 카메오 역할을 한다. 장난꾸러기 자줏빛 문어 스트레치, 족발 로킥을 날리는 분홍색의 만물박사 돼지 저금통 햄, 신혼을 만끽 중인 포테이토 부부, 모든 사물에 이목구비와 팔다리를 대입시킬 수 있는 야채인형들의 움직임을 보면서 감탄이 안 나오는 사람은 폐기 직전의 사람일 것. 이 개성 넘치는 장난감들의 현란한 드리블과 패스를 지켜보자.

토이들의 '프리즌 브레이크'

주장 우디는 장난감들을 향해 주인 앤디에게 돌아가야 한다고 호소하지만, 앤디가 자신들을 버렸다고 믿는 패밀리들은 이곳 탁아소가 살기 좋을 것이라며 버틴다. 곰인형 랏소의 친절한 안내 아래 친구들은 바비인형의 남친 켄 등 새로운 멤버들을 만나며 제2의 인생을 맞을 준비를 하지만 사실 이 탁아소 안에는 그들이 미처 몰랐던 끔찍한 비밀이 숨겨져 있다. 알고 보니 이곳은 장난감들의 감옥인 것. 시시티브이로 감시하는 직무 의식에 투철한 원숭이는 한 건 해야겠다는 욕망으로 불타는 눈을 보여주는데, 그 사실감이라니….

그러다 앤디가 여전히 자신들을 사랑한다는 사실과 이곳이 지옥임을 알게 된 토이 군단은 주인 곁으로 돌아가기 위해 탈옥을 결심한다. 우디를 중심으로 똘똘 뭉친 장난감들은 "이별은 없어! 우리는 반드시 함께 돌아가야 해!"라고 말하면서 랏소의 음모에서 벗어나기 위해 죽을 고생을 다한다. 감옥을 탈출한 후 쓰레기 트럭에서 하치장으로, 컨베이어 벨트를 지나 자동 분쇄기와 화장터 소각구덩이까지 그들의 압박과 수비 그리고 세트피스는 월드컵 결승전 못지않게 황홀하다. 거참, 사랑과 욕망을 가진 인형들이 뛰고 달리는 이건 애니메이션이 아니라 아예 〈레이더스〉 플러스 〈다이하드〉다. 헝겊이나 플라스틱 조각에 불과한 것들에 혼을 불어넣으니(애니메이션의 어원대로), 다르다. 그러니 이것은 결코 인형이나 만지는 애들만의 영화는 아니다.

3대가 함께 볼 영화

천으로 만든 인형은 부드러운 느낌을 주고, 고무로 만든 장난감은 눌러보고 싶으며 털실로 만든 인형은 안아보고 싶다. 이런 인형들의 접힘과 움직임이 만들어낸 동작과 표정이 보여주는 유머는 "아! 어떻게?" 하는 공감과 찬탄을 자아낸다. 같은 시간을 보낸 장난감공동체가 자유와 권리를 억압하는 공간에서 '프리즌 브레이크'를 감행하는 토이들의 눈물겨운 노력과 서스펜스에는 단순한 스릴을 넘어서는 감동이 있으니 말이다. 문제해결을 위해 감독은 장난감 모두에게 의미 있는 역할을 분배한다. 특별히 한 영웅의 원톱플레이만으로 해결하지 않는 것. 거기다 목표를 이루기 위한 캐릭터의 비참한 죽음 혹은 그 누구도 피 흘리거나 희생당하지 않는 것 역시 미덕이다.

이 '영화'는 단지 장난감이나 인형의 정교함을 자랑하지 않는다. 물론 그 바탕은 기술에 있겠지만 테크닉에 머무르기 보다는 깊이 있는 이야기를 통한 정서의 전달 그리고 상상력으로 승부한다. 상큼한 상상력은 말할 것 없고 원근법적 화면들은 인형들의 눈높이에서 촬영된 것. 어두컴컴한 쓰레기장을 나타내는 톤과 빛이 들어오는 창문의 커튼은 당연히 명도가 다르니 그 조명 솜씨에 무릎을 칠 만하다.

　　장난감을 사랑하지 않는 아이는 없다. 그런데 한국에는 이제 장난감 공장이 없다고 한다. 한때 장난감을 가지고 놀았던 엄마 아빠들이 비싼 악기는 터억 안기고, 오로지 공부에 필요한 책만 사주면서 장난감을 가지고 놀지 못하게 하기 때문이란다. 젊은 부모들! 자식은 내 아바타나 장난감이 아니다. 그리고 장난감 시절은 후딱 지나간다. 그러니 부지런히 장난감 사주시고, 아이의 성장과 함께 하던 인형과 장난감 함부로 버리지 마시라. 추억도 추억이지만, 돈 된다. 일본에서 울트라맨 초기 인형들이 요즘 오토바이 한 대 값이란다. 물론 버리지 않고 잘 보존해야 하겠지만….

　　장난감과 잘 놀아주는 어린이가 훌륭한 어린이고 장난감과 잘 놀게 하는 부모가 좋은 어른이다. 하나 더, 〈토이3〉는 지금의 아빠가 할아버지가 되고, 아이가 어른이 돼서 다시 그 미지의 아이와 함께 이 명품 애니를 보는 고전의 날들이 금방 올 것이다.

타란티노의 개연성 해체와 유머

바스터즈: 거친 녀석들(Inglourious Basterds)

영화는 역이 아니라 기차다 — 장 뤽 고다르

감독	쿠엔틴 타란티노
출연	브래드 피트, 크리스토프 왈츠
제작	2009년/152분/미국, 독일

프롤로그. 개연성과 상상력

전쟁은 영화의 중요한 밑천이다. 폭력이나 무력을 행사하는 잔인한 인간을 통한 인간성 탐구 뒤에는 비주얼로서 보여줄 것이 많이 있기 때문에 감독들은 제작비가 많이 들지만 전쟁 장르를 선호한다. 단정한 군복의 선과 올드한 무기들이 주는 향수는 디자이너들의 관심분야이고 역사책을 싫어하는 젊은이들이들마저 스크린 앞에 모으는 것이 전쟁영화다. 그러니 짬밥이 쌓인 쿠엔틴 타란티노가 이 분야를 놓칠 리 없다. 영리한 그는 비슷한 시기에 나온 브라이언 싱어의 〈작전명 발키리(2008)〉 같은 2차 대전의 여러 전선으로 이동하는 돈 많이 드는 전투 장면 대신, 스파이전을 택했다.

　　전쟁영화를 만드는 이는 역사와 기억을 탐사하는 고고학자의 태도를 보인다. 개연성을 중시한다는 말이다. 〈슈퍼맨 리턴즈〉와 〈엑스맨〉을 만들며 상상력의 날개를 펴던 브라이언 싱어가 시대의 '재현'에 힘쓴 반면, 타란티노는 그 개연성의 전복에 초점을 맞춘다. 세부적으로, '선수'들은 엄벙한 스파이들에게는 쉽사리 속지 않는다는 것과 개연성 그까짓 것 하는 태도 말이다. 할리우드 영화라면 한 수 접어주던 칸영화제(62회)에 초대받은 것도 이 때문일 것이다. 나치 영화로 프랑스 중산층에게 아양 떨며 히틀러를 죽이니 말이다. 그것도 극장에서, 한 방에 '훅' 말이다.

주유와 공명이 조조를 잡기 위해 손바닥에 '불 화火'자를 썼다면, 이 시대 최고의 구라꾼 타란티노와 최강의 티켓파워 브래드 피트는 히틀러를 잡기 위해 손바닥에 '극장劇場'을 썼다. 결국 이들이 선사하는 종합선물세트에 미국은 흥행몰이에 성공했다. 자막을 싫어하는 미국인들로서는 의외의 현상이고 그 반대인 남한 관객들에게는 '쿠엔틴 타란티노의 화려한 액션 대작'이라는 선전문구 치고는 한국에서는 장사 안 된 작품이다. 2차 세계대전을 배경으로 한 시대물이니 전쟁물일 것이라고 생각한 사람들은 '뭐야?' 하는 분위기였다. 보자.

1장. 예의 바른 악당의 형상화

동기부여를 위해 극적 사건 혹은 미스터리로 시작할 법한데, 아니다. 평화로운 시골 마을에 처녀가 커튼을 넘기듯 빨래를 젖히니 저 멀리 '간지'나는 독일군 오토바이 행렬이 등장한다. 그들은 아주 느린 속도로 천천히 오두막집에 나타난다. 독일군 대령 한스 란다(크리스토프 왈츠)는 일단 예의바르다. 예술과 문화를 사랑하는 정서적이고 심미적인 독일군 장교일 것 같지만, 천만에. 권력이나 화폐를 쥔 자에게서 영적 예의를 발견하기 힘들다는 것을 우리는 잘 안다. 그 예의는 공포의

또 다른 장치라는 것을.

타란티노의 악당들은 일단 점잖다. 그렇지만 이 유태인 사냥꾼은 자리만 지키는 관료가 아니기에 집요하다. 감독은 이 점잖은 악당에게 단지 신선한 우유를 마시게 하고 조곤조곤 질문만 늘어놓게 할 뿐. 악당 캐릭터가 브랜디 아닌 우유를 마시는 과정에서 내뱉는 대화만으로 긴장감을 이끈다. 유태인 쇼산나 가족을 숨겨준 시골농부 라파예트가 이 노회한 악당을 속일 수는 없다. 악당의 클로즈업 뒤에 마룻바닥에 기관총이 난사되고 나무판 위에 총탄이 튄다. 영화를 보는 관객들은 마치 자신이 비밀을 발설한 것처럼 안타깝다. 그러나 여기 살아남은 소녀가 한 명 있다.

타란티노는 좁은 공간에서 긴장감을 자아내는 방법으로 처음부터 카메라를 회전시키고 슬로모션을 사용한다. '원스 어폰 어 타임 인 나치' 라는 식의 서부극 차용 방식에다 엘리제를 위하여를 기타로 변주한 엔니오 모리꼬네의 영화음악은 웨스턴 스타일이지만, 하는 짓거리는 스파게티 풍이다. 초장의 동기부여치고는 롱숏에다 대사마저 길다 보니 전쟁영화 보러 온 인내심 없는 남성 관객은 감독의 서스펜스 창출에 아쉬움을 느낄 수 있다. 거기다 여성관객은 브래드 피트는 언제 나오냐고 투덜댄다.

2장. 펄프 픽션 속 우리 편

혼자서는 나치와 히틀러 그리고 점잖은 악당을 상대하기는 벅차다. 미군 중위 알도 레인(브래드 피트) 캐릭터로만 밀어붙이기에는 힘이 달린다는 말씀. 그러니 '연합군'이다. 그는 살인 분야에서 최고의 재능을 가진 8명의 대원을 모아 '바스터즈(개떼)'란 외인부대 조직을 만들어 프랑스로 향한다. 나치가 점령한 프랑스에 잠입해 연합군이 당한 몇 배에 달하는 징한 복수를 시작하는데. 복수를 향해 피 튀기는 가학적 잔인함은 역시 '펄프픽션'이다.

이 마초들은 적들을 죽이는 데 쿨함이 없다. 포로로 잡힌 독일군을 심문하는 데 기관총만이 아니라 야구방망이가 동원된다. 그대로 머리를 날려버리고 나이프로 머리 가죽을 벗기는 막장이 계속 된다. 작심한 듯 잔인하며 진지하지 않은 방식으로 대립각을 세우는 것. 단, 성조기에 경례하지 않는 것을 보면 타란티노가 얼마나 영리한가를 보여주는 지점이다.

진중한 악당에 대비해 '우리 편'은 껄렁하고 잔인하게 형상화하는 것이 감독의 작전. 문학인들이 악당을 공들여 형상화해도 정작 주인공은 신파를 만들거나 순진함으로 덮어버리는 우를 범하지 않나 살펴 볼 대목이다. 1장의 우유 마시는 소리에 이어 2장의 머리통 터지는 소리는 다음 장 음식 먹는 사운드로 계속된다.

3장. 원수는 카페에서

역시 주인공들은 한 바퀴 돌아서 조우한다. 그 때 살아남은 소녀가 성장한 숙녀가 되었다. 미인에게 남자가 붙는 것은 당연한 일. 파리의 괜찮은 극장을 유산으로 물려받은 쇼산나(멜라니 로랑)를 따라다니는 독일 사병이 등장하는데, 그는 연합군 병사를 몇 백 명 죽인 전쟁영웅으로 인기스타여서 장교들도 쩔쩔매는 영화 속 주인공이자 실제 배우를 맡은 인물이기도 하다.

이 엉뚱한 병사의 스토킹은 선전장관 괴벨스 박사와의 만남에까지 이어지고 다시 예의바른 악당과 마주치게 되는 것. '누구더라?' 하며 고문을 하는, 감정에 치우치지 않는 악당 한스 란다와 과거의 상처를 감춘 아리따운 여성이 고급카페에서의 만나는 그림은 한 템포 쉬는 장면. 기계적 이미지의 악당과 복수를 감행해야 하는 처녀 사이 우유와 크림이 얹힌 파이라는 매개를 두고 벌어지는 긴장감 있는 대화는 공포 그 자체다. '대립하는 성격으로 긴장을 창조하라' 는 시나리오의 기본 아니던가? 달콤한 파이를 즐기는 악당이라….

4장. 스파이 대 친위대

스파이 영화의 핵심은 적을 속이는 데 있다. 저 옛날 월나라의 구천이 여성 스파이의 원조 서시西施를 보내고 똥을 먹으면서 와신상담臥薪嘗膽을 했다. 적을 속이는 과정은 힘들어도 스파이전은 매우 효율적이다. 실제 전쟁에서도 그렇고 영화에서도 그렇다. 일단 비용이 적게 드니까. 그렇지만 관객들이 매우 똑똑해져서 만들기 어려운 영화가 스파이 무비인 것이다.

알도 레인 중위는 영국의 더블 스파이인 독일 여배우 브리짓(다이앤 크루거)에게 뜻밖의 소식을 듣는다. 나치의 수뇌부가 모두 참석

하는 독일의 전쟁 선전영화의 프리미어가 파리에서 열리는데, 바로 그 장소에 그 히틀러도 참석 한다는 것! 이 역사의 쓰레기들을 처리하는 '키노 작전'의 장소가 바로 쇼산나의 극장이란다.

여배우 브리짓을 접선하는 지하 카페에서 독일군 장교로 위장한 그들에게 위기가 찾아온다. 독일군 친위대 소령과의 대화과정은 타란티노가 섭렵한 얼치기 스파이 영화에 대한 엿 먹이기일 것. 작은 카페에서의 말꼬리 무는 대사와 총격 장면은 무협영화의 객잔 신을 닮았다. 〈첩혈쌍웅〉처럼 서로의 머리에 총을 겨누는것이 아니라 아랫도리에 총을 들이대는 모습은 재미있고 곧 바로 객잔의 혈투로 이어진다. 카페는 피바다가 되고 초토화가 되는데, 남겨진 여배우의 신발 한 짝.

여기 객잔에서 이루어지는 10분이 넘는 대사와 동작들은 모두 원신 원컷으로 처리되어 타란티노의 고수다운 연출 기법을 유감없이 보여준다. 특수효과로 주제나 연기를 뛰어넘는 맥락 없는 분노의 표출만을 보여주면서 그저 현란하게 끊어지는 숏을 가진 하수영화에 대한 자신감의 표출일 것이다.

5장. 개연성은 개에게나

여성스파이가 등장하면 에로티시즘은 필수. 그런데 여기 독일 여배우 브리짓은 다리가 부러져 깁스를 하고 레드카펫에 얼굴을 내민다. 결국 한스 란다는 그녀가 잃어버린 신발 한 짝을 들여대는데…. 미모로 적을 홀리는 미인계도 쉬운 게 아니라는, 미인계에 넘어가지 않는 적장의 태도가 바로 감독의 일관성이다. 그 예측불허, 좋다.

극장주인 쇼산나와 극장에 잠입한 스파이 알도 레인은 마지막까지 서로의 존재를 모른다. 이탈리아 영화 게스트로 분한 연합군 스파이들은 오히려 저 옛날 텔레비전 코미디 드라마 〈호간의 영웅들〉에서 나오는 독일군 포로수용소 멤버들처럼 엉성하고 우습다. 웃기는 것이 긴장을 줄 수 있다는 타란티노의 배짱인 것. 한스 란다 대령은 이 월드프리미어 상영장에서 나치 고위 인사들의 경호를 맡다가 이 개떼 멤버들과 부딪히는데….

여기서 타란티노는 슬쩍 전문가의 영역을 건든다. 세부 묘사가 설득력을 결정한다는 것은 플롯 설정의 기본이니까. 예를 들어, 영화 필름에 인화성 강한 니트로글리세린이 녹아있어서 그것이 폭탄이 될 수 있다는 설정 말이다. 결국 필름더미에 불을 붙여 극장을 파괴하고 여기 썩은 계란들을 한방에 쓸어 담겠다는 것이 쇼산나가 기획한 복수의 골자다. 극장 주인이 극장을 버린다는 것은 부처를 만나면 부처를 죽이고 히틀러를 만나면 히틀러를 죽이라는 메시지 아닐까.

영화를 보는 도중 껌을 찾는 히틀러는 얼마나 우스꽝스러운가? '이 영화는 과연 A급 영화일까? 하고 묻는 관객에게 타란티노는 반문한다. '삐급이면 어때? 하면서 막판의 폭발과 기관총으로 아수라장을 만드는데. 진한 다크서클의 히틀러가 벌집이 되는, 단순한 극장 폭발이 아니라 의미의 폭발인 것. 유머다. 프로이트가 말한 바로 그 '쾌락의 승리' 아닌가. 이로써 타란티노는 2차 세계대전의 끝을 보여준다! 저들이 물렁한 바위라면, 독한 계란으로도 무너진다는 이야기다. 감독이 창조한 스타일이 전쟁물이 가지는 역사적 개연성을 먹어버린다는 이야기에 이 영화의 통쾌함이 있다.

에필로그. 야유에서 유머로

〈작전명 발키리〉나 〈거친 녀석들〉의 목표는 공히 히틀러의 암살이다. '왜?'는 뻔하니 문제는 '어떻게?'다. 잘 속이는 것이 핵심인 것. 영화를 관람하는 사람들 모두 '히틀러가 죽지 않는데 어떻게 끝내려고 그러지?' 하는데, 이 여우감독은 그 똑똑한 편집장 출신 괴벨스 박사님과 같은 역사적 쓰레기들을 프리미어 시사회에서 한방에 바비큐를 만들어 버린다. 타란티노는 이 극장 신에서 잰체하며 거드름을 피우는 같잖은 영화인들에 대한 풍자와 야유로 시작해서 결국은 유머로 간다. 소심하게 몇 놈 죽이고 큰 고기는 살려주는 허망함으로 끝내지 않는 복수, 좋다. '역사라는 이야기'가 아니라, '이야기라는 역사'를 창조하는 지점인 것. 디테일을 놓치면 지적 장애로 오해받지만 이 위대한 거짓말은 관객들을 탄복하게 만든다.

영화 내내 긴장을 불어넣던 대령의 대화에는 유머가 없다. 히틀러도 마찬가지다. 정신에 대한 각성이 없기 때문에. 마찬가지로 경전이나 역사책에는 유머가 없다. 세상이 근엄할수록 유머는 필수일 것. 영화는 역사책이나 성경이 아니라는 말씀이다. 타란티노가 창조한 절체적 상황에서 쥐새끼들을 한방에 몰아넣고 불을 지르는 유머는 영화라는 장르를 자유롭게 한다. 더불어 역사책을 싫어하는 청년이 가지고 있는 알량한 역사적 지식을 무장해제 시키고. 역사적 개연성을 붙잡고 늘어지는 우리를 근엄에서 벗어나게 해주는 즐거움만 가지고도 충분히 가치가 있는 작품 아닐까?

영화 속에 나오는 또 다른 흑백영화 〈조국의 영광〉은 나치의 선전영화다. 괴벨스의 선전선동전술 '설득하지 않는다. 도취시킨다. 그리고 박멸한다'에 춤을 추던 구제불능의 속물이던 예술가들에게 죄책감을 불러일으키는 영화일 것. 명령에 따라 예술 하는 한심한 놈들을 야유하는 지점이다. 그 누구도 이의를 제기하지 않는 영화와 이를 상영하는 극장은 폭파되어야 한다. 마찬가지다. 그런 시를 쓰는 시인의 시집은 찢어버려야 한다.

보라, 시인 백석의 시선과 로베르 브레송의 카메라는 닮아있지 않은가. 손등이 밭고랑처럼 터진 나이 어린 계집애 무쉐뜨가 평안북도 영변군 팔원 정거장에서 버스를 탄다. 묘향산 어드메에 삼촌이 산다는 이 소녀는 운다. 흐느끼며 운다. 본토인 주재소장 집에서 오래도록 밥 짓고 아이보기를 하면서, 추운 아침에도 손이 꽁꽁 얼어서 찬물에 걸레를 치던 소녀가 죽었다. 그 소녀가 죽지 않고 살아간다면 상심으로 수척해지다가 모자란 남자와 함께 묶여지는 〈박쥐〉의 태주가 될까? '엄마 외에는 아무도 믿지 말라'는 김혜자 같은 한국의 영웅적 엄마도 없는 그 소녀가 빨래처럼 옥상에 널브러진 채 죽으면 〈마더〉의 기초수급자 문아영일 것이고, 문아영이 죽지 않고 살아가면 발꿈치 단단한 태주가 되리라..

초조初潮에로의 여정

사백 번의 구타(The 400 Blows, Les Quatre cents coups)

감독	프랑수아 트뤼포
출연	장-삐에르 레오, 클레어 모리에르
제작	1959년/94분/프랑스

프랑스의 누벨바그

영화사를 공부하노라면 프랑스의 누벨바그라는 산맥을 만나게 되고, 트뤼포와 고다르 그리고 레네 같은 영봉을 접수해야 한다. 필수과목이라 불리는 고다르의 〈네 멋대로 하라〉는 당시로는 최신 버전이 갖는 생기가 있으나 조금은 치기가 보이고, 레네의 〈히로시마 내 사랑〉 같은 작품은 공간과 기억에 관한 영화이니만큼 현학적이다. 영화의 고수들이 수백 번도 더 추천한 트뤼포의 이 '전공필수과목'은 분명 어떤 준거로 작동하는 힘을 갖는 영화다. 영화 주인공이 청소년이지만 싼티 나는 애들 영화가 아니다.

　　우리 영화에서 아이들은 어떤 모습인가? '옥희는 삶은 달걀을 좋아해' 식의 어른의 이기심을 관찰하는 소도구 역할에 머물러 있거나

터무니없이 순진한 주인공들이 등장해 현실감이 떨어지는 경우가 많았다. 서울서 온 여학생은 공주 스타일이고 촌놈이 짝사랑을 한다든지 아니면 폭력을 행사하는 못된 주인공에게 시달림을 받는 내용 등. 우리의 그림들은 캐릭터의 선악이 분명해 투숏을 잡으면 누구에게 권력이 있는지 금방 드러나는 화면들이 대부분 아니었던가.

그러나 이 불란서 성장영화는 다르다. 이름과 실제가 일치한다. 흑백필름이지만 오십 년의 세월을 뛰어넘어 모던하게 느껴진다. 명불허전名不虛傳이긴 해도 어린이날 특집 영화가 될 수 없는 영화, 애들이랑 보면 염치없어지는 영화. 강남 논술학원 추천목록에 가끔 실린다면 엄마들도 함께 보려나. 일단 보자.

학교, 소시지 공장

사실일까? 프랑스 소년원 입구에는 '애새끼들이 400번은 맞아야 제대로 큰다' 는 살벌한 팻말이 있다고 한다. 매를 아끼면 자식을 버린다는 말을 서양 사람들이 숫자로 표시한 말이렷다. 사백 번? 그렇다면, 사천 번(십년 넘게 구타당하는)은 맞아야 어른이 되는, 매일 맞고 크는 아이들은 어쩌라고…?

에펠탑이 굽어다 보는 파리의 맞벌이 가정. 애비는 자동차 광인데다 치장하길 좋아하는 엄마는 철딱서니가 없다. 전쟁 직후의 이상주의나 정치적 운동은 소비에 묻혀버린 프랑스의 오십 년대 후반을 살아가는 가정의 모습이다. 그 아들 앙뜨완은 사고뭉치로 항아리에 묻어두고 싶은 나이, 열세 살. 전후, 겨우 먹고 살만큼 된 파리 서민 가정의 풍경일 것. 부모에게는 웬수지만 발자크를 숭배하는 소년은 너무 빨리 성장한 아이. 그 소년이 집에서 거리로, 학교에서 길로, 그 길의 끝을 찾아가는 사춘기 소년의 여정은?

먼저, 학교. 수업시간에 도색 사진을 보다 들키고 벽에 낙서를 하는 소년. 그리고 쩨쩨한 선생. 중동치기가 예사인 소년에게 낙이 있다면 극장에 가는 것. 극장은 가르치려 하지 않는다. 다만 보여 줄 뿐. 애들은 가르친 대로 크는 것이 아니라 본대로 큰다는 말이 있지 않던가. 그를 가르치는 것은 시간과 발자크 그리고 영화. 영화 속에서 소년은 학교에서 배우지 못했던 새로운 세계를 발견해 나간다.

작문시간에 앙뜨완은 발자크를 인용하여 장문을 써 내려가지만 교사는 소년의 글이 발자크의 작품을 표절했다며 화를 낸다. 상처에 인두질을 하는 옹졸한 선생이 존재하는, 학교. 우리 동네는 국화빵을 찍고 저쪽 동네는 소시지를 만들어내는 곳이다. 맹목적 구속, 훈련, 복종 등 조직의 폐쇄성을 그대로 드러내는 학교는 문법을 가르치는 곳이어서 문법 밖의 아이에게는 매가 기다린다. 역겨운 표절자로 찍힌 소년은 더 이상 학교에 머물지 않는다. 아이는 칠수록 우는 것이어서 소년이 갈 곳은 거리뿐. 녀석은 '나도 남자가 될 수 있다는 것을 보여주겠다' (한국은 돈 벌어 돌아온다며 가출하는 편이 많은데)며 편지를 써 놓고 가출한다. 가출에 이르기 전, 교실에서 잉크범벅이 되어 노트를 찢는 어린이, 주인 없는 개 이야기, 인형극 장면의 유치원 어린이 등 쓸모없는 부분(그래서 더 유용하게 느껴지는)을 자르지 않는 트뤼포, 신선하다. 아니, 여우다.

초조初潮의 바다

거리에서 우유를 훔쳐 먹은 바늘도둑 앙뜨완은 타자기를 훔쳐 팔아넘기려다 들켜 감화원에 보내진다. 그것도 아버지의 손에 의해. 경찰서 유치장 안 철창을 사이에 둔 소년의 눈 연기는 제법 배우의 소질을 보여준다. 두리번거리며 멀어지는 파리 시내의 야경을 뒤로 하고 소년은 한 줄기 눈물을 흘리는데. 그리고 어두운 세계로 향하는 지문을 찍는다. 어차피 자기 핏줄도 아닌 것, 아비는 아들이 육군 소년학교에 입학하기를 바라는데 소년은 차라리 해군을 꿈꾼다. 학교와 가족, 사회로부터 배타당하고 고립되어 가는 어린 소년의 고단한 성장기는 후반부가 더 눈부시다.

감화원 입소를 보이스카우트 훈련으로 생각하는지 바람둥이 엄마는 감화원은 바닷가 근처가 좋단다. 엄마는 철이 없고, 아빠는 무능하며, 선생에게 이해심이란 없다. 감화원의 심리상담사는 그래도 묻는다. 약자는 솔직할 수 없지만 어린이는 솔직하다. 바스트숏으로 잡은 눈이 큰 아이는 입을 연다. 사생아에 가까운 출생과 자신의 삶을 여자 감독관에게 자기 속마음을 털어놓는 신에서 듣는 사람은 보이지 않는다. 소년의 독백은 의미 있는 타인을 만나고자한 고백이지만 그의 고백은 그저 사회학적인 사례가 되고 말뿐. 자비란 없다. 이미지의 플래시백을 사용 하지 않으려는 감독의 의도일 것. 거짓을 이야기 할 때는 많은 신이 필요하지만 진실을 말할 때는 하나의 신으로 충분하다고 믿는 트뤼포.

가족 면회 시간에 엄마로부터 소년원에 보낸다는 말을 듣고 소년은 탈출을 결심한다. 감화원 철조망을 벗어난 앙뜨완은 무작정 달린다. 키아로스타미의 어린 아이 나마자데는 친구의 집을 찾아 제트(Z)자 길을 죽어라 뛰면서 노트를 전해주지만 아무것도 손에 쥔 게 없는 이 소년은 그저 뛴다. 목줄을 푼 소년은 더 이상 가축이 아니기에. 소년은 뛰고 카메라는 80초 동안 트래킹으로 소년을 뒤쫓는다. 영화는 측면운동과 공간에 대한 것. 흑백영화 와이드스크린의 좌에서 우를 향해 달리는 폭은 소년의 열망의 깊이를 표현한다. 이 '어른의 아버지' 소년이 이르는 곳은 어디일까?

에펠탑도 굽어다 볼 수 없는 어느 한적한 시골길을 죽어라 달린 그곳에는 한줄기 띠처럼 보이는 강인가 했는데, 거기, 바다가, 있었다. 바다!

어두운 벽장 속에서 나는 이해할 수 없는 절망감과 막막함으로 어머니를 불렀다. 그리고 옷 속에 손을 넣어 거미줄처럼 온몸을 끈끈하게 죄고 있을 후덥덥한 열기를…. 그 열기의 정체를 찾아내었다 그것은 바로 초조初潮였다.

오정희의 성장소설 「중국인 거리」에서 마지막 문장의 '초조'는 육체와 정신의 새로운 지평이 시작되는 터닝포인트일 것. 한국적 영화 공식으로 말 잘 듣는 아이로 돌아가지 않는, 이 바다를 향하는 열린 결말은 박하사탕처럼 마음과 머리가 '화' 해지는 무척 낭만적인 그림이다.

메타포로서의 바다를 바라보는 프리즈 프레임(freeze frame), 얼어붙는 엔딩 장면은 우리를 사로잡는다. 트뤼포가 만들어낸 획기적이고 창의적인 연출기법인 것. 가장 중요한 클라이맥스에 화면을 정지시키고 엔딩 크레딧이 올라오는 〈내일을 향해 쏴라〉나 〈정무문〉 혹은 〈델마와 루이스〉의 마지막 장면 등 많은 감독들은 후일 이러한 장면으로 영화의 끝을 맺는다. 바다를 보고 얼어붙는 주인공 역을 맡은 장-피에르 레오의 또랑또랑한 눈은 오래도록 기억 될 것이다. 잊을 수 없는 장면. 그러나, 어디 바다가 상처 입은 아이가 쉬어가는 호텔은 아닐 텐데….

적막한 계절의 사운드

― 〈박쥐〉의 태주, 〈마더〉의 문아영, 그리고 무쉐뜨―

무쉐뜨(Mouchette)

감독	로베르 브레송
출연	나딘 노르티에, 장 클로드 질베르
제작	1967년/78분/프랑스

백석과 브레송

차디찬 아침인데
묘향산행 승합자동차는 텅하니 비어서
나이 어린 계집아이 하나가 오른다
옛말속같이 진진초록 새 저고리를 입고
손잔등이 밭고랑처럼 몹시도 터졌다
계집아이는 慈城으로 간다고 하는데
자성은 예서 삼백오십리 묘향산 백오십리
묘향산 어디메서 삼촌이 산다고 한다
새하얗게 얼은 자동차 유리창 밖에
內地人 주재소장 같은 어른과 어린 아이 둘이 내임을 낸다
계집아이는 운다 느끼며 운다

텅 비인 차 안 한구석에서 어느 사람도 눈을 씻는다
계집아이는 몇해고 내지인 주재소장 집에서
밥을 짓고 걸레를 치고 아이보개를 하면서
이렇게 추운 아침에도 손이 꽁꽁 얼어서
찬물에 걸레를 쳤을 것이다

— 백석 「八院」 전문

보라, 시인 백석(1912-1995)의 시선과 로베르 브레송(1901-1999)의 카메라는 닮아있지 않은가. 손등이 밭고랑처럼 터진 나이 어린 계집애 무쉐뜨가 평안북도 영변군 팔원 정거장에서 버스를 탄다. 묘향산 어드메에 삼촌이 산다는 이 소녀는 운다. 흐느끼며 운다. 본토인 주재소장 집에서 오래도록 밥 짓고 아이보기를 하면서, 추운 아침에도 손이 꽁꽁 얼어서 찬물에 걸레를 치던 소녀가 죽었다. 그 소녀가 죽지 않고 살아간다면 상심으로 수척해지다가 모자란 남자와 함께 묶여지는 〈박쥐〉의 태주가 될까? "엄마 외에는 아무도 믿지 말라"는 김혜자 같은 한국의 영웅적 엄마도 없는 그 소녀가 빨래처럼 옥상에 널브러진 채 죽으면 〈마더〉의 기초수급자 문아영일 것이고, 문아영이 죽지 않고 살아가면 발꿈치 단단한 태주가 되리라.

브레송의 〈무쉐뜨〉는 병든 엄마가 카메라를 정면으로 바라본 채 "내가 없으면 그들은 어떻게 될까?"라는 독백으로 시작한다. 설정숏이나 적당한 인트로 그런 것 없이 카메라는 한 사나이가 올무를 놓는 숲 속으로 간다. 그리고 그를 지켜보는 다른 눈이 있다. 오래도록 정지한 카메라가 붙드는 파닥거리며 죽어가는 새 한 마리는 앞으로 일어날 비유이자 상징이다. 어렵지 않다.

봉긋한 가슴, 뽀송한 솜털이 일어 까르르 웃음이 터져 나올 시

절일 텐데, 소녀(나딘 노르티에)는 더러운 옷을 입었다. 날렵한 스니커즈와 스키니진이 아름다울 나이인데, 무거운 신발의 열네 살 소녀는 지옥에 산다. 앓아누운 엄마를 간병하고 나면 아이가 자지러지게 운다. 어린 동생의 기저귀를 갈고 우유를 먹인다. 카페에서 설거지 아르바이트로 번 돈을 밀주배달원 아비에게 빼앗겼지만 남은 돈으로 무쉐뜨도 한 잔 마신다. 사춘기라는 범퍼카가 몸속에 들어있을, 놀이공원에서 놀고 싶어 하는, 이 아이는 주정뱅이 아비에게 뺨을 맞고 운다.

　소녀도 학교에 다닌다. 학교에서는 노래를 가르친다. "희망을 품고 사흘만 기다려라" 희망을 노래하라며 윽박지르고, 음이 틀렸다고 선생은 머리를 쥐어박는다. 학교가 파하고 나면 남자애들은 고추를 내놓고 놀리고 깨끗한 옷에 새 가방을 든 여자애들은 지들끼리만 논다. 왕따다. 남학생들의 오토바이에 매달려 사라지는 향수 뿌리는 지지배들을 향해 무쉐뜨는 다만 흙덩이를 던진다. 흙덩이라.

그들을 피해 소녀는 외딴길로 들어선다. 카메라는 소녀의 나막신 같은 검은 신발을 따라간다. 은사시나무가 잎을 뒤채는 숲에 비가 떨어진다. 비가 그치고 나면 구름에 가린 열나흘 달이 뜨고. 그리고 길을 잃는다. 진흙탕에 낡은 신발 한 짝을 남긴 소녀에게 밀렵꾼 아르센이 나타나는데…. 비를 피하러 함께 들어간 오두막에서 발작이 일어난 아저씨를 간호해주던 어린 양은 학교에서 배운 노래를 부른다. '희망을 품고 사흘만 기다리라'는 반복의 아이러니라니! 깨어난 아르센은 무쉐뜨를 덮치고, 밤새 사이클론이 분다. 강간은 있어도 셀렘이 없는 소녀는 빗물에 발이 불었을 것이다. 시큼한 냄새는?

문아영과 태주

비가 그치고 집으로 돌아온 소녀는 동생의 기저귀를 갈아주고, 운다. 서서 또 운다. 흐느낀다. 흐느끼는 소리는 나지 않는다. 아이를 안고 우는 아이에게 등잔불을 끌 힘도 없는 엄마가 말한다. "너는 못된 직공이나 술꾼에게 속아 넘어가서는 안 돼" 문아영과 태주에게 그 옛날 엄마가 들려 준 말도 이런 말 아니었을까? 딸이 따라준 독주 한 잔을 마시고 엄마는 아침 성당 종소리와 함께 눈을 감는다. '밥은 먹고 다니냐?'고 묻는 엄마마저 없는 이 길갓집 소녀는 칭얼대는 어린 동생의 우유를 얻으러 우유통을 들고 문밖을 나선다.

엄마의 죽음은 이웃집 커피숍 여자에게 잠시 관심과 친절을 부르게 하지만, 여자는 이내 무쉐뜨 가슴의 생채기를 보고 더러운 계집애라는 비수를 꽂는다. 다시 고개를 숙이고 걷는 소녀에게 엄마의 수의를 마련해준 할머니의 질문은 역시 사랑이나 관심보다는 동정에 다름 아니다. "넌 죽음을 생각해 본 적 있니?"라고 묻던 할머니에게 '너나 잘 하세요'라고 말하지 못하고 소녀가 던지는 복수는 겨우 카펫에

흙을 묻히는 것일 뿐.

　　조준하고 총을 갈기는 남자들과 총에 맞아 버둥거리는 어린 토끼와 올가미에 걸린 새의 운명은 누구나 만들 수 있는 그림이지만, 마지막 장면은 브레송이 아니면 그려낼 수 없는 고통스런 축제의 한 장면이다. 이제 소녀는 물가에 앉는다. 드레스는 날개가 아니어서 날아갈 수 없는 소녀는 언덕에서 호수를 보고 앉아있다. 그때 잠깐, 트랙터 소리가 들린다. 그 트랙터 아저씨가 "저기요" 하는 소녀의 손짓을 보았더라면, 그 귀먹은 천사가 무쉐뜨의 목소리를 들었더라면…. 한 번, 두 번의 실패, 그리고 세 번. 천국은 그냥 쉽게 물에 들어갈 수 있는 나라가 아니다. 간절히 반복해야 겨우 작은 문이 열려, 쉴 수 있는 나라. 음표와 쉼표를 구별하지 못해 두들겨 맞은 소녀는 이제 쉼표 아닌 마침표를 찍고 만다. 숲 속 지켜보는 눈도 없이 첨버덩 하는 소리가 들리고 물에 이는 파문과 함께 엔딩 크레딧이 올라간다.

따라오는 발소리

무쉐뜨의 수난, 그리고 이어지는 죽음은 이토록 몇 번에 걸쳐 시도할 만한 일인가? 지옥을 벗어나는 이 드라이한 장면의 사운드가 은총의 통행증이라고 말하는 브레송의 구원론 앞에 지울 수 없는 생각 한 토막. 2009년 상반기의 키워드는 부끄러움이나 미안함 같은 것일 것. 소녀의 죽음에 이르는 모욕을 두고 부엉이 바위가 생각날 만하다. 자살은 살인보다 큰 죄라는 오래된 기독교적인 가치관에, 단호히 아니라고 파문을 일으키는 브레송에게 태클 걸 용기가 생겨나지 않는다.

　　미니멀리즘이란 이런 것인가? 이 78분에 아름다움은 없다. 구체적으로 드러나는 엄숙한 감정도 없는데, 뺄 것이 없다. 그렇다. 인간으로 존재한다는 것 그리고 그 끝맺음에 대한 통찰은 난해하지 않고 단순하다. 말수 적은 어린 배우의 행동과 표정, 그리고 적재적소에 들어맞는 사운드는 어떤 장치보다 디테일을 충실하게 뒷받침해 준다. 구멍 난 양말과 신발에 고인 물, 머리에 붙은 덤불, 몸에 난 생채기 등 사소한 디테일도 뺄 것이 없지만, 역시 사운드가 최고다. 궁금증을 일게 하는 총소리, 술 따르는 소리, 천둥소리, 스쳐가는 자동차 소리, 나무가 불에 몸을 맡겨 타닥이는 소리가 들려오는데….

영화 이후 눈을 감고 묘향산행 승합버스에 오르는 찬물에 걸레 친 소녀를 생각하는데, 딸각거리는 무쉐뜨의 발소리가 계속 따라온다. 어쩔 수 없다.

인간 천사들에게

베를린 천사의 시(Wings of Desire, Der Himmel üeber Berlin)

감독　　빔 벤더스
출연　　브루노 간츠, 솔베이그 도마르틴
제작　　1987년/125분/독일, 프랑스

성긴 별들의 독일영화사

20세기 독일 문학에서 카프카, 토마스 만, 릴케, 브레히트, 하인리히 뵐 같은 전설이 한둘 아니나 영화 쪽에서는 손을 꼽기가 쉽지 않다. 히틀러가 영화 문화를 죽여 놓았기 때문일 것이다. 영화인들이 나치에 대한 피신으로 해외망명 아니면 선전영화만을 찍어야 했기에. 내가 가진 책『세계영화사(Jack C. Ellis, 변재란 역, 이론과 실천刊)』가 들려주는 독일영화 이야기는 1920년대의 무성영화시대 표현주의 영화가 갖는 서술적 양식적 진보에 관한 이야기가 잠깐 몇 페이지 나오고 그 뒤는 잠잠하다. 저 유명한 이탈리아 네오리얼리즘과 고다르와 브레송으로 대표되는 프랑스의 누벨바그와는 달리 독일의 뉴저먼시네마의 경우에는 파스빈더를 제외하고는 내세울만한 작가가 그리 많지 않다. 다만 '아버지의 영화'를 비판한 오버하우젠 선언(1962)에 대해 몇 줄 서술이 있을 뿐이다. 미국의 훈수 아래 라인강의 기적을 이루는 동안 독일은 제임스 딘이나 알랑 들롱 같은 스타를 생산하지도 못한데다, 우리처럼 독일도 한때는 '향토영화'라는 이름의 새마을 영화 장르도 있었다 하니….

로드 무비, 길 위의 자식들

아버지를 아버지라 부르지 못하는 자, 해방둥이 빔 벤더스는 뉴저먼시네마 2기 그룹 가운데 가장 유명한 선수다. 전쟁에서 진 그의 애비는 종이었다. 그 종은 마샬 플랜 아래 밤이 깊도록 미군방송이 들려주는 록음악을 들으며 일을 하고, 미국의 B급 영화를 상영하는 극장에서 돌아오지 않았다. 그래서 그는 애비를 버리고 길을 떠난다. 정치·경제·문화적으로 미국화 된 전범국가 독일을 사유하고자 벤더스가 떠난 곳은 다름 아닌 아이러니하게도 바로 미국. 먹고 살기에 바빴던 애비와 역사에 대한 죄의식 그리고 '양키는 우리의 잠재의식을 식민화시킨다'고 믿던 그는 바다 건너 미국으로 건너가 길을 헤맨다. 그는 길 위에서 생각했고 길 가는 사람들을 찍었다. 미국에 대한 방랑의 기록인 〈파리텍사스(1984)〉의 트레비스(해리 딘 스탠튼)는 제인(나스타샤 킨스키)을 찾아 텍사스를 헤매고, 베를린의 천사는 동서분단의 인간 세계로의 길을 떠난다.

베를린의 천사

이 영화는 독일식 원제 '베를린의 창공(Der Himmel Ueber Berlin)'처럼 모노크롬의 흑백 도시를 부감으로 잡으며 시작한다. 분단의 상징인 잿빛 베를린의 부란덴부르크문 전승기념탑 꼭대기에서 잡는 카메라는

창공에 사는 천사의 눈일 것이니. 흥미로운 것은 미국식 제목은 '욕망의 날개(Wings of Desire)'인데 반해 일본인들이 붙인 제목 '베를린 천사의 시(ベルリン 天使の詩)'가 더 그럴듯하다.

홍콩 느와르 영화에나 나올 정장 롱코트를 입은 천사 다미엘(브루노 간츠)과 카시엘은 베를린의 하늘 또 거리에서 사람들을 살핀다. 괴로움에 자살하는 사람의 어깨를 어루만지기도 하고 지하철에서 머리를 수그린 채 걱정하는 사람을 위로하기도 한다. 참, 꽃미남도 아니고 베토벤의 데드마스크처럼 꼭 다문 입의 중늙은이가 천사라니(인간의 속마음을 읽은 후에도 표정변화가 없어야 하니 그렇기도 하겠다)!

영원을 부유하던 어느 날, 다미엘은 망해가는 서커스 천막에서 닭의 깃털로 만든 가짜 날개를 달고 공중곡예를 하는 여인을 보게 된다. 천사에게 찾아오는 깊은 연민과 함께 사랑이라니. '천사 같은 인간' 마리온(실제 벤더스가 사랑한 솔베이그)을 사랑하게 되자 날아다니던 이 천사 아저씨는 중력이 주는 자신의 무게와 현재를 느끼고 싶어 한다. 사랑은, 카페의 빈자리에 앉아 사람들에게 따뜻한 인사를 받고 싶게 만들고 부는 바람을 느끼고 싶어 하며 '지금'이란 말을 하고 싶어 하는 것. 실직과 고독에 빠진 산발머리 파마 아가씨를 사랑하게 된 천사는 '영원'한 시간 속에 떠다니느니 싸움을 해보고 술을 마시고 고양이에게 먹이를 주고 싶어 한다. 아파보고, 손때가 묻게 신문을 읽고 싶고, 때론 거짓말도 해보고, 걸을 때 움직이는 뼈를 느끼고 싶어 하며, 사과를 손에 쥐고 싶어 하던 천사 다미엘은 베를린을 부유하다 미국 영화배우 피터 포크를 만난다.

영화촬영차 독일에 온 콜롬보 아저씨(아, 아버지에 대한 환멸과 동경의 환유라니!)를 만나는데 사실 이 양반도 인간으로 환생한 전직 천사시다. 촌스러운 형사 아저씨가 우리들이 부대끼며 사는 이 세상에 인간화 된 천사가 적지 않음을 알리는 순간, 영화는 따뜻해지기 시작한다. 결국 다미엘이 천사로서의 생명을 끝내는 순간, 화면이 흑백(천사의 시점에서 본 세상)에서 컬러(인간의 시점에서 본 세상)로 변하는 것. 이제 건방진 사내가 된 이 수호천사는 담배와 함께 커피를 마시는 방기의 유혹을 즐긴다. 소멸을 즐기는 것. 결국 줄에서 내려온 곡예사 마리온과 함께 선남선녀를 이룬다는 이야기다.

영상미와 문학성

아이가 아이였을 때 질문의 연속이었다.
왜 나는 나이고 네가 아닐까?
왜 난 여기에 있고 저기에는 없을까?
시간은 언제 시작되었고 우주의 끝은 어디일까?
태양 아래 살고 있는 것이 내가 보고 듣는 모든 것이
모였다 흩어지는 구름조각은 아닐까?
악마는 존재하는지, 악마인 사람이 정말 있는 것인지,
내가 내가 되기 전에는 대체 무엇이었을까?
지금의 나는 어떻게 나일까?
과거엔 존재하지 않았고 미래에도 존재하지 않는
다만 나일뿐인데 그것이 나일 수 있을까.
— 피터 한트케, 「아이의 노래」

"다스 이스트 킨트, 킨트 이스트…"로 시작되는 천사 다미엘이 들려주는 독백은 독일어를 공부하고 싶게 만든다. 질문을 좋아하던 어린 시절 우리 모두가 천사였다는 것인데, 한트케의 이 시는 영화에 보름달 같이 둥근 테두리를 만들어 오묘한 분위기를 형성한다. 틸트와 팬으로 주욱 훑어대는 촬영 감독 앙리 앙칼의 카메라 워킹은 한 곳을 진득하게 들여다보기 보다는 이것저것을 순발력 있게 노래하는 한트케 스타일과 잘 어울린다. 벤더스와 함께 쓴 이 시나리오가 그 유명한 희곡 「관객 모독」의 스타일과 형제간이란 것을 알게 되면 무릎을 칠 것이다.

영화 끝 무렵, 포츠담 광장 잡초밭에서 세상의 변화된 모습에 대한 회한을 드러내는 노인의 입을 통해 인간들이 이야기를 잃어버렸음을 애석하게 서술하는 대목이 나온다. 아마도 피터 한트케 식의 산만스러운 이야기의 나열(서사가 부족한)에 대한 자기변명 혹은 좋은 긴장으로 읽힌다. 벤더스는 이미지의 운동과 정지를 통해 보여주는 화면과 시적인 대사만으로도 '길 떠나는 천사' 라는 이야기의 서사를 이끌어내는 힘을 보여주는데. 길 떠남은 어찌 보면 싱거운 이야기일지 모르겠다. 하지만 자잘한 풍경과 소도구로 이어지는 이미지의 반추에 의한 영상미와 한트케가 들려주는 시에 찬찬히 눈과 귀를 기울이는 관객이라면, 반드시 메모지를 준비하고 보아야 할 영화다.

천사 혹은 천사였던 인간들

날개를 내려놓고 인간세의 길을 가는 천사 이야기의 에필로그는 이렇게 끝을 맺는다. "모든 전직 천사들에게 바침. 특히 야스지로, 프랑소와, 안드레에게" 하하, 귀엽다. 벤더스 자신도 천사였다는 말로 들린다. 선배 프랑소와 트뤼포가 〈400번의 구타〉에서 보여준 바다에 대한 화답이고 말을 더듬던 존재론적 영화이론의 대가 앙드레 바쟁에 대한 오마주일 것. 결국 벤더스가 내러티브보다 이미지로 전달하는 이러한 방식은 할리우드식 이야기 전달 관습보다는 〈동경 이야기〉의 오즈 야스지로식 영상 전달에 대한 존경 아니었을까?

길을 잃는 것은 아름다운 경험. 정양 선생님이 쓴 '길을 잃고 싶을 때가 많았다' 는 시도 그래서 썼을 것이다. 사막에서 돌아오지 않은 생텍쥐페리, "천 원만 달라"던 박봉우 시인, 작은 키로 무랑루주의 창부를 그린 로트렉, 그를 닮은 화가 손상기, 안동 흙집에 홀로 사시는 권정생 등 모두 대책 없이 길 떠난 사람들. 구십을 넘게 산 〈부에나비스타 소셜클럽〉의 세군도 영감님도 천사가 아니면 그토록 오래 노래를 했을까 싶다. 이 쿠바 음악에 관한 다큐멘터리를 감독한 이도 전직 천사 빔 벤더스라는 것을 알 만한 사람은 다 안다.

거절할 수 없는 영화

대부(代父, The Godfather)

감독	프란시스 포드 코폴라
출연	말론 브랜도, 알 파치노
제작	1972년/175분/미국

시간의 질적 체험

〈대부〉가 보고 싶었다. 나는 말론 브랜도가 보고 싶어서 삼중당문고 한 권보다 극장표를 택했다. 그해, 한국영화로 장미희 주연의 〈겨울 여자〉가 히트를 했고, '유 라잇 업 마이 라이프'와 '호텔 캘리포니아'가 첨으로 나오던 때였다.

한국에서는 5년 늦게 개봉된 이 영화의 설명에는 많은 형용사와 부사가 필요했다. 천편일률적 퀄리티를 가진 할리우드 영화들에 비해 나는 금세 이 악당에게 몰입되었다. 극장에서 영화의 삼분의 일 이상을 썰었기에 왜 영화 속 영화제작자 애마의 말목을 잘랐는지, 왜 저리 죽이는지 맥락이 이해되지 않는 부분이 많았다. 갱들의 전쟁 이면에는 이탈리아 이민들의 정착사를 깔고 있다는 것은 당연히 몰랐다. 단지

톨게이트에서 소니 꼴레오네가 기관총으로 피습 당하던 장면과 마사지 숍에서 안경을 뚫는 총알 장면 등 상식을 벗어난 눈부신 폭력만 오래 남았었다.

　　그리고 많은 시간들이 흘러갔다. 33년 전, 이리극장에서 내가 본 검은 배경의 총질하던 장면들이 단순한 통속적 갱영화가 아니라 갱스터 영화의 기념비고 고전이었다니…. 이제 그 영화관은 헐렸고 성인 나이트클럽이 되었다.

　　다시 〈대부〉가 보고 싶었다. 소장한 DVD가 집에 있지만 극장에서 보고 싶었다. 아무 때나 영화를 볼 수 있는 시대지만 나는 와이드 화면 앞에 다시 앉았다. 시간의 질적 체험이 물리학으로 가능하지 않지만 인문학적 관점으로 '좋은 영화'는 이것이 가능한 시대 아닌가. 김기영의 오리지널 〈하녀(1960)〉가 디지털 복원된 것처럼, 스티븐 스필버그가 이 필름을 디지털 리마스터링(필름을 디지털로 저장)한 것.

이 '검은 보석' 때문에 나는 2010년 7월 16일, 전주디지털독립영화관에서 세 시간을 기꺼이 묶여 있었다.

검은 방의 대부

검은색 바탕의 마리오네트가 드리워진 '마리오 푸조의 〈더 가드 파더〉' 로고가 뜬 다음에 그 검은 색 그대로 어두운 방, 이탈리아식 발음의 영어를 쓰는 한 남자의 살인 청탁으로 영화는 시작한다. 카메라는 듣는 이의 시선이고 그 시선의 주인공이 바로 대부代父다. 자신의 딸이 미국인들에게 강간을 당했는데 딸을 범한 미국인은 집행유예를 받고 풀려났다며, 대부인 돈 비토 꼴레오네(말론 브랜도)에게 도움이 필요하다고 청을 한다. 자유로운 나라 미국의 법보다 가까운 이탈리아 이민자의 고충해결사에게 그는 "미국을 믿었다"고 말한다. 경청하던 대부는, 쉬운 복수보다는 인간사의 존경과 우정을 이야기하는데….

블라인드로 가려진 월넛 가구의 검은 방에서 검은 색 턱시도의 대부는 정의를 요청하는 무시당한 자들의 방문에 품성을 따지면서 그들의 문제 해결에 힘쓴다. 이탈리아 시칠리아 섬에서 간신히 살아남아 이민의 밑바닥을 헤친 모진 고생 끝에 재력과 백그라운드를 갖춘 뉴욕의 암흑가 보스로 군림하면서 힘없는 민간인들의 문제를 해결해 주기에 사람들은 그를 '대부' 라 부른다. 검은 방에서 인물 하나하나를 바스트숏으로 잡아가는 연출 기법은 영화를 보는 관객 자신이 패밀리의 방에 몰래 숨어 엿보는 느낌을 만들어 내기에, 이제부터 관객은 마피아의 눈으로 화면을 응시하게 되는 것.

검은 방이 주는 사적 공간의 내밀성은 갑자기 극도의 어둠에서 밝음으로 바뀌는데, 막내딸 코니 결혼식의 춤과 음악이 넘치는 파티 장면으로 이어진다. 호화저택에서의 결혼식 화면은 풍족하고 화려한 이탈리아 이민들의 가족관계를 설명하기 위한 장치이자 패밀리들의 관계설정의 집합인데, 그 때 아마 이 부분을 뭉턱 잘랐을 것이다. 여기 거칠게 기자와 경찰을 다루는 형 소니의 모습 뒤에 해병장교 복장의 마이클(알 파치노)이 나타난다. 데려온 애인에게 갱스터 아버지 이야기를 남의 일처럼 이야기하는 풋풋한 청년 마이클. 어두운 공간과 파티가 오래도록 교차 편집되던 장면은 딸과 아버지의 춤으로 제 1막이 내린다.

흔들리는 대부

비토에겐 양자인 한 물 간 가수 조니(프랭크 시나트라의 이야기라는 설이 있다)가 있다. 조니가 영화에 출연할 수 있도록 영화제작자를 협박하기 위해 대부는 심복을 시켜 그가 사랑하는 종마의 목을 잘라 밤 사이 침대에 피투성이가 된 말 머리를 가져다 놓는다. 이것이 바로 돈 꼴레오네의 스타일인 '거절 못할 제안'인 것.

비토의 대척점에서 경쟁하던 타탈리안 패밀리들은 현금, 정치인, 경찰 동원능력이 뛰어난 대부에게 떠오르는 신흥사업인 마약판매를 위해 윗선을 대는 대가로 이익의 30%를 준다는 거래를 요청한다. 비토는 마약산업이 조직의 미래를 바꿔놓을 블루오션이란 것을 알지만 단박에 이것을 거절한다. 도박과 매춘의 해악에 비해 마약은 더러운 사업이라는 것 그리고 이것이 조직을 공멸로 이끌 것이라는 게 대부의 사회적 인식이다. 당장의 돈은 될 수 있지만 미국인 특히 교회가 싫어한다는 이유를 대니 마피아의 눈으로 영화를 보는 관객들의 감정이입은 지속될 수밖에. 그 거절로 하여 영화가 시작한지 43분이 지나서야 처음으로 살인이 벌어진다.

제안을 거절한 이유로 비토는 거리에서 상대 조직으로부터 총

알 세례를 받는다. 간신히 목숨을 부지한 비토는 살아남지만 조직은 힘을 잃어간다. 불안과 신경쇠약의 대부는 침대에 누워 아들 마이클 앞에서 눈물 흘리는데. 관객은 이제 마피아의 한 식구가 되어 그를 동정하게 되는 셈.

이제 마이클이 나선다. 패밀리들의 역학구조를 간과하고 복수심에 덤벙대는 후계자 소니에 비해 마이클은 이 판이 감정 폭발 지점이 아니라 이것 역시 사업의 일부임을 금방 깨닫는다. 마이클이 레스토랑 화장실에서 가져온 권총으로 솔론조와 경찰 반장의 머리에 총알을 박을 때, 지나가던 기차가 멈추는 소리가 들리는데. 한 시대가 가고 한 시대가 오는 신호일 것. 마이클은 아버지의 고향 시칠리아로 잠수를 타고 조직들은 계속되는 전쟁을 이어간다. 자유의 여신상이 보이는 갈대밭에서 조직원을 처리하는 모습이라니….

마이클은 이탈리아에 피신 가서 아리따운 처녀와 결혼을 한다. 멍 자욱이 채 가시기도 전에 시칠리아에서 만난 아내가 폭사하고 형 소니가 벌집이 되어 죽는 처절한 살육전 속에서 대부와 마이클은 강호의 의리가 땅에 떨어진 상황을 조용히 받아들인다. 서투른 복수가 사업을 망하게 한다는 것을 누구보다 더 잘 아는 비토는 사건의 전모를 파악한 후, 다섯 개 패밀리의 회의를 주선한다. 그는 성조기가 걸린 회의실 안에서 타 조직들과의 회합을 통해 그들의 요구를 받아들이고 마이클의 안전 귀가를 요청하는데.

큰 아들을 잃었지만 냉철한 자제력으로 이국에서 도바리 생활을 하는 막내아들의 안전보장과 휴전을 제안하는 비토는 지쳐있지만 지혜로운 인물이다. 여기서 그는 경쟁하는 갱들의 그릇됨을 파악하면서 배신자가 누구인가를 알아낸다. 늙고 지친 사자가 포옹 속에서 상대의 그릇을 재고 상대의 인정감을 자아내는 장면은 의미심장하다.

아버지와 아들

마이클은 가족을 지킬 힘이 필요함을 절실히 느끼고 귀국하여 아버지의 조직을 재건하는 일을 맡는다. 법학 전공에 장교 출신의 엘리트 돈 마이클 꼴레오네는 이제 음지의 법을 따르는 마피아 보스의 과정에 들어서는 것. 결혼을 하고 가정을 꾸리는 반면에 점차 조직을 장악해 나가지만 중간보스들의 독립요구에 시달리는 마이클에게 비토는 말한다.

"나는 너에게 이 일을 맡기고 싶지 않았다, 마이클. 난 내 평생 거물들의 꼭두각시가 되길 거부했어. 그게 내 방식이었다. 넌 그릇이 될 만해. 네 형들은 어쩔 수 없다 해도, 너는 자랑스러운 미국인으로써 꼴레오네 상원의원, 꼴레오네 주지사 그런 걸 상상했었어, 그런데, 시간이 없다, 시간이…"

돈 비토 꼴레오네! 그는 냉혹한 마피아의 보스로 손에 피를 묻혀가며 더러운 바닥을 지키지만 사랑하는 막내아들 마이클 만큼은 마피아의 길이 아닌 자신의 재력을 바탕으로 의미 있는 지도자가 되길 바란 '아버지' 였다. 눈만 껌벅이면서 말론 브랜도가 가쁜 숨을 쉬면 관객들은 이 갱에게 감정이입이 되어 그의 쓰러짐에 안타까움을 느끼고 적들이 쓰러짐에 해방감을 느낀다.

아버지를 혐오하며 살았던 시간을 접고 마이클은 "대부도 좋다"고 말한다. 이때 아버지를 껴안은 아들에게 이야기하는 공간은 나무와 숲과 하늘이 보이는 공간이다. 한 말 또 하고 노파심을 늘어놓는 장면 그리고 저격당할 때, 죽어갈 때만큼은 감독은 야외 신을 선택하는 것.

타고난 두뇌와 판단력 그리고 자제할 줄 아는 성품을 가진 가장 미국적 스타일의 인간으로 성장한 마이클은 조직의 보스로서 지속가능한 체제 유지를 위한 전단계로서 평탄작업인 가족의 복수와 패밀리의 재건에 나선다. 치밀하고 무자비한 계획들을 준비하는 이들 부자의 공통점이 있다면 절대 큰 소리가 없고 동작 또한 크지 않다. 관객을 끌어들이고 공간을 지배하는 배우의 힘 아니겠는가?

2代 대부, 마이클 꼴레오네

돈 비토 꼴레오네는 햇볕이 따뜻한 날 토마토가 익어가는 정원에서 손자의 재롱 속에 쓸쓸히 죽는다. 그의 장례식 때 적들은 마이클과의 만남을 주선하는데. 몰락한 꼴레오네 패밀리의 숨통을 완전히 끊기 위한 상대 조직들의 연합에 마이클은 이 시기가 '결정적 시기'임을 인지하고 과단성과 뛰어난 전술로 임한다.

조직 안에서조차 속마음을 드러내지 않는 냉정함과 폭력을 사용하는 적절한 타이밍에 대한 동물적 감각을 갖춘 마이클. 올백으로 빗어 올린 머리, 이글거리듯 빤히 바라보는 눈을 가진 마이클의 기획력과 판단력은 그야말로 전광석화다. 물론 이것을 프랜시스 코폴라 감독은 마이클의 대사 아닌 눈 연기로만 보여주는데….

성당의 세례식에서 누나 아이의 대부(3代 대부가 되는)를 서는 사이, 성당의 오르간 소리와 함께 교차되는 살육 신은 경이롭다. 장중한 교회음악 사운드가 성당 밖 화면으로 이어지는 세례식과 기관총 학살의 대비는 일찍이 영화사에 없던 죽음의 파티를 보여준다. 아이의 이마에 성수가 흐르는 장면에 이어지는 다섯 개 조직의 보스들을 섬멸하는 장면의 교차편집은 소름과 함께 시각적 리듬감을 선사한다.

검은 방으로 들어오는 측광으로 보스의 아우라를 뿜어대는 마이클은 피의 숙청을 끝낸 혁명가이자 제2창업자의 모습을 보여줄 때, 아내는 묻는다. "당신이 정말 매형을 죽였느냐?"고, 이때 그는 "당신에게 마지막으로 딱 한 번 물을 기회를 준다"고 말하는데. 대답을 갈구하는 아내에게 그는 "노"라고 대답한다. 아내가 나간 후, 검은 방 어두운 조명 속 피폐해진 사람들의 소청공간에서 임무를 완수한 부하와 접견인들이 그의 손에 키스를 하며 175분의 영화는 막이 내린다. 마이클 돈 꼴레오네 그가 이제 '대부'가 된 것이다.

세월은 가도

세월은 가도 영화는 남는다. 공간을 차단하는 영화관 안에서 되새김질하는 영화는 시간의 질적 체험을 가능하게 하는 벽에 난 창문 같은 것. 총질의 미학과 시각성에 경도되던 날들이 흐른 후, 집에서 비디오로 이 영화를 곱씹을 때는 미국식 천민자본주의의 일그러진 자화상과 배신과 처단 등 다분히 정의적인 입장의 선과 악에 초점을 맞추고 보았었다.

반듯했던 청년 알 파치노가 지친 노인의 모습이 된 지금, 이제 남자의 영역으로 다시 〈대부〉를 본다. 철이 들었는지 영화의 속도감보다는 블랙이 주는 절제미와 인간의 내면을 꿰뚫는 인물 묘사의 섬세함과 카메라의 움직임이 다가왔다.

과격과 분노, 공격성 보다는 관용과 유순이 세상을 따뜻하게 한다는 것을 안다. 하지만 세상은 가끔 수컷의 결기를 요구하는 시간들이 있는 법. 들어야 할 때 듣는 지혜, 복수에 앞서 분노를 억제하는 방법, 결단의 타이밍과 속마음을 드러내는 시점에 대한 장면들은 교과서는 못되어도 참고서 수준은 되리라. "남 앞에서 네 생각을 말하지 마", "남자는 절대 약점을 보이지 말아야 한다"라는 대부의 평범한 '어록'을 만날 공만 차는 아들놈이 보았으면 하는 생각이 있으니 나도 늙은 것일까?

〈대부〉를 안 본 사람이 누가 있겠나? 권위주의적 가부장제를 싫어하는 세상의 딸들에게도 권한다. 권력과 정의의 가치전도顚倒라고? 안다. 하지만 〈대부〉의 지둔함과 유현함을 견딜 줄 모르는 여인이 어찌 남자의 속을 알겠는가? 네루다의 시도 그렇지만 〈일 포스티노〉가 인류의 유산인 것처럼 〈대부〉는 우리가 지쳤거나 결기를 가다듬을 때 다가갈 수 있는 서사시로서의 문화유산이니 살면서 몇 번은 더 보아야 할 텍스트 아니겠는가.

영화 속 니노 로타의 주제가는 후일 앤디 윌리엄스가 '스피크 소프틀리 러브'로 불렀고 오래도록 명곡으로 기억된다. 믿기 어렵겠지만, 나는 후일 '김추자 리사이틀'에서 그녀의 목소리로 〈대부〉의 번안곡 "다정한 그대 음성 하늘 가득히, 부드런 목소리가 나를 감싸네" 하는 노래를 직접 귀로 들었다.

슈퍼 히어로물의 금메달

다크 나이트(The Dark Knight)

감독	크리스토퍼 놀란
출연	크리스찬 베일, 히스 레저
제작	2009년/152분/미국

여름엔 블록버스터가 공식이다. 그런데 블록버스터는 덩치만 크지 속이 비어있다고? 편견이다. 〈슈퍼맨〉이나 〈스파이더맨〉이 예선전이라면 이건 분명 올림픽 본선이다. 기억을 몸에 문신으로 새기는 장면으로 각인을 준 〈메멘토〉로 이름을 알린 감독 크리스토퍼 놀란은 슈퍼 히어로 장르치고는 여러 가지 함의를 깔아 논다. 억 소리 나는 '배트포트'와 007시리즈의 Q처럼 새로운 무기를 개발해 주는 영감이 있는 SF 스타일에다 〈추격자〉처럼 사람을 옥죄는 스릴러, 거기다 인간의 악은 어디서 오며 어떻게 파괴되는가에 대한 철학적 질문을 던진다. 하나 더, 칙칙한 범죄 누아르물 냄새가 나지만 〈다크 나이트〉는 미니멀리즘의 미술적 깔끔함도 보여준다.

고담시의 트로이카

DC 코믹물 버전이란 걸 말해주는 듯 아주 짧은 만화장면으로 크레딧이 시작한다. 먼저 조커 등장. 광대탈을 쓴 그가 은행을 터는 장면부터이 범죄 올림픽이 개막되는데. 돈세탁업자들이 애용하는 은행이 타깃이 된다. 은행을 턴 조커는 용병의 지위를 넘어 악의 화신이 되어 고담시 전체에 대한 선전포고를 한다. 잘난 척 하는 배트맨이 가면을 벗고나오든지 아니면 시민 모두가 혼란과 고통에 빠지든지, 선택하란다.

조커에 맞서 고담시에서는 평화 재건 3인 위원회가 개최된다. 불황보다는 범죄에 시달리면서 밤의 악을 막아내는 것이 배트맨(사업가 브루스 웨인, 크리스찬 베일)의 임무라면, 낮의 구조적 악을 책임지는 일은 지방검사 하비 덴트가 한다. 그리고 실무책임자는 고든 반장인데 수사비를 아낀다거나 관할을 따지며 대충 때우려는 공무원이 아닌 참 경찰이다. 이건 재력과 권력 그리고 법의 집행력을 쥔 트로이카가 뭉치는 삼두정치다. 이 보수적 계급의 노블맨들이 조커(히스 레저)로 대표되는 악당에 대항해서 현실에 타협하지 않고 악을 척결하려는모임이라니, 기특하지 않은가?

삼대일의 게임을 즐기는 주름살의 조커는 나이를 알 수 없다. 흰 분칠에 붉은 입술은 양쪽 귀 가까이 찢어지고 눈 주위를 검은 잉크로 칠한 광대 얼굴을 한 그는 바로 〈브로크백 마운틴〉의 쓸쓸한 표정을 짓던 히스 레저다(아, 그런데 그가 가버렸다니…). 조커의 재산은두뇌와 담력 그리고 유머. 깐죽대며 웃어도 그의 행동은 비천하거나가볍지 않다. 조커는 묻는다. "Why so serious?" 해석하자면 "야, 이 병신아! 왜 넌 만날 진지허냐?"

조커가 찢어진 입으로 만날 낄낄거리니 귀가 쫑긋해 많이 듣는우리들의 주인공 배트맨은 근엄할 수밖에. 〈아메리칸 사이코〉의 주인

공 그리고 게임 같은 영화 〈이퀼리브리엄〉을 통해 명실상부한 스타의 자리에 오른 크리스챤 베일은 보디빌더 스타일이 아닌 가녀린 얼굴선을 가진 데다 수염 좀 기르면 베컴 형님이라 할 얼굴인데, 밝음보다 그늘 쪽 사람이라 전반인생이 고독하다 싶게 생겼다. 하긴 부모님이 비명횡사하고 애인은 곁을 떠나니, 돈이 있으면 뭐하나(백만장자가 프린스턴 출신에다 히말라야에서 무술신공을 익혔다는 것은 이미 〈배트맨 비긴즈〉에서 보여주었다)? 웨인 그룹의 대표가 된 후 박쥐동굴을 나와 민생순례를 위해서 펜트하우스에서 고담시를 내려다보는 배트맨.

고층건물 중 한 층을 자기 마음대로 설계한 브루스 웨인은 미인들을 대동하고 헬리콥터로 하비 덴트 후원회 파티에 나타난다. 이 도련님은 속도 좋게 하비 덴트의 환한 얼굴은 고담의 미래라고, 그가 날 대신할 영웅이라고 시민들 앞에서 추켜세운다. 옛날 배트맨의 소꿉친구이자 애인이었던 미모의 변호사 애인을 차지한 하비 덴트는 수백 명의 범죄자들을 잡아넣는 법의 수호자로 역할을 다하는데. 야망에 불타는 이 잘 생긴 엘리트 지방검사는 고든 반장의 부하들과 사법조직을 믿을 수 없다고 한다. 복선이다.

4강 풀리그

검은색 수트의 배트맨 복장은 도시의 코스프레처럼 유행이 되어 가짜 배트맨들이 활개를 치기에 이른다. 비니를 쓴 싸구려 배트맨부터 하키 보호대 복장을 한 배트맨에 이르기까지, 이 찌질한 대리인들이 그의 명성을 더럽히자 집사는 차라리 그에게 알바 쓰기를 권유한다. 물론 농담이다.

낮의 브루스 웨인은 러시아 발레리나와 연애를 해도 다크서클이 생길 일만 계속 일어난다. 낮에는 CEO로 일하고 밤에는 야근수당도 없이 자잘한 악당을 소탕하는 일이 시민들에게 민폐 끼치는 일이 되니 말이다. 도둑은 낮에라도 자는데, 이 백만장자는 정작 부모가 물려준 회사의 중역회의 중에 졸기 일쑤다. 같은 부자지만 〈아이언 맨〉의 토니 스타크처럼 예쁘고 매력적인 비서도 없는데다 "배트맨이 필요치 않은 날이 오면 당신 곁으로 돌아오겠다"라던 레이첼(매기 질렌할)은 검사 하비 덴트에게로 가 버렸다. 거기다 수트가 모자와 함께 붙어 있어서 디스크 걸릴 정도로 빡빡하니….

하비 덴트는 배트맨과 협력해 홍콩으로 자금을 빼돌린 조직들을 모두 검거하면서 '고담시의 백기사'로 자리매김하지만 경찰청장은 독살되고 고담시는 더욱 혼란에 빠진다. 조직들로부터 악의 전권을 청부받은 조커는 시민의 목숨을 담보로 배트맨은 정체를 밝히라며 선택을 압박하고. 조커가 자신의 악을 이야기 할 때, 찍찍 끄는 영화 속 소음은 마치 편집을 잘 못한 듯 귀에 거슬리는데, 괜찮은 음향효과다. 경찰서를 폭탄으로 날리는 조커는 "폭력에도 격조가 있다"면서 무정부 상태를 만들어 가는데 혼란이 가장 큰 미덕이고 공평함이라나. 조커는 악착 같이 극한까지 밀어붙인다.

트로이카의 한 축을 무너뜨리는 것이 조커의 목표. 배트맨은 어림없고, 반장 고든은 영악하게 살아남는다. 타깃은 바로 하비 덴트. 이 유능한 검사는 완고하고 경직된 자아를 갖춘 사람이지만, 시민계급의 삶을 이상화하려는 예쁜 여자와 결혼을 원하는 '미국 사람'이다. 자기 신뢰가 넘치는 법의 집행자이자 열정의 화신인 하비 덴트는 결국 조커의 덫에 걸려 화상을 입고 별명대로 투 페이스, 두 얼굴의 사나이가 되고 만다. 애인은 죽고(정말 죽었을까?) 얼굴 반쪽을 잃은 그는 잔인한 세상에서 믿을 것은 운밖에 없다며 조커 이상으로 망상에 사로잡혀 자신을 망쳐버린다. 법이 가지는 경직성을 말하는 것이리라.

조커와 배트맨의 결승전

태초에 악이 있었다는 식의 조커. 고담시를 인화물질로 가득한 공기를 만드는 조커는 누구에게도 복종하지 않고 누구의 이익에도 복무하지 않는다. 배트맨도 검사도 의지할 사람을 필요로 하지만 조커에게는 그런 것 없다. 배트맨의 사형私刑에 따른 혼란을 교묘히 이용하는 독고다이 조커는 거의 심리학자 수준. 광기와 집착, 파괴, 궤변은 〈양들의 침묵〉에서의 렉터 박사(한니발)를 능가할 만하다.

조커는 군중과 지도자 사이에 편할 대로 작용하는 대중들의 심리를 이용한다. 한때 영웅을 갈망하다가도 자신의 이익에 반하면 용도 폐기하는 것이 대중의 심리. 조커는 "니들 검사들은 만날 계획이나 세우는 놈"이라고 비난하며 낄낄거린다. 브루스 웨인의 아버지가 재산을 털어 공황기의 문제를 해결하고 아들은 폭력의 공포를 해결하면서 목에다 힘주는, 그 자체가 싫은 것이다. 완전한 것의 균열을 바라는 허무주의적 심리, 조화나 균형을 가진 자들에 대한 미움, 이런 것들로 하여 지도자의 가면을 벗기고 싶어 하는 것이 또한 군중들의 심리 아니런가.

배트맨과 조커는 한 판 뜬다. 완전한 선도 악이 될 수 있다고 믿는 허무주의자 조커는 경찰서에 갇힌 채, 배트맨을 자신과 다를 바 없는 괴물이라 말한다. 같이 미쳐가는 처지에 뭘 그래 하는 투로. 너 돈 태울 수 있어? 진지한 척하는 놈들이 젤로 싫어, 이런 식이다. 사적인 이득을 취하는 인물이 공적으로 자경단 행세를 하는 것에 대한 조커의 비웃음에는 일리가 있다. 군용 핸드폰 만들기 명목으로 응용과학부서의 탈세 등 브루스 웨인이라고 해서 바르게살기만은 하지 못하니까 말이다.

결국 조커는 대형트레일러를 벌러덩 뒤집고(눈속임 아닌 진짜 촬영이다) 병원을 폭파한다. 과도한 신뢰를 보여줬던 하비 덴트의 타락에 이은 몰락은 고담시에 충격을 줄 만한 일이기에, 배트맨과 살아남은 고든청장은 타협을 하는데. 고담시의 희망이었던 하비 덴트를 영웅으로 남기기 위해 투 페이스 검사의 죄를 뒤집어쓰고 영웅을 양보하는 배트맨은 이제 더욱 어둠 속으로 숨어들어 '다크 나이트'가 된다.

미니멀리즘 그리고 금메달
장식이 제거된 모던한 유리 건축물들 사이로 배트맨의 비밀병기 오토바이 추격 신으로 호흡을 조였다가 조커의 농담으로 들숨을 뱉다 보니 금방 150분이 흐른다. 반전을 위한 변수가 워낙 많고 조커가 어디로 튈지 모르기 때문에 후반부가 산만해 타깃의 탄착군이 한 곳으로 모여지질 못하는 것이 흠이라면 흠. 우리네 마음속에 든 악마성을 시험하기 위해 폭약이 실린 두 배에서 살려고 아우성치며 폭파장치의 선택을 강요하는 부분과 배트맨이 가면을 벗을 것인가 말 것인가 고민하는 부분은 연장전 같다.

조커? 악플을 다는 인간들이 한 사람으로 뭉쳐 오프라인 상에 나왔다고 할까. 푸름을 다한 컬러의 조끼와 낡아 보이는 듯한 보라색 저고리에 흐트러진 머리스타일은 복고풍으로 배트맨의 모던함과 더욱 흥미로운 대조를 이룬다. 푸른 새벽, 자신의 펜트하우스에서 고담시를 내려다보는 배트맨의 시점으로 보이는 부감 숏은 아름답다. 최고층 빌딩에서 도시 전체를 내려 보는 배트맨의 고독. 고독에는 검은색이다. 장갑차 같은 전용자동차의 블랙, 장식이 필요 없는 세련된 선의 펜트하우스 역시 미니멀한 스타일로 이 영화의 품격을 높여준다.

〈배트맨 비긴즈〉에서 아버지를 잃은 소년은 또 여인을 잃는다. 거기다 범죄자로 낙인찍혀 명예도 잃지만 그래도 돈은 잃지 않는다. 진실보다는 사회적 안정을 바라는 끝맺음에, 자본주의 질서만큼은 지켜야 한다는 미국적 사고방식이라며, 이 영화에 야박한 점수를 주는 사람도 있을 것이다. 하지만 안정을 위해 때론 거짓도 필요하다는 식의 얼버무림으로 매기의 이별 편지를 태우는 배트맨의 집사 모습을 귀엽게 봐줄 수는 없을까? 음, 찰나적이어서 이미지만 남고 모든 것이 휘발해버리는 그 많은 블록버스터 영화들 속에서 팀 버튼이 만든 '우울한 배트맨'이 은메달이라면, 〈다크 나이트〉는 범죄 영화 중 새로운 기록으로 테이프를 끊은 분명, 금메달감이다.

레오네가 던지는 매혹, 매혹들

원스 어폰 어 타임 인 아메리카(Once Upon A Time In America)

감독	세르지오 레오네
출연	로버트 드 니로, 제임스 우즈
제작	1984년/139분/미국

세르지오 레오네!

축구를 좋아하지만 안 좋은 척하고, 말 타고 총질하는 〈무숙자〉가 폼이 났지만 그를 우습게보던 날들이 있었다. 먹을 만한데도 일부러 햄버거나 피자를 싫어한 것처럼. 그때, 〈원스 어폰 어 타임 인 아메리카〉는 사실 매우 분절적 느낌으로 다가왔다. 당시 시골극장에서 보던 갱스터 무비의 걸작이라는 극장판은, 충격은 있었지만 도무지 이야기가 이어지질 않았다. 229분짜리를 90분가량이나 잘라대었으니 말이다. 다행히, 「세르지오 레오네 컬렉션」시네마떼끄 순회상영전에서 감독 공인판 영화를 필름으로 볼 수 있었다. 물론 클린트 이스트우드가 주연한 세 편의 서부영화들도 함께.

세르지오 레오네! 〈무숙자〉나 만드는 감독의 이름까지 알 필요는 없었다. 예나 지금이나 2류에게 간절한 것은 돈 대주는 제작자일 것. '스파게티 웨스턴'이란 경멸어린 B급 서부영화나 만들던 레오네는 '싼 배우' 클린트 이스트우드를 통해 원원할 수 있었다. 서부라는 시공간의 과감한 조작을 통한 신화 만들기 그리고 미국에 대한 혐오와 동경을 제대로 담을 줄 아는 레오네에게 기회가 찾아온다. 마리오 푸조의 최고 시나리오인 〈대부〉의 연출의뢰가 바로 그것. 그러나 그는 이 제안을 가볍게 거절한다. 바로 〈원스 어폰 어 타임 인 아메리카〉를 만들기 위해. 결국 그는 미국의 과거와 현재를 매혹적으로 연결한 이 영화를 통해 거장의 반열에 올랐다.

서사의 매혹을 위한 장치들

시대극 영화의 특징이라면 서사 그리고 시간의 압축이다. 자본주의 대빵으로 성장을 질주하던 미국을 어떻게 압축해야 하나? 이 불량한 나라의 사회경제사적으로 더럽고 우울한 시절을 레오네의 남자들은 탐욕과 야수성으로 버텨간다. 언제나 그렇듯, 그의 이야기들은 하나같이 남성이데올로기로 점철되어 있어 여성들이 맘 놓고 보기에는 좀 그렇다. 페미니스트적 혐오감을 가진 사람은 보지 않아도 좋지만, 보자.

갱스터 영화의 중심 모티브는 당연히 돈과 권력일 것. 아메리카에서 벌어지는 싸움은 당연히 모든 자본주의에 대한 은유 아니겠는가. 미국의 어두운 역사를 말하는 그 시작은 총격 신으로, 불한당이 침입하고 여자 가슴에 총알이 박힌다. 이렇게 사람을 죽여 대는 시대라면 배경으로서의 설정 숏이 필요 없을 것이다. 경제대공황으로 신음하던 금주법 시절일 테니. 브룩클린을 배회하는 다섯 명의 소년이 범죄자로 성장하는 과정이, 지독하게 울려대던 전화벨을 매개로 펼쳐지는데…. 턱 선이 살아있는 젊은 날 로버트 드니로의 연민을 자아내는 근육과 시선이 연기가 되는 주인공 누들스의 내면의식을 따라가려면, 서부극은 잠깐 잊어야 할 것이다.

지루한 편년체를 지양하기 위한 장치가 바로 '플래시백' 이다. 소년과 청년, 장년과 노년이라는 연대기적 서술이 아니니 정신 바짝 차리면 영화적 시간을 조작하는 감독의 능수능란을 읽게 되지만, 잠깐 화장실 다녀오면 줄거리를 놓칠 수 있다. 영화가 시간을 건너뛰는 데 탁월한 텍스트라는 것을 감독 세르지오 레오네는 너무 잘 알기에, 그는 건너뜀과 제자리로 돌아오는데 소도구들을 활용한다. 35년 전 누들스의 회상의 매개체로 등불을 통한 빛과 빛의 연결, 기차역을 지키는 늙은 승무원과 젊은 매표원의 변화 그리고 역사驛舍의 문구 '코니아이랜드로 오세요' 등의 자잘한 소품이 그것. 떠날 수밖에 없는 그 기차역이 갱들의 고향일 테니 말이다.

잊을 수 없는 매혹들

뉴욕 빈민가의 식당, 어린 좀도둑 누들스가 화장실로 들어가 벽돌 하나를 조심스레 빼낸다. 벽 너머의 공간에서는 소녀가 발레 연습을 하고 있다. 아! 매혹의 그 소녀는 바로 데보라(1970년생 제니퍼 코넬리), 그녀와는 끝없이 엇갈리기만 하는데…. 소년은 살인범이 되어 교도소에 가고 세월은 흐른다.

어린 창녀의 환심을 사기위해 아이스크림을 사들고 찾아간 누들스의 친구 '짝눈'이 그녀를 기다리는 동안 계단참에서 그 단것을 핥다가 결국 여자는 안지도 못하고 다 먹어치우는 장면을 잊을 수 없다. 그래, 인생은 여자를 기다리다 먹어버리는 아이스크림 같은 것. 휘파람 불며 브룩클린 다리 밑을 걷던 소년들 중 하나가 총에 맞고서 "나 미끄러진 거야"라던 대사 역시 작은 매혹일 것. 보석상을 턴 맥스 일당이 훗날 강간한 안주인과 재회하자 복면으로 얼굴을 가리고 아랫도리로 그녀의 기억을 되살려주는 장면 등은 레오네가 만든 귀여움이다. 어찌 잊겠나.

갱 영화의 미학은 주인공의 과단성 있는 행동에 따른 멋진 총질의 영웅담과 영웅을 따르는 미인에 있을 것이다. 그렇지만 근본적으로 아메리칸드림의 모순을 이야기하기에는 한도가 있어서 결국 영웅의 죽음을 필요로 하는 것이 그 패턴. 사회적 악에 대한 미화로 갈 수는 없으니 반드시 실패해야 하는 것이 미국 갱 영화의 숙명인 것. 경찰 혹은 다른 조직으로부터 쫓기는 갱들의 강박감을 표현하는 전화벨 소리는 관객의 신경을 후벼 팔 정도로 길게 울린다. 중국 사람이 운영하는 아편방에서 물담배에 취해 웃는 모습은 배우의 아우라 그 자체로 가장 매력적인 장면 아닐까. 노조 뒤를 봐주며 돈을 뜯는 그들에게는 이제 더 이상 나아갈 데가 없는데. 더러운 양아치와 깡패와 더 이상 놀지 않겠다는 맥스는 사라지고, 누들스는 친구를 죽였다는 죄책감으로 35년을 떠돌다, 조우한다.

미학과 선율

이 영화, 시선이 이야기를 대신하는 방법을 사용한다. 전화 내용은 설명되지 않지만 배우의 눈과 풍경이 말을 하고, 가방 속 물건을 보여주지 않지만 그 표정이 내용물을 이야기한다. 카메라를 거꾸로 잡아낸 누운 자의 시선과 어린 처녀애를 바라보는 소년의 눈 등 세르지오의 이 걸작은 결국 시선의 영화다. 당연히 로버트 드니로가 바라보는 시선 하나하나는 풍경을 만들어내는 힘을 갖는다. 대화하는 두 인물의 상반신을 번갈아 가며 찍는 리버스 앵글숏 장면은 긴장감을 자아내고, 대사로 전달되지 않는 생각을 눈빛으로 담아내는 배우들은 위대하다. 레오네가 배치한 원경, 중경, 근경의 와이드 스크린은 뉴욕 뒷골목 도시미학의 공간감을 깊게 하는데, 배경신과 거리신은 넓고 곧 바로 인물의 클로즈업으로 다가서는 수법은 그가 만들어내던 서부이야기와 다를 바 없다.

신생아실에서 아이들을 함부로 바꾸어대는 장면은 비극성 속에서 유머를 잃지 않으려는 감독의 몸짓일 것. 지금의 미국은 아버지가 누군지 모르는 나라라는 의미는 아닐는지? 후반부 역겨운 자동차 강간신 끝에 데보라와 누들스는 각자 갈 길을 간다. 인생은 뭐든지 잘 안 되는 것이기에…. 교황이 앉던 의자를 구입하는 맥스에게 누들스가 묻는다. "교황의자? 그걸로 뭘 하게?", "앉아 있잖아" 그들의 젊음과 힘 역시 언젠가 무력으로 단죄되리라는 것을 영리한 맥스가 깨닫는 대사의 은유를 나타내는 한 대목일 것이다.

둘도 없는 친구였던 누들스와 맥스, 그리고 연인인 데보라를 통해 이루어지지 못한 사랑과 우정 그리고 배신의 이야기를 풍성하게 하는 것은 애절한 음악이다. 레오네가 만드는 화면의 긴장은 엔니오 모리코네의 부드러운 음악으로 상승작용을 일으키는데…. 그 때는 비장미로 느껴졌는데, 오늘 듣는 그의 음악은 노스탤지어 그 자체다. 당시 게오르그 장피르의 팬플루트 선율은 매혹으로 가슴을 저미었지만, 24년 후 다시 보는 오늘은 아무래도 과잉이라는 생각이 든다. 감독이 사용할 수 있는 자유에 대해 엄격해야 한다면, 음악을 좀 줄였으면 훨씬 나았을 텐데 말이다. 차라리 뒤에 나오는 비틀즈가 부른 풋풋한 '예스터데이'가 귀에 더 잘 걸린다.

　　로버트 드니로가 원래부터 1류였다면, 사실 궐련 물고 장총이나 갈겨대던 시절의 이스트우드는 분명 2류였다. 둘 다 선천적으로 포스를 타고난 배우였지만 나는 이스트우드가 싹수있는 예술가란 것을 몰랐다. 억센 티 풀풀 나지만 이 사나이가 배포 있는 남자로 성장해 거장의 반열에 오를 것을 감독 세르지오 레오네는 과연 짐작이나 했을까? 둘 다 뭣같이 일해서 정승의 반열에 오른 그의 영화들이 이제는 다 좋게 느껴진다. 은둔이 어울릴 얼굴을 가진 감독으로 말년의 빛을 보여주는 클린트 이스트우드의 작품들은 나이를 먹을수록 더욱 좋다. 레오네 역시 말할 것 없고.

지독한,
그러나 진짜인 베리만 영감

사라방드(Saraband)

감독	잉마르 베리만
출연	리브 울만, 얼랜드 조셉슨
제작	2003년/107분/스웨덴, 이탈리아, 독일

2005년 전주국제영화제 상영 작품인데, 귀신이 만든 영화다. 놀라워라. 디지털로 이렇게 아름다운 화면이 나오다니. 그런데 두 노인의 스웨터에 오른 만추의 햇살 같은 디지털 장면의 가을동화는 결코 따뜻하지 않다.

　　가족관계의 불화를 그린 수많은 작품들은 항상 그 회복과 화해에 초점을 향해 이야기를 진행한다. 하지만 베리만이 승천(2007년 7월 30일)하기 4년 전에 만든 〈사라방드〉는 인간이 만든 영화가 아니기에 그런 화해의 인지상정을 부순다. 동안 우리가 보아 온 가족간에 벌어지는 전쟁 이후의 그 많은 화해들이 가짜 아니면 유사품이라는 말이렷다. 이 고집불통 노인네가 찍은 선명한 인장은 다가올 우리의 노년을 불안으로 이끈다.

아비와 아들

사진은 죽어가는 시간을 붙든다. 오두막 작은 방의 책상 위에는 시간에 저항한 수많은 사진이 널려있고 몇 장의 사진을 든 노년의 마리안(리브 울만)의 독백으로 영화는 시작된다. 이혼한 뒤 30년 만에 삼백 마일을 달려 남편이란 관계를 맺었던 늙다리 요한(얼랜드 조셉슨)을 찾아와 여러 날을 머무는 이야기. 숙모의 유산으로 한적한 시골에서 경제적으로 넉넉한 노년을 보내는 요한에겐 아들과 손녀딸이 근처에 살고 있다. 그는 아들과 화해하지 못하고(안 하고) 자기식대로 살아간다.

　"나는 이미 죽어있는데 나만 모르고 있나보다" 미수米壽 노인의 독백. 안다, 노인은. 내 답안지에 쓰여 있는 인생은 엉망이고, 전혀 의미 없고 바보 같은 인생이었다는 것을. 결혼생활도 마찬가지였다고 요한은 전처 마리안에게 말한다. 늙어 삶을 회고할 때, 자신의 삶을 미화하는 노인네들과는 다르다. 노인은 말을 잇는다. "괜찮은 삶에는 좋은 우정과 흔들림 없는 에로티시즘이 필요하다"고. 자기 몸 가누는 데도 힘이 드는데 정신만큼은 은화처럼 맑은 것 또한 형벌일 것. 정신 멀쩡한 것은 예순셋 마리안도 마찬가지여서 "당신은 바람둥이었어. 나도 그랬지만"이라고 응수한다.

　마리안 이전에도 결혼한 적이 있는 요한에겐 같이 늙어가는 아들이 있다. 한 눈에 봐도 선함이 묻어나는 아들 헨릭은 은퇴를 앞둔 움

살라 챔버 악단단장으로 낙엽 같은 인생을 보내고 있다. 아내가 죽은 후 첼로를 공부하는 열아홉 딸내미와 함께 살아가는데, 인생에는 돈이 든다. 딸의 첼로 구입을 위한 돈 때문에 헨릭은 원수인 아비를 찾아간다. 책으로 둘러싸인 방에서 거룩하게 키에르케고르를 읽고 있는 아비 앞에 늙은 아들이 나타나 유산을 미리 땡겨 줄 것을 이야기 하지만 노인에겐 씨도 안 먹힌다. 이 노인에겐 세월도 약이 아니니까. 요한에게 자녀 사랑의 유통기한은 이미 며느리 안나가 들어오면서부터 끝이 난 상황. 영감태기에겐 물러터진 채로 살아가는 아들이 싫은 것. 거기다 자신이 은근히 사랑한 며느리 마리안(사진으로만 영화 속에 존재하는) 이 아들 때문에 죽었다고 영감은 생각한다. 날것 그대로인 이들 부자 간의 대화 한 토막.

"저에게 창피를 주는 것이 즐겁습니까? 그 고약한 입으로 안나를 올리지 마세요"

"네 전반적인 유약함 속에 건강한 증오가 남아 있는 것은 좋은 거야"

초식동물 아들과 육식동물 아비의 대화는 상처에 소금을 뿌리는 것으로 끝이 나는데, 카린에게 비싼 첼로를 사준다는 약속을 하지만 아비는 끝내 아들을 비아냥댄다. "당신은 아비도 아니"라는 아들에게 "솔직한 증오는 존경받아야 한다"라고 독을 뿜는 대화는 우리들이 여태 보아 온 가족영화 속 화해가 기만이었다는 것을 보여준다.

의붓어미와 아들 그리고 딸

베리만은 오두막 세트에서 계속 투숏을 만들어 간다. 아무래도 디지털 영화라서 멋진 풍경이나 복잡한 조명보다는 단순한 숏 위주 그리고 대화에 초점을 맞추는 것. 긴장으로 가득 찬 장과 장(신과 신)을 연결하

는 음악은 마치 인서트 장면과 같다. 파국을 향한 비극은 담담하고 음악은 따뜻하기만 한데….

딸과 같은 이불에서 자고 때론 진한 키스를 하는 헨릭은 이미 성적으론 불구의 몸이다. 딸에게 전수하는 가혹한 음악적 훈련을 사랑이라고 믿는 헨릭에게 "이건 레슨이 아니라 동물학대"라며 아비와 다툰 딸내미는 할아버지의 오두막을 향한다. 이 상처받은 어린 양은 피 한 방울 섞이지 않은 할미와 함께 와인을 마신 후 처음 만난 마리안의 품에 안겨 운다. 아빠를 미치광이로 정신병원에 보내든 아님 경찰에 신고하고 싶은 마음과 그를 버리고 떠나야 하는 예비된 고통에 카린은 운다. 머리를 묶었다 푸는 마리안은 카린의 이야기를 천천히 들어주는데…. 하늘에서 내려온 천사가 할 일이 있다면 들어주고, 안아주는 그것 말고 무에 더 있을까 싶다. 이제 마리안은 전남편의 아들이 연주를 하는 교회를 찾아간다.

따뜻한 연주를 한다고 해서 연주자의 마음이 따뜻한 것은 아니다. 갑자기 방문한 아비의 전처를 재산이 탐나 나타났을 거라고 믿는 꼬인 헨릭의 마음이 쉽게 풀어질리 없다. 오르간으로 학위를 받은 아들 헨릭은 의붓엄마 앞에서 음악에서 희미한 빛을 찾고 있다고 말한다. 진심일 것이다. 깊은 눈으로 상처 가득한 짐승을 쓰다듬는 마리안은 나이가 거의 비슷한 아들에게 자신 역시 모든 면에서 그 영감을 증오한다고 말한다. 오래되고 낡은 교회에서의 대화를 마치고 그녀가 어두운 바닥의 창 앞을 지날 때, 빛이 쏟아져 들어온다. 그리고 침묵. 베리만 노인의 의도를 가장 정확하게 짚을 수 있는 부분이다.

아비와 할아버지는 카린이 최고의 음악가가 되길 바라지만 손녀는 평범한 인생을 살고 싶다며 솔리스트 아닌 보통대학의 합주연주자의 길을 찾아 떠난다. 그리고 이어지는 헨릭의 자살시도. 고약한 아버지는 "하는 일마다 실패구만, 자살 하나도 성공하지 못 한다"라고 비아냥댄다. 그는 어디서 이런 독한 경멸을 주워 온 것일까? 이 증오의 오두막에서 변호사인 마리안은 누구도 심판하지 않고 모두를 변호하는데. 이러다 보면 마지막엔 네 사람의 화해의 윤무가 펼쳐지리라 예상을 해보지만, 천만의 말씀. 베리만은 떠나는 자 떠나게 하고, 죽는 자 죽게 한다.

깊은 밤, 잠을 이루지 못하는 요한은 마리안의 방을 찾아온다. 마리안의 방 문 앞에 엉거주춤한 요한이 서 있을 때, 걸려있는 검은 코트는 죽음이 문 앞에 기다리고 있는 듯한 느낌. "가끔 이런 생각이 들어. 엄청난 형벌이 날 기다리고 있다고" 그 독백이 말하는 형벌은 다름 아닌 그 혼자만 남게 되는 것. 아들은 죽고 손녀는 솔리스트 아닌 합주를 위한 이유로 제 삶을 찾아 떠나고 30년 만에 찾아온 아내마저 이제는 가야 할 시간인 것. 결국 두 노인 벗고 주무신다. 남자는 늙어도 아기이고 여자는 그를 품어주는데, 그렇지만 이것을 화해라 믿고 싶진 않다.

세상에서 제일 어리석고 배신당한 아내라 생각하며 살았던 이 노여성은 오래 전 남편이었던 불쌍한 남자를 재우고, 비틀린 심성을 가진 비슷한 또래의 아들을 위로하고, 손녀를 안아주며 한 달여를 머문다. 끝마무리 역시 마리안의 원숏으로 문을 닫는 줄 알았는데 에필로그가 한 장면 더 있다. 마리안은 병원에 있는 친딸 마르따를 찾아간다. 화해가 한 컷 더 남아있는 것.

다시 아비와 아들

인간은 누구나 상처를 가지고 살아간다. "저는 부모님을 용서하지 않습니다. 우리 부모님은 제 용서가 필요 없습니다" 소설가 파울로 코엘료의 말이다. 그에게 아버지는 오래도록 상처를 주었고 그 상처는 평생 남았다고 고백한다. 정직한 모습이다.

나는 정직할 수 없다. 다만 흘러갈 뿐. 어렸을 때, 학교에서 집으로 보내는 인적사항 란에 존경하는 인물 칸이 있었다. 거기에 아버지를 쓰는 아이를 위선이라 행각했다. 아들과 아비의 애증관계를 나는 경험했고 또 경험하고 있다. 아들은 아버지를 경멸하고 또 세월이 흐른 후에는 오히려 가엾이 여기는 방식으로 살아왔다. 그리고 아빠가 된 아들은 자식새끼는 때려서라도 가르쳐야 한다고 믿고 그리고 실천해왔다. 자식이 라홀라이며 발목을 잡아채는 덫이라는 것 수많은 책이 알려주고 삶이 증명한다. 그래서 웬수에게 잔소리를 하다보면 추락하는 나와 추락하는 관계를 발견한다. 어쩔 수 없다. 양보할 마음이 아직은 적다. 자식에 대한 양보 역시 선택에 대한 기회비용 아니면 보험의 성격일 수 있겠지만, 아직은 아니다. 단지 선을 싹둑 자르지는 말아야 한다는 것.

사람들이 고통 받는 이유는 크게 돈 아니면 '관계'의 어긋남에서 온다. 가족이라는 관계는 대개 불가분의 관계로 설명되기 일쑤여서 '불효자는 웁니다'라고 노래 부르며 적당히 화해한다. 부모의 몸이 텅 빈 것을 보여주거나 후회로 가득 찬 자식의 모습을 보여주면서. 그런 전형성의 함정에 절대로 빠지지 않고 가짜 화해 안하겠다는 베리만 선생, 징하다. 냉담과 증오에 이르는 과정을 이해 못할 것은 아니지만 독하다. 그래도 마리안 여사께서 상처받은 남자들의 이야기를 듣고 또 안아주는 모습을 보여 준 것은 죽은 마눌에게 보내는 반성문일지 모른다는 생각에 이 영감님이 그리 고약한 노인네는 아닌 것 같고….

브레히트와 김수영
그리고 파스빈더

마리아 브라운의 결혼(The Marriage of Maria Braun)

감독	라이너 베르너 파스빈더
출연	한나 쉬굴라, 클라우스 로위쉬
제작	1979년/120분/독일

序: 브레히트의 유언

우리가 잠겨 버린 밀물로부터 떠올라 오게 될 너희들.
부탁컨대, 우리의 이야기할 때
너희들이 겪지 않은/이 암울한 시대를/생각해 다오.

신발보다도 더 자주 나라를 바꾸면서
불의만 있고 분노가 없을 때는 절망하면서
계급의 전쟁을 뚫고 우리는 살아왔다.

그러면서 우리는 알게 되었단다.
비천함에 대한 증오도/표정을 일그러뜨린다는 것을.

불의에 대한 분노도/목소리를 쉬게 한다는 것을. 아 우리는
친절한 우애를 위한 터전을 마련하고자 애썼지만
우리 스스로 친절하지는 못했다.

그러나 너희들은, 인간이 인간을 도와주는
그런 세상을 맞거든/관용하는 마음으로/우리를 생각해 다오
— 브레히트, 「후손들에게」부분

가야할 곳이 있고 읽어야할 시집이 있다. 중학생 때 수학여행지
로 경주를 가는 것처럼 우리는 대학생 때 김수영을 읽는다. 필수다. 후
일, 선택으로 브레히트나 누벨바그 영화가 찾아오기도 한다. 그렇다.
김수영을 읽어야 하듯 보아야 할 영화가 있다. 뉴저먼시네마의 기수
파스빈더가 후손들에게 남긴 벽화 〈마리아 브라운의 결혼〉에 독일 사
람들 말고도 우리가 살아온 모습들이 들어있어 그의 인장이 찍힌 그림
을 살펴보고자 한다. 단 이것은 모방이나 차용의 관점이라기보다는 숨
은그림찾기에 가까울 것이다. 독창성이나 창의성 말고 인류사적으로
함께하는 공통분모 같은 것. 시인들의 까다로운 취향과 감식안에 대한
소박한 정보제공이랄까?

本: 텍스트의 변주들

은마銀馬는 오지 않는다

히틀러라는 괴물의 사진으로 시작한 화면은 바로 결혼회관을 비춘다.
총탄과 폭격의 아수라장 속에서 간신히 결혼서약에 사인을 한 마리아
(한나 쉬굴라)의 남편 헤르만(클라우스 로위쉬)은 하루 만에 다시 전장

으로 나간다. 마리아는 남편을 기다리는데, 황지우는 세상의 그 많은 마리아들을 위해 시를 썼을까?

> 기다려본 적이 있는 사람은 안다/세상에서 기다리는 일처럼 가슴 에리는 일 있을까/네가 오기로 한 그 자리, 내가 미리 와 있는 이 곳에서/문을 열고 들어오는 모든 사람이/너였다가/너였다가, 너일 것 이었다가/다시 문이 닫힌다/사랑하는 이여/오지 않는 너를 기다리며/ 마침내 나는 너에게 간다.
>
> — 황지우, 「너를 기다리는 동안」 부분

패전. 마리아는 전쟁에서 행방불명된 남편의 인상착의가 적힌 실종자 팻말을 목에 걸고 기차역을 서성인다. 역 주변에는 오정희의 소설에 나오던 장면처럼 석탄을 훔치는 아이들과 부서진 건물 사이 공공 담으로 쓰이는 목재를 뜯는 신사들이 넘쳐나고…. 라디오에서는 음악방송과 함께 실종된 사람들의 사연이 연일 계속 되는데 KBS 이산가족 찾기와 다름 아니다. 총소리 없이 분단의 아픔을 그려낸 임권택의 수작 〈길소뜸(1985)〉의 장면들이 떠오른다.

전쟁을 겪은 독일과 한국의 국가대표 감독들은 모두 '살아남은 자의 슬픔'을 말한다. 그녀들은 중심을 잃고 추락하지만 마리아는 신음소리를 내지 않는다. 허접한 영화들이 보여주던 희망에 기대고, 부러 누구의 상처를 어루만지고 그런 것 없다. 폐허의 공간을 보여줄지언정 절망으로 쓰러지는 사람을 보여주지도 않는 것. 흔히 말하는 '외상外傷후 스트레스성 장애' 이런 것 없는 사람이 누가 있겠나?

패전 후 독일의 풍경. 당연히 혼자 사는 마리아들이 많다. 마리아 브라운은 화장 권하는 사회에서 생계를 책임지는 가장이 되어 웃음을 판다. 한 덩어리 빵이나 물 간 고등어 한 손보다 카멜 담배가 더 소중한 엄마의 철없음은 비극 중 희극이다. 마리아는 미모로 얻은 폴리에스테르 스타킹을 팽팽히 잡아당기는 작은 금속 밴드처럼 자신의 삶을 채근하는데. "사랑 때문에 울지 마라 세상에 남자가 하나뿐이랴, 바다에 물고기가 한 마리뿐이랴"라는 노래를 부르며 생활전선에 뛰어들기 위하여 보건증을 발급받는다. 남성에게 이용만 당하는 것이 아니라 자신의 삶을 선택하고 자신의 장점을 활용하는 것.

남편의 내복이 장작 세 개와 바꿔지는 삶이니, 춥고 고달팠으리라. 그러니 '은마'를 기다렸을 것이다. 사랑은 감정일 뿐이라고 믿는 그녀는 '은마는 오지 않는다'는 것을 잘 알기에 체육관이 댄스홀로 변한 카바레에서 점령군 상사에게 접근한다. 독일인 출입금지구역에서 만난 그는 단지 얼굴이 검을 뿐, 따뜻한 사람. 그녀는 빌에게서 영어를 배우고 초콜릿과 스타킹 등 경제적 도움을 받는다. 죄의식 속에서 자기 체념 끝에 양공주가 되는 설정보다는 음탕과 품위 사이에서 적절한 거리를 유지하는 데 마리아의 매력이 있을 것. 결국 살아온 친구남편에 의해 남편 헤르만의 사망소식이 전해진다. 사실 헤르만은 러시아 포로수용소에서 '너어스들 옆에서 거즈를 만들고'[1] 있었을 지도 모르는데….

변명은 슬프다[2]. 그녀의 말과 행동에는 시대가 그렇지 않았느냐는 변명이나 청승도 없지만 그렇다고 절개를 지키는 지구력 그런 것도 없다. 기억 속 남편이란 존재 혹은 부재가 발목을 잡아채는 덫으로 작용하지도 않는다. 이 영화는 사부곡思夫曲이 아니니까. 자신의 미모가 돈과 음식이 된다는 것을 모른다면 청승 아니겠는가? 외로운 이국병사

---

1) 김수영의 시 「어느날 고궁을 나오며」 중
2) 권경인의 시 제목

가 갖는 본능과 여성의 따뜻한 육보시를 통해 얼마간 허기와 추위를 다스리지만 결국은 비천함에 다름 아니다. 브레히트가 '비천함에 대한 증오는 표정을 일그러뜨린다'고 말했다면 파스빈더는 슬퍼할 줄 아는 마음을 잃어버린 그녀의 피폐함을 드러내는데, 한때 학교로 사용하던 건물이 폭격으로 철근더미만 남은 폐허에서 앙각의

카메라로 멀찌감치 붙드는 것.

'은마'를 찾아 나선 마리아

꽃은 시들고 초콜릿은 녹는다. 운명은 잔인한 것이어서 결국 빌의 아이까지 임신한 상태에서 죽은 줄로만 알았던 남편 헤르만이 살아 돌아온다. 하필 그날 그 시간에 말이다. 남편을 찾아 러시아까지 찾아가지는 않지만 이 기구한 상황은 소피아 로렌의 〈해바라기〉요, 안소니 퀸의 〈25시〉다. 누구의 손도 어쩔 수 없다. 헤르만은 왜 기다리지 않았느냐고 묻지 않는다. 자존심이랄까? 두 처량한 수컷 사이의 어정쩡한 질투 속에 마리아는 술병으로 벌거벗은 흑인 빌의 머리를 내려친다. 결국 군사재판 끝에 헤르만은 모든 죄를 뒤집어쓰고 다시 감옥으로 가는 신세가 되고 마는데…. 무간지옥, 파란만장이다.

그녀를 대신해서 헤르만이 감옥살이를 할 동안 마리아는 하류 인생 아닌 상류 쪽으로 길을 튼다. 쾌락보다는 언젠가 함께 살 두 사람의 미래를 위해서. 행동이 생각보다 한 박자 늦게 나오는 한국영화의 주인공들과는 다르다. "타라로 돌아가자!"[3]는 미국여성 스칼렛 오하라의 보이스오버 그런 것 없다. 오지 않는 '은마'를 기다리느니 찾아 나서기로 작정한 그녀는 하이델베르그행 기차 안에서 세 번째 남자와 조우하게 된다. 프랑스인 사업가를 만나게 된 마리아 브라운은 전혀 새로운 여성으로 변화하기 시작하는데, 단순히 몸만 맡기는 것이 아니라 타고난 능력으로 사업가의 대변인이 되어 경제적 도움을 받는 정도를 넘어 서로의 장점을 공유하는 것. 마리아는 그를 애인 이상으로 생각하지 않지만 죽음을 앞둔 신사는 진정으로 그녀를 사랑한다. 도구로 이용받기보다는 존중받기를 바라는 오스발트는 베르꼬르가 들려주는 『바다의 침묵』[4]에서 저 먼 전장터로 자원해 가버린 독일군 장교 같은 기품 있는 남자다.

> 늬가 준 요ㅅ보의 꽃잎사귀 우에서 잠을 자고/늬가 준 수건으로는 아침에 얼굴을 씻고/늬가 준 얼룩진 혁대로 나의 허리를 동이고//이만 하면 나는 너의/애정으로 목욕을 할 수 있는 행복한 사람이다./(중략)//늬가 너의 육체 대신 준 요ㅅ보/늬가 너의 애무愛撫 대신 준 흰 속옷은/너무나 능숙한 겨울의 사랑/여러분에게 미안할 정도로/교묘巧妙를 다한 따뜻한 사랑이었다/발악하는 사랑이었다.
> — 김수영, 「겨울의 사랑」 부분

---

3) 〈바람과 함께 사라지다〉의 대사
4) 바다처럼 말이 없는 프랑스의 농부와 처녀가 연주하는 바흐의 푸가, 그리고 지성미 넘치는 음악학도 출신의 예의 바른 독일 청년장교의 독백으로 시작해 독백으로 끝이 난다. 독일의 음악가들 이름을 말하다가 책꽂이의 프랑스 문학전집을 발견하고 알파벳순으로 프랑스 문인들의 이름을 대다가 포기하는 장면이 인상적이다. 처음이자 마지막인 처녀의 말 '아듀'라는 마지막 인사로 끝을 맺는다.

그렇다고 파스빈더는 마리아를 여신으로 만들어 남자를 거느리는 설정을 만들지 않는다. 참기름을 얻기 위해서는 기계에 넣고 꾹 짜야 한다는 것을 그녀는 잘 알기에, 오스발트와 새로운 관계를 맺고 부를 축적한다. 마리아는 면회 시 남편에게 그는 잘 생겼고 정중해 우의를 차지하기 위해선 어쩔 수 없었다고 말하는데, 고통과 후회 같은 기본적 감정으로 어깨를 들썩이지 않는다.

전쟁 속을 산다는 건 어차피 거짓을 겨루는 것. 다만 너무 품위 없진 않기로 약정한 두 남녀는 진실을 입에 담지 않는다. 여자와 함께하지만 부재의 시간을 견디는 오스발트, 존재하지만 가질 수 없는 남자를 위해 그 시간을 견디는 마리아. 글쎄, 발에 뿌리가 생긴 것일까? 헤르만 이 자식은 출소를 한 뒤에도 그녀에게 돌아오지 않는다. 다만 한 달에 한 번 장미꽃을 보낼 뿐. 세월은 가고 또 오는 것이어서 노신사의 죽음 후, 변호사가 읽어주는 유산상속 서류 속에서 마리아는 오스발트와 남편 사이에 어떤 묵직한 거래가 있었음을 알게 된다.

돌아온 독일 남자, 헤르만

새살이 차오르고 딱정이가 떨어질 무렵 남편은 돌아온다. 그가 코트를 벗고 모자를 건다. 압축파일을 풀듯 오래 이야기 할 만한데 그는 가만히 앉아있다. 기득권을 주장하지 않는 그는 절제와 인내 같은 매력 없는 단어가 떠오르는 인물. 헤르만은 전쟁 이후 야코죽은 수많은 독일 남자 중의 하나인 것.

그 날 이후 수많은 달들, 숱한 세월이/소리 없이 흘러 지나가 버렸다./그 자두나무들은 아마 베어져 없어졌을 것이다./사랑은 어떻게 되었느냐고 너는 나에게 묻는가?/생각나지 않는다고 나는 너에게

말하겠다./하지만 네가 무슨 뜻을 품고 있는지 나는 이미 분명히 알고
있다./그러나 그녀의 얼굴은 정말로 끝끝내 모르겠다./내가 언젠가 그
얼굴에 키스를 했다는 것만 알고 있을 뿐이다.

　　　　　　　　　　　　　　　　　 — 브레히트, 「마리아를 추억함」부분

　　이 오랜만의 조우가 있는 날은 마침 독일과 헝가리의 1954년 월
드컵 결승전[5]이 열리는 시점이다. 돌아온 그는 '자두나무의 시간들'
같은, 묻지 말아야 할 것에 대해서는 묻지 않는다. 차라리 축구가 궁금
할 뿐. 그렇다. 합리적 근거 없이 조국을 응원할 수 있는 것이 축구 아
니던가. 월드컵 결승 중계방송의 소음은 단순한 시대상만은 아닐 것.
마리아가 근무하는 방직공장 사무실 곁에서 끊임없이 들리는 기계 소
리 등 매끄럽지 못한 효과음의 삽입 역시 사실 파스빈더의 '작전빽'이
다. 한국전쟁 이후의 아름답지 않은 시절을 아름답게 형상화한 이광모
의 〈아름다운 시절〉에서 배유정이 천막 앞에서 이야기할 때, 일부러
대화 내용이 잘 안 들리게 한 것은 혹시 이 영화에서의 힌트는 아니었
을까?
　　헤르만은 거울에 비친 모습으로(그는 항상 프레임 안에 갇혀 있
는 모습으로 나온다) 침대 한 귀퉁이에서 라디오 중계에 귀를 기울인
다. 이어지는 다음 장면의 마리아가 수도꼭지에 대고 손목에 물을 받
는 그림은 파국을 향한 질주다. 파스빈더는 이 마지막 장면에 마리아
를 오프(화면 밖 공간)에 두고서 특별한 서스펜스도 주지 않고 그냥 밀
어붙인다. 펑! 10년 넘는 진창 속에서 '폐허에 피운 꽃' 마리아는 파란
많은 삶을 마감한다. 잠시 보여줬던 가스레인지 인서트 장면이 바로

---

5) 월드컵 우승은 전쟁의 상처를 치유하고 국가적 자존심을 회복하는데 큰 힘이 되었고 많은 포로가
외국에서 돌아오는 계기가 되었다.

그 서스펜스의 시작임을 관객은 그때서야 눈치 채지만, 우리도 그녀도 모두 늦은 것. 골에 열광하는 아나운서는 독일의 감격적 승리를 외치지만, 글쎄 그녀는 자살한 것일까? 타살이라면, 누가 죽인 것일까?

'폐허 여인'의 다시 죽지 않는 죽음

'다른 사람의 감정을 존중할 줄 아는 사람만이 가질 수 있는 위대한 사랑'에 대한 찬사를 늘어놓는 오스발트의 유언은 멜로드라마의 정점이다. 원하든 원하지 않든, 백색전화기에 신식 가스레인지를 갖춘 저택에다 막대한 유산은 결국 탐욕의 완성일 것이다. 그러나 체호프가 말한 대로 '권총은 발사되어야 하는 것'처럼 탐욕은 터지게 되어있다. 어떻게? 렌지에 담배를 붙여 본 사람은 알 것이다. 여기 또 김수영이 있다.

> 내가 으스러지게 설움에 몸을 태우는 것은/내가 바라는 것이 있기 때문이다./그러나 나는 그 으스러진 설움의 풍경마저 싫어진다./ 나는 너무나 자주 설움과 입을 맞추었기 때문에/가을바람에 늙어가는 거미처럼 몸이 까맣게 타버렸다.
>
> — 김수영, 「거미」 전문

마치 마리아 브라운의 최후를 위해 쓴 시 같지 않은가? 멋진 이층저택에 감도는 평화로운 공기 속, 마리아가 도화선의 입구와 같은 담배를 입에 문 장면 뒤, 이어지는 가스폭발 장면은 결혼식 장면과 짝을 이루는 수미상관이다. 그렇다. 마리아는 자본주의 그 제단에 바쳐진 인신공희물이다. 그러니 이런 여자는 이제 좀 사라져 주는 것이 월드컵에서 우승한 독일에게는 우아한 일이 될 것 아니겠는가?

영화는 엔딩 크레딧과 함께 사진인화 전 상태인 음화의 남자 얼굴들을 늘어놓는다. 히틀러부터 시작해서 아데나워를 거쳐 슈미트로 끝이 나는, 신발보다 많이 바뀐 수상들의 사진은 바이마르와 나치를 지나 독일연방공화국에 이르는 행렬들이 모두 똑같은 놈들이라는 말씀. 영주들의 사회는 아니지만 '그놈이 그놈' 인 속에서 독일 부르주아 사회가 가랑이 벌리고 그 자리에 있었다는 것을, 이제 더 이상 수치스럽게 벗지 않아도 되는 시점이라는 것을 말한다. 그러니 그녀의 죽음은 곧 음화 속 보이지 않는 손들이 지시한 명령인 것이다.

結: 남자는 국가, 여자는 국민

이 영화는 멜로드라마를 차용했지만 현대 독일에 대한 이의제기 혹은 반성문의 정치풍자드라마로 읽을 수 있겠다. 마리아가 고급레스토랑에서 독일재무장의 연설을 들으며 구토를 하는 부분은 돈만 기억하는 아데나워 시절의 경제부흥이 더러운 토사물이란 것들을 이야기한다. 그러니 이 '폐허 여인' 은 부디 죽어줘야 한다. 미국에게 몸 팔고 프랑스에게 아부하며 살아온 전후 10년 동안 여성들의 강인한 생활력 아니 착취나 개고생은 덮자는 말씀일 것. 누구는 세 남자 사이의 애매함이라 이야기 하는데, 어떻게 그녀가 명쾌하게 살 수 있겠는가? 최선과 최악 사이에서 남한의 갑남을녀들도 이렇게 애매하게 살아남지 않았는가 말이다.

참혹한 체험을 가진 마리아의 내면세계를 들여다보는 것은 독일을 뛰어넘어 전쟁을 겪은 많은 나라 인민들에게 지속적으로 유효한 질문일 것이다. 심수봉이 "남자는 배, 여자는 항구" 라고 쉽게 말했다면, 파스빈더는 말없는 멸시와 비굴한 복종을 견디던 남자 헤르만은 독일이라는 '국가' 를, 마리아는 '독일 인민' 이라고 말하는 것이리라.

어떤가? '잠겨 버린 밀물로부터 떠오른 우리들' 이 겪지 못한 이 암울한 시대를 영화로 보고 싶지 않은가?

명쾌한 신동엽도 좋은 시인이지만 조금은 애매한 지점의 김수영의 시를 더 찾게 된다. 김수영의 언어는 우리의 시점을 조롱하지만 현실을 가지런히 정리하게 하기에 오래도록 훌륭한 텍스트로 남는다. 은마를 기다리던 과거의 아픈 흔적에서 수십 년 세월이 흘렀지만, '인간이 인간을 도와주는/그런 세상을 맞거든/관용하는 마음으로/우리를 생각해 다오' 란 브레히트의 유언은 김수영의 시와 파스빈더의 그림과 함께, 아직도 유효하다.

사랑학 '탐구생활'

바그다드 카페(Out Of Rosenheim)

감독	퍼시 애들론
출연	마리안 제게브레히트, CCH 파운더
제작	1987년/91분/독일, 미국

부부 탐구생활

차가 한 대 멈춰요. 한국 관광버스가 도로에 차를 세우는 것과 같아요. 부부가 쉬아를 마치고 싸워요. 독일어 같아요. 왜 싸우는지는 몰라요. 그냥 부부니까 싸우는 거예요. 남편, 아내 몰라요. 아내도 남편 몰라요. 탐구해 보기로 해요.

아내를 두고 남편은 휭 떠나요. 여자가 사용하던 커다란 커피포트도 던져버려요. 여자는 걸어요. 진한 화장의 여자는 검은색 투피스 정장에 모자까지 썼어요. 여자는 높지 않은 힐을 신고 사막을 건너요. 캘리포니아 모하비 사막 어딘가 봐요. 그런데 저기 사막 가운데 집이 보여요. 객잔, 혹은 모텔이라고 해요. '바그다드 카페' 래요. 이라크는 아니니까, 쉬어가기로 해요.

카페 안이에요. 여기 남녀도 싸워요. 왜? 부부니까요. 남편, 아무 것도 안 해요. 여자의 잔소리에 '너 해라' 하는 식이에요. 여자 얼굴에 짜증이 기미처럼 붙어 있어요. 속만 썩이는 남편과 새끼들 때문이에요. 아내는 남편을 종업원 대하듯 해요. 남편은 쫓겨나요. 이번은 진짠 것 같아요. 남편을 쫓아냈는데 누가 와요. 몸매 스펙? 그런 것 묻지 말아요. 단추가 터질 듯한 아줌마예요.

카페 안 탐구생활

이런 우라질. 카페가 창고가 아니라는 것은 창 쪽으로 탁자와 의자가 몇 개 있다는 것이에요. 여주인이 까칠해요. 매너 없어요. 자본주의 서비스 정신 그런 것 없어요. 그래도 좋아요. 독일인답게 커피가 막 땡기니까요. 그런데, 그런데 이 카페에는 커피가 없어요. 커피기계가 고장이에요. 부지런한 사람? 없어요. 웨이터 아저씨는 낮잠을 자요. 또 자요. 여기 카페에서 일하는 사람이나 장기투숙객 모두 박민규의 소설 『삼미슈퍼스타즈의 마지막 팬클럽』에서 걸어 나온 사람들 같아요. 그래도 『베니스의 죽음』을 읽고 있는 손님이 하나 보여요. 외로운 동네라는 말씀인 것 같아요. 미소년은 하나도 없는데 말이에요.

　　주인 여자 브렌다(CCH 파운더)는 맘에 안 들면 손님도 얄짤 없어요. 손님은 왕? 헛소리예요. 독일 로젠하임 출신이라는 야스민(마리안느 제게브레이트)은 갈 데 없으니 25달러짜리 모텔에 들어요. 황사바람은 불고 여관의 페인트는 모두 벗겨져 있어요. 물침대나 사방 거울도 없어요. 그저 평범한 그림이 하나 걸려있는 것이 꼭 훈련소 막사 같아요.

　　제기랄, 그녀의 가방 안에는 주로 남편 옷밖에 없어요. 주인의 신고로 경찰이 찾아왔지만 영어를 조금 알아들으니 특별히 공포는 없어요. 세상 어딜 가도 예쁘지 않으면 사람들 별 관심 없다는 것 잘 알아요. 심지어 어린 것들조차도 뚱땡이 여편네라고 무시를 해요. 알아요. 익숙한 눈짓이니까요. 심리적 무력감, 그런 것 없어요. 남편은 아예 머리털도 안보이니까요.

야스민은 빅마마답게 느리게 천천히 걸어요. 〈프라이드 그린 토마토〉에서 나오는 뚱뚱한 여자의 우울함이나 나른함 그런 것 없어요. 서비스 정신이 전혀 없는 주인에게 손님 야스민이 서비스를 해요. 그녀는 청소가 특기예요. 초고속 모드로 간판을 닦아요. 테라스도 닦아요. 육중한 몸으로 물탱크도 청소해요. 주인여자 방에서 버릴 건 버리고 치울 건 치워요. 땀에 범벅되어 정리정돈하는 것이 그녀의 즐거움이에요. 그리고 아이를 사랑하는 것이에요. 그녀의 손이 닿자 창고도 블링블링 카페가 돼요.

"이런 된장"을 입에 달고 사는 브렌다는 거의 미친 듯 성을 내요. 사무실 치웠다고, 이 흑인 쥔아줌마 총 들고 설쳐요. 여기서 여자가 화난 이유에 대해서 우리 탐구를 해 보아요. 간단해요. 삼미팀 멤버들은 질서가 생기는 것을 못 참아 해요. 뚱뚱한 여자들이 그러듯 황당한 야스민은 눈만 껌벅거려요. 볼 때문에 입이 더 작게 보여요. 아이는 당신 집에서나 보라는 막말에, "난 아기가 없다"고 말해요. 거기서 브렌다가 한 방 먹어요. 마음이 녹아요.

카페 밖으로는 트럭이 지나가요. 라스베이거스 가까운 고속도로 주변인 것 같아요. 큰 차가 막 지나가요. 계속 질주해요. 영화 〈베니스의 죽음〉에서 나오는 동네 같아요. 이방인은 동그란 눈으로 카페 안 사람들을 관찰해요. 귀신 히피 같은 딸내미는 오전에는 이놈 오토바이를 타고 갔다가 저녁에는 저놈 차를 타고 돌아와요. 미소년과 거리가 먼 흑인 청년은 매일 피아노만 쳐요. 아이는 울어요. 그녀는 아이를 봐요. 건반 두드리는 아들은 대가리 피도 안 마른 놈인데 벌써 아기를 낳았어요. 친절한 야스민씨는 쓸쓸한 청년의 피아노 음률에 귀와 몸을 맡길 줄 알아요. 멋져요. 그래요. 우리 사는 것처럼, 내 가정은 이해가 안 돼도 타인의 가정은 다 이해가 돼요.

파라다이스 카페

미안한 말씀이지만, 이 배우는 살을 찌운 것이 아니라 진짜 뚱뚱해요. 앉을 때 꼭 손을 짚고 앉아요. 다리를 쩍 벌리고 의자에 앉아 선물 받은 마술세트로 마술의 기초를 배워요. 발목이 가는 걸 보니 그리 나쁜 건강은 아닌 것 같아요. 특별한 의무가 없고 남편이 없으니 더욱 좋은 것 같아요. 마술을 습득해요. 손님 앞에 써먹어요. 자기가 해놓고 자기가 좋아해요.

마술처럼 카페 안에 웃음이 생겨요. 흑인청년은 훌륭한 연주자가 되고, 기쁨의 공간이 돼요. 이젠 차가 씽씽 지나가지 않아요. 뚱보 웨이트리스에 반한 사람들은 라스베이거스 쇼보다 재미있다고 말해요. 트럭 운전사들이 자주 찾아 이젠 기사식당이 되어요. 마술쇼 때문에 손님들이 쓰나미처럼 몰려와요. 너무 기뻐 눈물이 살짝 나와요. 〈라스베이거스를 떠나며〉의 알코올중독자 아저씨도 여길 들렀다면 죽지 않았을 지도 몰라요. 야스민은 브랜다 가족의 일원이 되면서 카페는 오아시스가 되어요. 사막에 노래가 넘쳐흐르고 사막에 꽃이 피어 향내나요. 주님이 오셔서가 아니라 그 여자가 와서 그래요.

여기 이동버스에 사는 콕스(잭 팰런스) 할배가 있어요. 부츠에 머리띠가 석양의 건맨 닮았는데, 서부 영화 단골 악역이에요. 할리우드 출신이래서 배우인 줄 알았더니, 세트 그림을 그렸대요. 이 영감님은 "당신을 그리고 싶다"고 작업을 걸어요. 받아요. 모델이 돼요. 그런데 그림을 그릴 때마다 모델의 옷이 한 장씩 벗겨져요.

여관 마당에 텐트를 치는 나그네가 있어요. 젊은 총각은 밥 먹고 부메랑을 날려요. 또 날려요. 서쪽엔 아름다운 노을이 들어요. 그녀 역시 새로운 것을 좋아해 부메랑을 날려요. 우리 삶의 되돌아오는 어떤 것이 있다는 암시일 거예요.

야스민의 초상은 둥근 몸과 육덕이 페르난도 보테로의 그림을 닮았어요. 사실 이발소 그림 같기도 해요. 정장차림으로 그리기 시작해서 마지막에는 누드예요. 소녀틱한 얼굴과 풍만한 육체가 에로티시즘으로 전달되지는 않아요. 이 영감님은 야스민을 사랑하지만 달도 차면 기우는 법이에요.

경찰이 찾아와요. 노동허가증이 있어야 한다고 압박해요. 여자는 카페를 떠나요. 마술은 끝났어요. 노래도 없어요. 카페엔 손님이 없어요. 다시 카페에 게으름이 찾아와요. 잠을 자요. 그런데 다시, 부메랑처럼 택시를 타고 그녀가 나타나요. 째쟁이 할배가 초라한 꽃 몇 송이 들고 와 야스민에게 청혼을 하는데, "브렌다에게 물어보고"라 답하고 영화는 막을 내려요. 쥔 여자와 상의한다는 것이 좀 걸려요. '페미' 냄새를 풍겨요.

카페 밖 탐구생활

핀란드에 〈카모메 식당〉이 있다면 사막에는 〈바그다드 카페〉가 있어요. 이 영화를 페미니즘의 시선으로 평하는 고수들이 있어요. 그럴 수 있어요. 남편에게 버림받은 여자와 남편을 쫓아낸 인생 답답한 두 여인의 만남이 '연대'고 카페의 활기는 '모계사회의 회복'이래요. 빵꾸똥꾸예요. 카페가 소수자의 영역이자 여성 공동체 어쩌고 그래요. 역시, 빵꾸똥꾸예요.

감독님 퍼시 애들론 역시 여자예요. 뉴저먼시네마 세대에 속한 이 감독의 인물 설정? 독창적이에요. 서로에게 죽도록 헌신하지도 않지만 그렇다고 이 여자분 남자를 혐오하지 않아요. 페미 영화의 단골인 싸가지 없는 남자가 여자를 때리고 총으로 쏘고 그런 것 없어요. 이동네 남자들 좀 엄벙하고 좀 게으를 뿐이에요. 특별한 갈등 없이 영화가 될 수 있다는 이 텍스트는 괜찮은 탐구교재예요.

문득 깨달음, 그런 것 없어요. 뚱뚱한 게 아름답다, 그런 것도 아니에요. 흑인과 백인의 우정 그런 게 페미니즘이라면 재미없어요. 그런데, 이런 된장! 그 흔한 남성 성애 판타지도 아닌데 청소년관람불가 영화예요. 이유는 아줌마 쭈쭈가 나와서 그래요. 혹시 망한 비디오 가게에 이 영화 있으면 교재려니 하고 사 두세요. 돈 될 거예요. 지금까지, 남편 없이 사막에서 살아남는 여자의 자세에 대한 탐구였어요.

특별부록: 페미니즘 탐구생활 〈안토니아스 라인〉

여자, 남자 몰라요. 남자, 여자 몰라요, 그러니 남녀관계에 대한 해석은 항상 지속적으로 유효한 질문이에요. 그래서 조금 '쎈' 페미의 시각에 대해 더 탐구해 보기로 해요.

벌써 페미 고전이 된 기본교재 〈델마와 루이스〉가 있어요. 정당방위에는 찬성이지만 이것 레알 아니에요. 그렇다고 짝퉁도 아니에요. 자매애 신화가 궁금한 사람들은 보충교재 〈프라이드 그린 토마토〉를 보면 돼요. 시나리오가 괜찮아요. 이야기의 액자 속 헌신과 관용 그리고 용기까지 이해가 되지만 뚱뚱한 캐시 아줌마의 설정이 너무 전형적이에요. 특목반 멤버들은 마린 고리스 감독의 〈안토니아스 라인〉을 챙기면 돼요. 주체 여성들의 아나키적 영토에 살고 싶은 마음이 생기면 당신은 페미예요. 교훈 만점 특수반 교재를 조금 더 살펴보아요.

안토니아는 다니엘을 낳고, 자유로운 그의 딸 다니엘은 데레사를 낳고, 데레사는 천재소녀 사라를 낳아요. 여자 아닌 '인간의 계'라는 말씀이에요. 안토니아 여사는 웬 홀아비가 아들들의 엄마가 돼 달라는 청혼에 '아들 필요 없다'고 거절해요. 섹스는 거절하지 않아요. 결혼 필요 없다는 말이겠지요. 그럴 수 있어요. 그 딸내미 다니엘은 아이 가지고 싶은 마음에 결혼 없이 낯선 남자를 골라 유혹하고 임신을 해요. 통과예요. 다니엘은 딸아이 선생님과 녀녀상열지사를 나눠요. 이해할 수 있어요. 부족장 안토니아는 씩씩해요. 정의로워요. 대지에 씨를 뿌려요. 더 이상 여자와 어머니는 식민지가 아니라 개척지라는 말씀이겠네요. 멋있어요. 그러나 상징이 너무 드러나요. 프로파간다예요. 그 공동체 식탁에서 몇 끼는 먹겠지만 무서워 밥이 안 넘어갈 것 같아요. 식민지를 경험한 사람의 식민지 같아요. 남자에게 필요한 것은 소주 한 잔도 안 되는 거시기뿐이라니요? 안 절실해요. 모든 차별을 억압으로 보는 건 좋은데 차이마저 억압으로 보는 것 같아요.

감독이 탐구한 남자라는 종種은? 정액 외에 큰 임무 없대요. 말 없이 착한 남자는 예외예요. 여성들로도 잘 살 수 있다는 메시지는 〈슈렉〉의 난쟁이 왕 파쾨드와 비슷한 냄새가 나요. 그놈이 좀 소심하거나 못된 구석이 있어도 창의성이나 변화에 대한 고민이 와 닿으면 피오나 공주처럼 사랑할 수 있는 것 아닌가요? 괜찮은 여자들하고만 살고 싶으면 〈안토니아스 라인〉을 탐구하면 돼요.

그래도 어린 사라가 잠 못 잘 정도로 여기저기서 '막 하는' 장면 좋아요. 거기다 존재하지 않는 이미지를 그림으로 만드는 장면은 '밑줄 쫙'이에요. 엄숙해야할 장례식에서 시신이 일어나 노래 부르고 십자가에 못 박힌 예수상도 합창에 동참하는 환상 장면은 그래도 탐구할 만한 티 속의 옥이에요. 나머지 장면은 밑줄 칠 것 별로 없어요. 아마조네스의 상상력은 겁은 주지만 우리의 삶을 가지런하게 해주질 못해요. 짐승들의 태도를 조롱하지만 설득하진 못해요. 상식적 이분법이에요.

남녀관계? 절차탁마切磋琢磨예요. 외로우니까 사람이라잖아요. 서로 닳아져야 해요. 헤프지 않게 모가 줄어야 아이가 생겨요. 사랑은 눈물의 씨앗이기도 하지만 사랑은 인간의 씨앗이에요. 앞으로도 더욱 탐구해보기로 해요. 끝나지 않는 숙제예요.

5

全州와 영화 사이

객사가 넓어서 좋다면 영화의 거리는 좁은 대로 또 좋다. 거리와 광장과 건축 등이 특별히 세련되지 않고 또 뻔뻔스럽지도 않다. 전주국제영화제를 알리는 표식이 붙은 가로등이 늘어선 영화의 거리는 영화제 기간 동안 설치미술과 영화제를 알리는 뉴스페이퍼인 '데일리'로 도배가 된다. 축제다. 그 명절이 열흘이나 된다. 국제영화제 주요 행사장인 이곳 고사동과 중앙동은 노란색 점퍼를 입은 자원봉사자들을 비롯 인파천국이 되는데, 가히 전주 신8경에 속한다 할 것이다. 영화 속 주인공들이 화면 밖으로 튀어나온 듯한 영화제 기간 동안 이른 봄의 끈 패션들은 뉴요커와 파리지엔느 부럽지 않다. 이 거리를 걷는 당신이 바로 주인공이다.

풍경도 교복도 그림이 되는, 성심聖心여고

한옥마을에 자리한

포크 그룹 '자전거 탄 풍경'이 1집에서 부른 노래, "너에게 난 해질녘 노을처럼 한 편의 아름다운 추억이 되고"라는 멜로디를 기억하시는 가? 그 맑은 구슬을 기억한다면, 곽재용 감독의 영화 〈클래식〉의 검은 교복에 갈래머리 지혜(손예진)의 눈물도 떠오를 것이다. 지혜가 준하 (조승우)를 위해 피아노곡 '비창'을 연주하던 그 오래된 강당과 자주 등장하던 담쟁이덩굴 우거진 붉은 벽돌건물이 전주 교동 한옥마을 중심에 있는 전주성심여고다.

경기전 대나무 숲 그늘은 성심여고생들의 여름날 미술시간 수채화를 그리는 아틀리에였고, 눈 오시는 날이면 수업을 빼먹고 역시 경기전으로 튀어나가 결국 선생님도 함께 눈싸움을 하던 놀이터이기도 했다. 야간자율학습의 고통보다 교정의 풍경을 먼저 떠올리는 이들의 화양연화 장면은 계속되는데…. 교문 앞 작은 성모동산은 봄날 수선화와 여름날의 나리꽃과 옥잠화로 항상 사진의 배경이 되었고, 가을이면 은행나무 사이를 날던 비둘기를 이야기 하는 성심 졸업생들의 추억은 끝이 없다. 아참! 봄날 성모의 밤 행사 때면 모든 학생들이 베란다에서 촛불을 켜고 있는 모습은 그야말로 환상이었다고.

전주 한옥마을 태조로를 들어서면 오른쪽으로 전도연, 박신양이 주연한 〈약속〉의 전동성당이 나오고 조금 더 가면 드라마 〈궁〉을 촬영한 경기전이다. 전통공예품전시관을 가기 전 사거리에서 좌측으로 가면 최명희문학관이 있으며, 우측으로 들어서면 오래된 한약방의 한옥지붕과 몇 군데 분식집과 문방구 그리고 성심여자 중학교와 성심여자 고등학교가 보인다.

한옥마을은 그리 넓은 공간이 아니다. 성심여고가 특별히 아름다운 것은 한옥 마을 자체가 공간을 넓게 쓰지 못함에 있을 것이다. 층고를 올려 마당을 넓히고 나무를 심은 곳에 빛이 쏟아져 들어오니 어찌 아름답지 않을까? 이 공간에서 춘향이 또래의 여학생들이 은행잎 떨어지는 소리에도 깔깔대며 웃는 모습 그 자체가 영화 속 풍경이다.

소나기 모티브 영화 〈클래식〉

아쉬운 것은 〈클래식〉에서 교문으로 이어지던 담이 헐리고 없다는 것. 오래된 붉은 벽돌담이 인상적이었던 이 길은 영화에서 학생시위대와 진압경찰을 피해 도망가던 손예진과 이기우가 숨는 골목길로 나오지만 이제 영화 속 풍경으로만 남았다. 젊은 날의 엄마 역을 맡은 손예진이 가을음악회에서 조승우를 떠올리며 간절히 피아노를 연주하던 그 강당도 아쉽게 허물어지고 터만 남아있다. 슬로우 모션으로 달려가던 손예진의 배경이 되던 풍경들, 그리고 정지한 시간들은 이제 사라지고 말았다.

성심여고의 아름다움은 학교 건물 하나로 그치는 것이 아니다. 담을 사이에 둔 로마네스크 양식의 전동성당과 반듯하고 품위 있는 사제관 건물에도 있다. 이 성심동산이 주던 클래식한 미감은 나날이 현대적 모습으로 변해간다. 오래된 히말라야시다 나무가 서 있는 정문을 들어서면 왼쪽 고등학교 교사는 현대식 건물이 들어서 있어서 팬시한 느낌을 주지만, 그래도 오른쪽 중학교 건물만은 옛 정취와 함께 이곳이 오래된 정원임을 말해준다. 고즈넉한 한옥마을에 솟은 5층 건물 붉은 벽에 게으른 주변의 손끝이 만든 분필털이개의 하얀 자국은 귀엽다.

연애편지 대필 모티브와 황순원의 소나기 모티브가 결합된 영화 〈클래식〉에서 손예진은 1인 2역으로 나온다. 검은 색 교복장면이면 엄마 주희의 플래시백이고 사복장면은 대학생 딸 지혜의 현재시점이다. 지혜는 해외여행중인 엄마의 다락방을 청소하다가 비밀상자를 발견한다. 거기에는 아주 낯선 풍경과 비슷한 사랑이 있다. 엄마의 첫사랑…. 첫사랑의 열병을 앓고 있던 지혜는 엄마와 자신의 사랑이 똑같이 닮은 것을 발견한다. 사랑을 잇는 수단은 손 편지에서 이메일로 변했지만, 그 마음을 대필해주는 사람은 따로 있었다. 60년대 말 엄마의 손편지로 이어지는 사랑과 30년을 건너뛴 자신의 이메일 사랑이야기가 시작된다.

지혜와 수경은 연극반 연출을 맡은 선배인 상민(조인성)을 좋아한다. 아파라! 말 못할 사랑. 이기적인 수경은 친구 지혜에게 상민에게 전해줄 연애편지의 대필을 부탁한다. 지혜는 어쩔 수 없이 수경의 이름으로 자신의 마음을 상민에게 고백한다. 지혜는 자신이 쓴 연애편지로 수경과 상민이 맺어지는 것을 지켜보며 안타까워 하지만, 우연하게도 상민과 자꾸만 마주치게 된다. 마음이 닿아 있으니 별 수 있겠는가.

굳이 영화가 아니라도 말이다.

너무 아픈 사랑은

영화 OST 김광석의 "너무 아픈 사랑은 사랑이 아니었음을" 이 흘러나오면 누구라도 그러하듯이, 청춘의 아픈 날들이 떠오를 것이다. 운명 같은 만남과 헤어짐. 방학을 맞아 시골 삼촌댁에 간 고1의 준하는 그곳에서 주희를 만난다. 어느 누가 그녀에게 반하지 않을 수 있으랴? 그런 주희가 준하에게 강 건너 '귀신 나오는 집'에 동행해줄 것을 부탁한다, 살며시. 그런데 주희는 다리를 다치고, 소나기는 갑자기 쏟아진다. 짐작대로 두 사람은 원두막에서 옷을 말린다. 그 사이 배는 당연히 떠내려간다. 고전적 클리셰는 한 데 다 모았다. 이 일로 주희는 집안 어른에게 심한 꾸중을 듣고 수원으로 보내진다. 주희는 그에게 목걸이를 선물하고, 준하는 작별 인사 대신 반딧불이만을 안겨준다. 그렇게 방학은 끝나고. 학교로 돌아온 준하에게 친구 태수가 연애편지 대필을 부탁한다. 세상에 그 상대가…. 아, 엄마와 자신의 묘하게도 닮은 첫사랑이라니! 여기 중요한 반전이 숨어있다. 언제나 그렇듯 운명은 엇갈리는 것이니 목걸이 하나 달랑 들고 베트남으로 준하는 떠나고 만다.

〈엽기적인 그녀〉의 감독 곽재용이 만든 이 영화 한 편은 조인성과 손예진, 조승우를 잘생긴 남녀 청춘배우로 각인시켰다. 그런데 조인성과 손예진이 함께 촬영된 부분이 많이 편집이 되는 바람에 조인성이 '우정출연'이라는 자막을 넣어달라고 했다는 귀여운 전설이 들려오는 이 영화는 나이 든 부모님과 교복을 입은 자식이 함께 보아도 좋을 잔잔한 발라드 같은 영화다.

세상의 모든 빛을 빨아들이는

21세기도 깊어졌지만 성심여고 학생들에게서 소녀시대가 광고하는 미니스커트는 볼 수 없다. 치마는 반드시 무릎 아래로 내려와야 하며, 흰색 발목양말에 검은 구두를 신어야 한다. 가방도 검정색이다. 머리끈 역시 컬러 방울을 한 학생을 보기 힘들다. 가톨릭 학교인 만큼 묵주반지 외에는 액세서리도 착용금지다. 아시는가. 치마의 윤이 반질거리고 주름이 반듯한 학생들이 고학년이다. 잘 때 두꺼운 담요 밑에 깔고 아침에 일어나면 주름이 세워지는 불편한 노하우는 성심학생들을 정숙한 여성으로 바라보게 만든다. 그래도 성심여고는 검정색 '세라복' 교복이 예뻐서 지원한 학생들도 많단다. 믿겠는가? 남자는 모른다.

　　사실 두 줄의 흰색 선이 들어가 해군 수병복 칼라를 닮은 동복은 은근히 섹시하다. 까맣기 때문이다. 검은 색이 세상의 모든 빛을 빨아들인 후 빛을 내뿜는 여학생들이 어찌 긴치마를 좋아하랴만, 짧아도 예쁘지만 길어서 예쁜 교복이 바로 성심 '세라복'이다. 성심여학생을 애인으로 둔 총각은 지구상에서 가장 아름다운 교복이라고 한 술 더 뜬다. 리얼 블랙에 든 세라복 사각의 흰 선과 손목 바이어스가 두 줄이어서 그 안의 손목을 더 희게 만든다. 그리고 앞가리개에도 바이어스가 있는 교복의 앞섶 위로 여학생들은 긴 타이를 리본형으로 묶는다. 전주에서 영화를 찍으면서 성심여고 교복을 지금 당장 영화에 담지 않는 감독은 참 바보다.

　　이곳 성심동산의 풍경은 몇 편의 영화에 더 있다. 〈말아톤〉의 감독 정윤철이 찍은 김혜수 주연의 〈좋지 아니한家〉 역시 성심여중고

의 풍경이 스며있다. 또한 〈불어라 봄바람〉의 영화 끄트머리, 다방 종업원 김정은이 서점에 들러 같이 작업했던 소설가 김승우의 신간을 보게 되는 이 서점이 바로 성심여고 앞 노란 간판의 '장학서점'이다.

　　전주의 중심 한옥마을은 모두 식당과 찻집으로 개조되는 과정을 겪고 있다. 이곳도 예외는 아니어서 지붕은 한옥인데 간판이 지붕을 다 못 가린 길옆 가게에는 여고생들의 입맛에 맞는 분식점들이 많다. 수제비 아니 칼국수라는 값싸고 간편한 음식에 빛을 선사한 '베테랑칼국수'는 성심여고생보다, 베테랑이 된 사람들이 더 많이 이용할 정도로 오랜 전통을 자랑한다. 이 가게의 잘게 썬 깍두기는 성심 여학생들의 작은 입을 고려한 것일 게다. 글쎄, 이 동네 분식집의 괜찮은 손맛 역시 성심여고생들의 까다로운 입맛의 길들임에서 나오지 않았을까?

'백 투 더 퓨쳐'가 가능한 공간, 영화의 거리

모더니즘과 전통이 혼재한

전주는 전라감영이 자리한 역사의 고장이다. 그 중심에 있는 객사客舍는 전주시민 특히 젊은이들의 약속 장소다. 조선을 건국한 태조 이성계의 조상이 살았다고 해서 이름조차 '풍패지관豊沛之館'이란 날아가는 초서체의 현판을 붙인 전주객사에서 고풍古風만을 느낀다면 그건 한참 착오다. 객사 앞에 서 보라. 전주의 성형외과들이 객사를 중심으로 충경로(흔히 '관통로'라 부르는) 건너편에 밀집해 있다는 것을 알 것이다. 그리고 객사 뒤쪽을 보면 전주의 극장 반 이상이 자리하고 있으니, 5분이면 '백 투 더 퓨쳐'가 가능한 공간 그곳이 바로 '영화의 거리'이다.

   권위적 국가 유적물과 모던한 통유리 가게가 언밸런스할 것 같다고? 꼭 그렇지 않다. 나이 먹은 사람이라도 새 옷을 입고 걷고 싶은 공간, 영화의 거리를 찾아가 보자. 혹시 차를 가져왔다면 좌회전 금지와 진입금지를 외워둘 필요가 있다. 시청 광장을 등지고 오거리주차장에서부터 시작하는 루미나리에가 반짝이는 곳이 '걷고 싶은 거리' 인데, 비싼 메이커들을 구경하고 싶으면 왼쪽으로 접어들으시길. 거기엔 패션의 거리라 하는 엔테피아가 있고 교보문고가 있다. 물론 자동차는 진입금지이고 인파와 함께 나이트 안내 '찌라시' 들이 흩날리는 곳이다.

영화가 보고 싶으면 옆길로 새지 말고 곧바로 진행하면 된다. 문화광장에서부터 아카데미아트홀까지는 약 이백여 미터, 잠깐이다. 걷고 싶은 거리가 성장의 진한 화장을 보여준다면 영화의 거리는 캐주얼에 기초화장이면 된다. 이 거리에서는 간소한 옷을 입고도 한 번쯤은 파티걸이 될 수 있다.

스크린 집합소

객사가 넓어서 좋다면 영화의 거리는 좁은 대로 또 좋다. 거리와 광장과 건축 등이 특별히 세련되지 않고 또 뻔뻔스럽지도 않다. 좁은 골목을 들어서면 일제시대 혹은 7~80년대에 지어진 주택들이 식당공간으로 사용되는 것을 보면 전주가 전통과 현대가 어우러진 도시라기보다는 근대성의 출발 흔적이 어정쩡하게 머물러 있는 도시라는 생각이 들 것이다. 참 애매한 것이 서울의 인사동과도 다르고 광주의 충장로 거리와도 좀 다른, 점잖은 공간도 아니고 또한 엄청난 욕망이나 소비의 공간도 아니다.

영화를 보고 싶다는 당신! 명절이나 휴일이 아니라면 이 동네서는 특별히 예매할 필요가 없다. 많은 스크린을 가진 현대식 극장들이 모두 한 구역에 모여 있으니 말이다. 영화의 거리에 있는 멀티플렉스로 메가박스(10개관), CGV전주(6개관), 전주시네마(7개관)! 아니 불과 얼마 전만

해도 아카데미와 프리머스도 있었으니 영화의 거리라 하지 않을 수 있나? 이 골목에서 영화관 검은 천막 속에 들어가 돈을 주고 누구는 긴장을 사기도 하고 웃음을 사기도 한다. 오래된 도시 오래된 골목이라서 의자나 음향시설이 걱정된다고? 천만의 말씀이다. 카드 활용만 잘하시라. 주차비? 걱정 마시라. 좁은 거리마다 극장전용 주차장이 빵빵하니까.

전주국제영화제를 알리는 표식이 붙은 가로등이 늘어선 영화의 거리는 영화제 기간 동안 설치미술과 영화제를 알리는 뉴스페이퍼인 '데일리'로 도배가 된다. 축제다. 그 명절이 열흘이나 된다. 국제영화제 주요 행사장인 이곳 고사동과 중앙동은 노란색 점퍼를 입은 자원봉사자들을 비롯 인파천국이 되는데, 가히 전주 신8경에 속한다 할 것이다. 영화 속 주인공들이 화면 밖으로 튀어나온 듯한 영화제 기간 동안 이른 봄의 끈 패션 젊은 처자들은 뉴요커와 파리지엔느 부럽지 않다. 이 거리를 걷는 당신이 바로 주인공이다.

극장들의 영고성쇠

여기 처음 만나는 극장이 메가박스다. 일단 압도하는 느낌. 8층 10개관 미끈한 현대식 외관의 극장 앞은 영화제가 열리면 여기는 인파의 거리가 된다. 이곳 앞마당은 인디밴드의 공연장소가 되고 설치미술을 하는 사람들의 살아 움직이는 전시장이 된다. 전북독립영화제(전주시민영화제)와 전주국제영화제를 개최하는 장소라서 '메가박스영화제'라는 귀여운 비아냥도 없지 않다.

우리나라 톱스타들은 말할 것 없고 차이밍량, 이리 멘젤 같은 유명한 감독들도 그냥 가방 메고 걷는 평등한 거리니 잘 봐둬야 한다. 영화제 기간 동안 이 거리만큼은 젊은 처자가 담배를 피워도 점잖은 전주양반들이 째려보지 않고 그냥 지나가는 곳. 그 따뜻한 열기와 건

강한 일탈이 밉지 않은 곳이다. 그런데, 보려던 프로가 시간이 안 맞는 다고? 그럼 먼저 CGV로 가자. 왜? 가까우니까. 메가박스에서 CGV로 가는 주위 커피숍과 김밥집과 옷가게들을 천천히 훑노라면 수많은 상호들이 엔딩 크레딧처럼 올라간다.

동진주차장 앞 CGV는 외관이 어쩐지 예식장 취향이지만 극장 앞 시멘트 위에 나무 데크를 만들고 거기 벤치와 이영애 조각상이 서 있다. 사람들은 영화를 기다리며 음료수를 마시거나 친절한 금자씨와 함께 사진을 찍는다. 극장 앞에는 붉은색 바탕의 10명의 감독과 배우들의 동판마스크가 붙어있는데, 전북출신 송길한과 왕샤오수아이, 신상옥, 유현목, 임권택 감독 등 거장의 얼굴들이 새겨져 있다. 이곳 극장 앞은 유하 감독의 〈비열한 거리〉에서 병두(조인성)의 친구 민호가 감독한 영화 속 영화 '남부건달 항쟁사' 시사회 바깥 장면을 찍은 곳이기도 하다.

굳게 문이 닫힌 아카데미아트홀은 3개관으로 한 때 국제영화제의 시네마스케이프 영화궁전 섹션으로 사용하던 공간이다. 나무 테라스에 붙어있는 '급매' 라는 작은 현수막은 보는 사람의 마음을 아프게 한다. 어디 극장이 표 끊고 영화만 보는 곳이겠는가? 학교서 땡땡이 치고 도망 와 살짝 영화를 보던 곳, 첫사랑의 입맞춤에 설레던 공간 아니던가 말이다. 자본은 이렇게 우리의 추억을 밀어낸다. 이제 영화의 거리는 니은 자로 꺾어져야 한다. 너무 짧다.

〈비열한 거리〉 영화 속 시사회를 하는 극장 안 장면을 촬영한 전주시네마타운 앞에는 붉은 파라솔이 설치되어 있고 미키마우스 인형이 놓여있다. 물론 그 옆에 빵빵한 주차장이 있다. 전주시네마 바로 옆에 터를 잡은 '꽈배기' 맛을 혹시 아시려나? 딴지일보에도 소개되었다면 알만 할 듯.

전주에서 가장 많은 경쟁과 변화를 가져온 곳이라면 바로 이 영화의 거리일 것이다. 외부자본으로부터의 변화는 많은 극장들을 도태시키고 대형주차장을 마련하느라 피 튀기는 혈전을 벌여야 했다. 덕분에 전주시민들은 쾌적한 영화 관람환경을 갖게 되었지만 오래된 극장일수록 서양이름을 갖춘 최첨단 극장에 밀려 먼저 문을 닫고 말게 되었다. 전주국제영화제가 시작할 무렵부터 진행된 혈투 속에서 명보, 명화, 대한 등 이런 극장은 말할 것 없고 피카디리나 얼마 안 된 프리머스 극장도 문을 닫고 말았다.

먹거리 골목

전주에서 팝콘만 들고 영화를 보는 사람들은 서울촌놈이다. 왜? 전주시네마와 CGV전주가 만나는 중간에는 문어발 리어카 아줌마가 있으니까. 영화의 거리 포장마차에서 문어발을 구워 그들 각자의 영화관을 선택해 스태프 몰래 입고해 가서는 애인의 핸드백에서 꺼내 먹는 그 쫄깃하고 바삭한 맛이라니. 페인트통만한 팝콘만 먹는 사람들은 영화의 거리 참맛을 모르는 사람들이다.

　　젊은 사람들은 프리머스 앞이라고 말하지만 나이 먹은 전주사람은 영화의 거리라는 말보다는 '한성여관' 사거리 혹은 '한양불고기' 부근이라고 말하는 사람들이 많다. 거기 '일품향' 만두 골목 아래쪽으로 가면 콩나물국밥으로 유명한 '삼백집'을 비롯해 싸고 다양한 것이 퓨전요리공간에서부터 순대까지 없는 게 없다. 어찌 영화가 만날 재밌겠는가? 영화가 조금 섬닷했다면, 먹거리나 실컷 챙겨두시라.

　　극작가 최기우가 그랬다. "프리머스 주변은 음식 광맥"이라고. 프리머스 곁 골목에서 순대와 잡채 그리고 튀김을 상추에 싸먹지 않고서는 전주에 다녀왔다고 말할 수 없다. 이천원이면 된다. 프리머스의 북적거리는 젊은이의 인파 거리에서 조금 올라가면 다시 객사 뒷골목 길이 나오니 매월당길도 영화의 거리라고 말할 수 있을까. 젊은이들이 즐기는 생과일주스와 만두나 떡볶이를 파는 가게와 음식점과 포장마차들이 즐비한 곳이다. 골목이 좁은들 어떠랴. 그곳 카페 앞에서 토스트를 한 손에 들고 또 젊은 애인은 커피를 들고 마시면? 혹 나이 드신 분이라면 '효자문'은 어떤가? 서울에서 촬영 온 사람들이 즐겨 찾는 갈비탕 전문점이다.

전주 영화제작소

전주 영화의 거리 니은(ㄴ)자 아랫부분은 전주시네마 앞에서 시작해 전주영화제작소입구에서 완성된다. 한 250m 정도 될까? 그런데, 전주 사는 사람들도 옛날 전주시보건소 자리에 들어선 노출콘크리트 4층 외관에 통유리의 매우 모던한 건물이 '전주영화제작소'라는 것을 모르는 사람들이 많다. 시네콤플렉스와 전주디지털독립영화관 명칭을 통합한 곳이 바로 이곳.

객사가 클래식하다면 이 건물은 영화의 거리에서 가장 모던한 건물이다. 유리와 철제 빔을 커버한 밝은 색상은 새침한 모습의 세련된 여성의 이미지다. 이 동네가 떡볶이와 오징어다리를 파는 수수한 점방과 깔끔한 커피숍이 한데 어우러진 것처럼, 어색하지 않다. 전통 속의 조화다.

작다. 그리고 예쁘다. 내부로 들어서면 소박하면서도 깔끔하다. 전주디지털독립영화관이란 드라이한 이름이 붙은 4층 영화관의 110석 붉은색 의자는 푹신한 데다 여름엔 시원하고 겨울엔 따뜻하다. 매표소에는 원두커피 자판기가 있는데 300원 치고는 맛도 좋다. 그 앞 자료열람실에서는 그동안 국제영화제에서 상영한 영화들을 천 원이면 감상

할 수 있다. 4층 바깥 로비에는 담배 피우기 좋게 재떨이도 마련되어 있고. 이 동네 주차요금이 살벌한데, 물론 공짜다.

　　작은 영화제를 할 때마다 극장에 찾아가 구걸하지 않아도 좋을, 내 집은 아니어도 우리 집이 생긴 것이다. 그동안 베네수엘라와 멕시코영화제 그리고 전주출신 영화배우 고 장진영 추모영화제 등을 진행했으며 가을에는 전북독립영화제와 청소년영화제 등 작은 영화제를 개최하는 의미 있는 장소로 자리매김했다.

　　어찌 영화의 거리만 그렇겠는가? 전주는 도시 자체가 라이브러리이다. 여기는 국제영화제를 위해 만들어진 인공적인 명소가 아니다. 당연히 관광지 음식점의 얄팍한 속물근성은 없다. 이 라이브러리에서 영화를 찍는다? 쉽지 않을 것이다. 왜? 매일 차가 심하게 막히는 거리는 영화 찍는 사람에게는 분명 비효율적일 것이다. 그래도 이곳은 영화를 보는 장소만이 아니라 또 영화를 찍는 공간이기도 하다. 이곳에서 슬레이트 보드를 두드린 영화들이 있는데, 〈국경의 남쪽〉에서 도시의 휘황한 루미나리에를 두고 방황하는 차승원, 〈바보〉의 차태현, 김지수와 조재현의 〈로망스〉 그리고 유승범 신민아의 〈야수와 미녀〉등이 짧은 컷을 살린 곳이다.

쉬리가 노는 전주천

충성심이 강한 마니아가 아니면 '자유, 독립, 소통'을 부르짖는 전주국제영화제를 찾지 않는다. 재미 혹은 의미를 선사하는 그 어떤 영화도 영화겠지만, 영화제는 영화 상영과 함께 휴양의 의미가 있다. 그래서 주로 바다를 낀 도시에서 영화제가 발전한다. 10분 안에 지중해의 푸른 물결이 넘실대는 칸과 베니스 그리고 백사장이 긴 부산이 그렇다.

그러나 음식의 바다 말고는 전주에는 파도가 일렁이는 바다가 없다. 게다가 이 영화의 거리는 너무 짧지 않은가 말이다. 집중이 가능한 장점이 있지만 공간이 너무 협소하다. 휴양지는 아니라도 물가에서 쉴 수 있는 최소한의 공간이 필요하다는 말씀. 적어도 국제영화제를 하는 거리라면 적어도 동진주차장 자리가 메인광장이 되어야 하고 바다가 없는 만큼 전주천까지는 영화의 거리로 품어야 한다. 그러면 전주천의 짙푸른 바람과 맑은 하늘까지 영화의 거리가 될 것이다. 그리고 전주천변에 야외극장을 만들면 어떨까? 한벽루를 스쳐온 물길이 풀잎들과 속삭이는 소리, 쉬리가 헤엄치는 곳에서 시냇물이 흘러가는 소리를 듣고 싶지 않은가. 정말, 더 늦기 전에!

'평화암平和庵', 전주교도소

영화에서 교도소

영화에서 교도소를 다룬다고 하자. 크고 흰 벽, 철조망과 굳게 닫힌 문, 총을 든 경비가 지키는 정문과 망루가 한꺼번에 들어오는 리얼한 공간이 필요할 것이다. 진흙마당에서의 농구, 죄수를 짐승처럼 다루고 고문이 자행되는 징글징글한 공간으로서의 세트 말이다.

세트의 필요성은 동선 말고도 미장센에서 더욱 필요하다. 죄수의 머리 위에는 파이프가 지나간다. 메탈 냄새 진동하는 철 구조물로 된 복도를 걸을 때, 으스스한 분위기의 조명설치가 가능해야 한다. 언제나 그렇듯 위아래 조명의 설치와 거기 따른 전력문제가 불편하지 않아야 하고. 벽과 벽의 이동의 편리성에다 빗소리 등 완벽한 음향의 차단이 되는 공간 그곳이 교도소여야 한다.

〈광복절 특사〉와 〈홀리데이〉의 교도소

전주공고에 교도소 세트를 제작해서 찍은 영화 〈광복절 특사〉는 코미디에 멜로와 액션을 버무린 비빔밥이다. 특사로 석방되기 위해 열심히 감방 생활을 하는 양아치 출신 모범수(?) 재필(설경구)은 어느 날 면회 온 애인(송윤아)으로부터 '결혼한다'는 소식을 듣고 탈옥을 결심한다. 또 한 사람, '그냥' 나가고 싶은 무석(차승원)과 함께 숟가락으로 땅굴을 파고 탈옥을 감행한 날, 번개가 번쩍이고 폭우가 쏟아진다. 교도소 밖으로 나온 그들은 진흙탕 속에서 얼싸안고 쇼생크를 나온 팀 로빈슨처럼 하늘을 향해 폼을 잡는다. 귀엽다.

탈옥에 성공한 그들이 조간신문을 펼쳐든 순간, 자신들이 광복절 특사 명단에 끼어있다는 것을 알게 된다. 탈옥의 기쁨을 느끼기도 전에, 다시 교도소로 돌아가야만 '특사'가 되는 상황이 벌어진 것. 몸의 문신이 탈출지도가 되는 〈프리즌 브레이크〉나 〈쇼생크 탈출〉과는 전혀 다른, 교도소 재입성을 위해 고군분투한다는 박정우 작가의 설정이 이 영화의 재미다. 이들은 탈출보다 더 어려운 교도소 입성에 성공하기 위해 무진장의 노력을 기울이고, 관객들은 거기에 많은 호응을 보냈다.

〈광복절 특사〉의 교도소가 반드시 돌아가야 할 낭만적인 포맷이었다면 양윤호 감독이 전주 인근에서 촬영한 〈홀리데이〉는 반드시 나가서 할 말을 해야만 하는 설정이었다.

"홀리데이를 듣고 싶다. …테이프를 틀어 달라"

이성재가 열연한 탈주범 지강헌은 죽음을 앞둔 시점에서 비지스의 음악을 틀어달라고 요청한다. 목청 깊은 데서 울려나오는 비지스가 부른 "오, 유어 할러데이…"는 울음이 터지기 전의 목소리로 영화에서 잘 어울린다.

위키 백과에서는 지강헌의 출생부터 교도소 탈주 그리고 1988 년 서울시 북가좌동에서 인질극으로 사망하기까지의 사연이 잘 소개 되어있다. 그 아래 동영상에는 그가 죽기 전에 세상에 외친 말이 생중 계 되는데 죄인이 뱉은 말치고는 감동 그 자체다.

"유전무죄! 무전유죄! 이게! 우리 대한민국의! 좆같은 법이란 말 이다!"

지강헌, 550만원을 훔친 이유로 17년을 살아야 하는 그와 전경 환의 비교는 서민들에게 커다란 공감을 불러일으켰다. 비록 그는 범죄 자였지만 이 사건을 계기로 그가 남긴 어록 '무전유죄 유전무죄'는 당 시 시대를 관통하는 유행어가 되어 어떤 선사가 남긴 법어보다 더 많 은 울림을 주었다. 그래서 인질극 말미에 흐르는 비지스의 '홀리데이' 를 들려달라고 주문한 그가 국민학교밖에 졸업하지 못했다는 사실을 믿기 어렵다. 그는 어느 대학에서 비지스를 배웠을까?

세계 최장기수 김선명의

김동원 감독의 다큐멘터리 〈송환〉은 감옥 밖의 이야기로 우리를 울게 만든다. 별 편집이나 특별한 기교가 없는 이 영화가 우리에게 한숨과 내면의 눈물을 자아내는 이유는 카메라에도 감정이 있기 때문 아닐까? 비전향 장기수들의 교도소 출소 이후의 삶과 그들의 평양 모습까지를 그린 이 작품은 한국영화로는 최초로 2004년 선댄스영화제에 출품되 어 '표현의 자유상'을 수상하는 쾌거를 이뤘다.

까탈을 부리자면, 걸러지지 못한 바람소리나 개 짖는 소리는 인 터뷰를 방해했고 안정되지 못한 앵글은 노인의 얼굴을 제대로 잡지 못 했다. 그러나 사소한 불편은 묘하게도 친근한 감정선을 자아내서 1인 칭 관찰자 시점의 낮은 목소리에 관객들은 소리 죽여 울었다. 희로의

격렬함이 아닌 밑으로부터 터지는 울음이었다. 강요된 전향공작 앞에 자존심을 지키지 못해 영화 속 노인들이 울 때만 해도 내 탓은 아니라며 눈물을 참던 이도 끝내는 90노모의 눈물 앞에 울 수밖에 없었다. 화양연화의 시절을 감옥에서 다 보내고 45년 만에 출소한 함함한 고슴도치를 나무랄 때, 강철의 심장을 가진 줄만 알았던 김선명은 운다. 그래, 비극이 감정을 정화한다는 말은 진짜다.

1992년 봄, '간첩'을 접한 두려움과 망설임부터 시작된 그들 곁에서 인간적으로 부대끼며 카메라와 함께 한 김동원의 12년에 걸친 작업은 조금이라도 카메라를 접해 본 사람들이라면 이것이 장난이 아니란 걸 안다. 작년 여름과 가을, 학생들과 문화유산 다큐를 만든다고 보낸 시간을 기억한다. 카메라는 빌려놓았는데 주말이면 10주째 비가 내리는 것이 2003년의 날씨였다. 촬영을 마치고 편집 그리고 재촬영을 하고 나서도 문제가 많았다. 말없는 들판은 색깔이 달랐다. 우리나라 가을의 소슬한 바람은 들판을 시시각각으로 바꾸지 않던가. 그런데 이 김동원이란 괴물 감독의 〈송환〉은 12년(이 물리적 시간은 정치적 부침 못지않게 카메라 발전이 축약된 시기다)의 세월을 금기의 대상에 카메라를 들이댄 800시간을 2시간 반으로 줄이다니. 지독하다. 김동원.

김동원은 '거울'과 '무기' 중에서 우리를 비추는 거울 쪽을 택했다. 그는 지속적인 관찰과 성찰을 통해 화면 속의 인물들이 기네스북에나 오르는 특별히 의지가 굳은 타자 아닌 태어난 곳에 머리를 고향에 두려는 순박한 할아버지라는 것을 보여준다. 통일의 당위성보다는 상처받은 영혼에 대한 연민이 더 크다면 다큐가 갖는 선동적이며 교육적인 목적에 실패했을지 모른다.

〈송환〉의 카메라는 장기수 할아버지들이 30여 년 만에 가족과 지인들을 조우하며 나누는 그리움과 한의 정서를 148분 동안 여과 없이 담아낸다. 1951년 국방경비법 위반으로 감옥에 들어갔던 청년 김선명은 세계 최장기수라는 기록을 세우고(?) 1995년 광복절특사로 풀려난다. 소설가 김하기는 여기 살던 장기수들의 이야기를 『살아있는 무덤』이라는 책으로 펴냈고 또 홍기선 감독의 영화 〈선택〉에서는 김중기가 김선명 역을 맡아 열연했지만 관객의 호응은 적었다.

0.75평 특별사동에서 인간 김선명이 한 평생을 복역하고 풀려난 곳이 바로 전주교도소다. 영화 속 장면을 보자. 45년 만에 석방된 김선명 할아버지가 노모를 만나 울먹인다.

"엄마, 저 알아보시겠어요?"

"에미 말을 들었으면 안 이랬잖아"

눈도 보이지 않는 아흔 넘은 꼬부랑 엄마가 눈을 움찔거리며 늙은 아들의 얼굴을 부벼대는 모습을 보고 울지 않을 사람은 없다. 모진 고문에 지쳐 정신을 잃은 사이 전향을 당한 김영식 할아버지가 흘리는 회한의 눈물 그리고 작은 선물에 감격하는 노인들과 아주머니들의 애틋한 눈물은 감동이다. 카메라에 담긴 것은 이념적 거대담론이 아닌, 인간의 보편적인 정서인 것이다. 김선명은 말한다.

"내가 지키고자 했던 것은 이데올로기가 아니다. 인간의 존엄성이다. 무자비한 폭력 앞에 벌거숭이로 내던져진 인간의 마지막 투쟁은 폭력에 굴복하지 않는 인간의 존엄성을 지켜내는 것이었다"

김남주 이광웅의 전주교도소

군부독재의 암울한 시절, 자식들을 교도소로 보내고 편지 봉투 앞에 '교도소'라 쓰지 못하고 '전주시 평화동 99번지'라고 쓴 바로 이곳이 전주교도소다. 이곳 평화동은 1977년 문익환 목사가 25일간 감행한 긴 단식으로 유명하고, 신영복 선생이 1986년 2월부터 1988년 8월 출소하기까지 감옥생활을 한 곳. 김남주와 시인 이광웅을 비롯한 오송회 사건의 선생님들이 징역을 산 곳이니, 기억해야할 역사의 현장이라 아니할 수 없다. 질풍노도의 80년대를 대표하는 시집으로 박노해의 『노동의 새벽』과 전사 김남주가 쓴 『나의 칼 나의 피』를 어찌 잊을 수 있을까? 1988년 12월 22일, 형집행정지로 9년 3개월 만에 출감한 김남주 시인이 전주감옥에서 볼펜이 없어 우유곽에 못으로 새긴 시를 잠깐 보자.

> 쓰고 있다
> 지금 나는 쓰고 있다
> 세 겹으로 네 겹으로 갇혀 쓰고 있다
> 내 탓이라고
> 서투른 광대의 설익은
> 장난 탓이다라고
> 어설픈 나의 양심 탓이다라고
> 미지근한 나의 싸움 탓이다라고
> 모두가 모든 것이 내 탓이다라고
>
> — 김남주, 「진혼가」 부분

익산 출신으로 남성고 원광대를 나온 이광웅! 안도현 시인의 말을 빌린다면, '소년 같고 빈집 같은' 시인 이광웅은 군산에서 고교교사로 근무하다가 80년대 5공 초기 신군부 파쇼집단에 의해 저질러진 용공 조작 사건 이른바 '오송회 사건'의 간첩단 괴수로 지목되어 온갖 고문을 당한다. 그는 법정에서 7년 형을 선고받고 4년 8개월째 복역 하던 중 6월 항쟁 이후 1987년 사면조치로 교도소에서 출감했지만 김남주처럼 몇 년을 넘기지 못하고 1992년 위암으로 세상을 뜬다.

　　　　이 땅에서
　　　　진짜 술꾼이 되려거든
　　　　목숨을 걸고 술을 마셔야 한다
　　　　이 땅에서
　　　　참된 연애를 하려거든
　　　　목숨을 걸고 연애를 해야 한다

　　　　이 땅에서
　　　　좋은 선생이 되려거든
　　　　목숨을 걸고 교단에 서야 한다

　　　　뭐든지
　　　　진짜가 되려거든
　　　　목숨을 걸고
　　　　목숨을 걸고…

　　　　　　　　　　　　　　　　　─ 이광웅, 「목숨을 걸고」 전문

　　"내 옷은 어디로 갔나/그 누가 가져 갔나/오늘 꼭 올라가야/내 일부터 베를 짜는데//직녀는 옷을 잃고/울면서 보낸다오/오~ 이 일을 어이하랴/옥황님 나는 못 가오" 장기수 할아버지들의 입에서부터 전해져 이광웅 시인의 육성으로 MP3에 담겨진 '금강산녀'라는 절절한 이 노래는 우리의 가슴을 적신다. "봄이면 사과꽃이 하얗게 피어나고"라는 '사과꽃 향기' 역시 이제는 박두규 시인이 잘 부른다. 노래는 이어진다.

시인 박노해가 징역을 산 경주교도소를 '남산암南山庵'이라 했다면 인간의 고귀한 양심을 지키기 위해 김남주 시인과 이광웅 시인, 신영복 선생과 문익환 목사가 한 세월을 견딘 전주교도소를 '평화암平和庵'이라 불러도 좋지 않겠는가?

애잔한 욕망의 불빛, 선미촌

오래된 유곽 '뚝너머'

전주시 덕진구 서노송동, 전고에서 서노송동 사무소에 이르는 남북로 구간은 24시간 청소년 출입통제구역이다. 사람에게 가리고 싶은 부분이 있듯, 전통문화중심도시를 표방한 이 도시에도 감추고 싶은 곳이 있으니 바로 이곳 선미촌이다. 실제로 시청 앞 사무공간 건물 뒤편에는 이 동네가 보이지 않게 나무 담을 쳐놓았다. 왜? 오래된 유곽이기 때문이다. 나이든 사람들에게는 일명 '뚝너머'로 더 유명한 곳이다.

　　'선미촌'이란 귀여운 말이나 '뚝너머'라는 거시기한 고유명사는 당연히 암울한 가치판단을 포함하고 있다. 몇몇의 전주 남자들은 일생에 한 번 가는 군대나 또는 거기 따른 한두 번 생길 수 있는 '사고'가 나는 공간으로 생각한다. 그리고 유곽도 나와 관련이 없으면 '꽃밭

에 물주고 온다'는 식으로 남의 말 하듯 낭만적으로 뱉어내고 금방 잊어버린다. 내 일은 잊고 싶고 남의 일은 훔쳐보고 싶은 것이 인지상정인데, 여기 유곽을 그린 영화들이 있으니 멀리는 〈매춘〉, 〈영자의 전성시대〉부터 근래에는 임권택의 〈노는계집 娼〉과 김기덕의 〈나쁜 남자〉까지 나름대로 성공한 영화들이었다. 그리고 전주 이곳 선미촌에서 직접 찍은 송경식 감독의 〈대한민국 헌법 제1조, 2002〉가 있다. 보자!

촬영이 뉴스가 된 영화

세트 아닐까? 아니다. 이 거창한 제목의 영화는 세트 아닌 실제 선미촌에서 찍었다. 사실 이곳에서 카메라를 들다가는 언제 '삼촌'들이 나타나 겁을 주고 '이모'들이 나타나 할퀼지도 모른다. 그런 여기 금단의 공간에서 매가진에 필름을 넣고 실제 영화를 찍은 것. 프로듀서와 전주영상위원회가 상가 번영회(?)를 설득, 거짓말처럼 통 큰 타협을 이끌어 대한민국 영화사상 최초로 홍등가의 실제 촬영이 허가가 된 것이다. 영화 한 편이 제작되기 위해서는 촬영 공간 주변에 20여대가 넘는 자동차의 주차 그리고 스태프들이 머물 현장사무실 대기실이 필요하고 연기공간은 조그만 구석방 하나가 아니라 제법 넓은 공간이 필요한데, 업소 7개를 통째로 빌려서 촬영이 이루어졌다. 촬영자체가 사건인 셈이었다.

〈대한민국 헌법 제1조〉는 장소 섭외는 말할 것 없고 제작단계부터 뉴스를 많이 탄 영화다. 투자 자체가 할리우드 메이저인 컬럼비아 트라이스타와 시네마서비스의 공동투자인 데다 배우들 역시 인지도가 빵빵했다. 홍상수의 〈생활의 발견〉으로 청룡영화상 여우 주연 후보로 오른 예지원과 잘나가는 아나운서에서 배우로의 전업을 선언한 임성민이 밤의 꽃으로 주연을 맡았고 전주 출신 조연 전문 이문식과 남진이 욕쟁이 신부인 베드로 역으로 출연한 것. 전라도 사투리와 욕을 애드립처럼 섞어 쓰는 윤락녀들의 대부로 출연한 이 '카수왕 오빠' 남진 때문에 촬영장은 아줌마 팬들의 활기가 넘쳤단다.

〈대한민국 헌법 제1조〉

여기 성매매업소 여종업원이 성폭행을 당하는 것으로 영화가 시작된다. 그러나 헌법 제 1조가 명시하는 바와는 반대로, 누구도 그녀의 억울한 사정을 들어주지 않는 마당에 이 지역구 국회의원 보궐선거가 실시된다. 이 억울함을 타파하기 위해 매춘여성 고은비(예지원)가 국회의원에 출마, 좌충우돌하면서 영화가 열기를 더해가는 동안 다가공원 또 영화의 거리 등 많은 곳에서 진행된 유세장면, 연설 등 대사가 많은 여주인공 예지원은 정말 애썼다.

그러나, 그러나 유곽 혹은 집창촌에 대한 궁금함이 선거전이라는 정치 코믹드라마로 흐르는 순간, 관객들은 감독이 권한 유쾌한 한

판의 풍자 대신 식상함을 맛보게 된다. 조폭 영화에 질린 관객들을 정치 코믹 드라마로 제패하겠다는 영화사가 기획한 컨셉은 미안하게도 가벼운 코미디로만 남고 마는 것. 결국 국회의원에 당선 되어 국회담을 넘으며 영화는 막을 내린다. 국회 촬영 허가를 얻지 못해 직접 담을 넘는 노이즈 마케팅까지 활용되었으나 결국은 정치에 대한 혐오 그 이상을 넘지 못했다.

전주에서 기막힌 공간을 확보하고 오롯이 찍은 영화 〈대한민국 헌법 제1조〉를 관객들은 돈 내고 티켓을 끊지 않았다. 이 영화의 컨셉에서 과잉작용한 정치적 메시지보다는 사실 일반관객들이 원한 것은 다른 데 있었을 것이다. 일단 영화의 기능인 '훔쳐보기'라는 팝쇼의 기능에서 만족을 주지 못한 것. 〈노는계집 娼〉에서 신은경이 작은 손대야와 수건을 들고 오는 장면이나 자기를 이곳에 몰아넣은 깡패를 사랑한다는 설정의 〈나쁜 남자〉에서 창녀의 방에서 벌어지는 행동을 거울 뒷면에서 지켜보는 조재현의 눈은 바로 우리들의 눈이다. 거참, 관음증으로 갔으면 한참 저열한 영화가 되었을 것이고, 정치적 도덕률에 대한 치열함도 부족해 어정쩡하니 배우들만 열연하고 만 꼴이 되고 말았다.

밤에 피는, 나는 야화

집창촌은 대부분 교통이 편리한 역과 터미널, 시내지역 등에 형성돼 있다. 땅값이 싸고 교통이 편리한 곳에 집창촌이 자리 잡는다는 사회학적 연구결과는 이곳 선미촌에서도 그르지 않다. 기차역이나 시장이 가까운 쪽에 자리 잡는 특성대로 선미촌 역시 전주역이나 시장이 멀지 않은 곳 혹은 학교나 병무청이 존재한다는 것도 무관하지 않을 것이다. 점잖은 전주 양반들은 이 선미촌을 보통 '시청 뒤'라고 부르지만 속내는 분명 금전거래를 통한 성매매를 하는 사창가, 매음굴이다.

유리방의 형태로 진화한 전주 '선미촌'은 누가 디자인한 작품일까? 형태가 일정하게 배열이 되면 풍경이 된다. 풍경이란 삶의 형태가 일정한 조건과 맥락 속에서 관찰되는 것이다. 그 옛날 작은 각목과 합판으로 만든 쪽방 이야기는 말할 것 없고 80년대 붉은 오리털 파카를 입고 나무의자에서 손님을 기다리던 풍경이었는데 요즘은 쇼윈도 방식으로 바뀌었다. 업소 주위에는 인형뽑기 박스가 보이고 장사가 잘 안 되는 이름 없는 가게들과 오래된 양장점이 있는 도로변에 비슷한 유리방이 나란히 붙어 있다. 유리방 그 안쪽 좁은 골목에는 '가정집'이라는 팻말이 붙어 고개를 갸웃거리게 한다. 흥미로운 것은 이곳 업소들에는 간판이 없다는 것. 커튼이 쳐 있는 업소에는 어김없이 귀엽고 아름다운 커피집 같은 차양이 있고 그 아래에는 요강만한 등이 다섯 개쯤 달려있다. 그리고 유리관에 아가씨들이 밤을 기다린다. 란제리 수준의 옷을 걸친 아가씨들이 차를 세우고 호객하는 저녁 8시부터 다음날 아침 6시까지 밤을 밝히며 영업을 한다.

어둠이 오면 붉은 등이 켜지는 선미촌에서 발견하는 것은 뭉쳐진 성욕이 아닌 애잔함이다. 선미촌은 예전처럼 장사가 잘되질 않는다고. 향토사단인 35사단 입소 전에 여기가 '사단 정문 앞'이던 때도 있었다지만 요즘은 돈 없는 일용직 근로자나 외국인 노동자, 외박 나온 군인들이 주고객이란다. 자금력이 있는 사람이 다니는 곳이 아니라는 말씀. 성매매는 우리 주변에 밀착돼 있는 일부 퇴폐 이발소와 다방 그리고 번듯한 안마시술소와 룸살롱 또 몇 푼이면 해결이 가능한 노래방이 줄지어 서있는 중화산동과 아중리를 생각해보라. 인터넷 연인클럽은 또 얼마나 북적이는데 말이다.

조기 달린 선미촌

시내를 관통하는 전라선이 흐르는 기차역이 이전할 무렵, 그 때 오리털 파카를 입고 앉아있던 그 많은 여인들은 다 어딜 갔을까? 이제 겨울에도 아가씨들은 업소에서 마련한 열선 히터가 있어 란제리 차림 그대로이다.

선미촌은 전주의 한구석을 밝히는 안타까운 불빛이다. 항상 어둠보다 먼저 불을 켠 그녀들은 오래도록 불을 끄지 않는다. 유리창 밖에서 보이는 아가씨들은 긴 머리에 날씬한 몸매로 정말 예쁘다. 신랑을 기다리는 신부가 아니라 손님을 기다리는 아가씨는 진열장 안의 바비인형들처럼 슬프게 보인다. 이 안타까운 여인들을 생각나게 하는 이성복의 「정든 유곽에서」는 한 시대를 빛낸 명시다.

아들아 詩를 쓰면서 나는

내 나이 또래의 작부들과 작부들의 물수건과 속쓰림을 만끽하였다
詩로 쓰고 쓰고 쓰고서도 남는 작부들, 물수건, 속쓰림…
사랑은 용서하는 것이다 빈 말이라도 따뜻이 말해 주는 것이다
아들아

— 이성복, 「아들에게」 부분

군산 개복동 참사를 기억하는 사람들이 있을 것이다. 2002년 1월, 성매매 여성들을 감금시켜서 화재로 밤에 피는 야화 11명의 생목숨이 죽은 충격적 사고 말이다. 그 때 이곳 선미촌에는 모든 업소마다

검은 색 리본의 조기를 달았었다. 유치환의 「깃발」이란 시를 기억하는가? '아! 누구인가?/이렇게 슬프고도 애달픈 마음을/맨 처음 공중에 달 줄을 안 그는' 〈대한민국 헌법 제1조〉 이 영화가 빼먹은 것은 바로 그 슬픔에 조기를 달 줄 아는 바로 그 '마음'이다.

아하! 거기,
전주에서 오롯이 찍은 영화 세 편

전주 영화 인프라

전주를 오롯이 담은 영화치고 거대한 플롯을 다룬 영화는 드물다. 거대자본으로 판이 벌려진 영화에서는 당연히 인간의 세밀한 감정들은 생략되고 또 희생된다. 장르영화가 주는 시각적 쾌감은 스크린 앞에서는 즐겁지만 그 쾌감은 분명 오래가지 못한다. 절절함은 휘발하고 이미지만 남기 때문에.

　　문학과 달라서 영화에는 일필휘지가 없다. 일필휘지를 느끼게 하는 것은 감독이 갖는 호흡의 리듬을 활용한 편집에 있을 터. 영화는 이미지의 집합체니. 120분의 러닝타임 동안 캐릭터와 스토리가 이미지들과 화학반응을 일으키게 하기 위해 감독은 공간 헌팅에 노심초사하면서 영화작업이 시작된다. 로케이션 헌팅이 끝난 후 150여 개의 커트를 단 한 도시에 채우는 일은 불가능하거나 바보스런 짓이기 때문에 감독들은 이곳과 저기를 취사선택해 그럴 듯하게 꾸밀 뿐이다. 당연히 감독들은 영화공간에 관해서만큼은 연애는 해도 결혼은 하지 않는 바람둥이다. 좀 꼬인 심성으로 말하자면, 전주는 영화를 찍기에 제법 도움이 되는 도시일 뿐이다.

어쨌거나, 전주에는 전주라는 고정된 어떤 이미지가 있다. 〈용의 눈물〉이나 〈궁〉이 촬영된 경기전, 〈약속〉의 전동성당 같은 클래식한 공간, 〈단팥빵〉이나 〈사랑해 말순씨〉처럼 엄마의 추억이 있는 '오래된 정원'의 이미지 말이다. 그것이 좋든 싫든….

〈사랑해 말순씨〉의 노송동

2005년에 나온 박흥식 감독의 〈사랑해 말순씨〉는 청소년기의 소소한 묘사가 아름다운 성장담으로 영화 속 주인공 그 누구도 이기적이지 않다. 박정희 유고시 중학교 1학년생이었던 한 소년에게 '행운의 편지'가 배달되는데. 수취인불명 아닌 발신자불명의 어쭙잖은 협박 말이다. 교복에 가방 들고 그 시절을 보낸 사람치고 안 받아본 사람은 없을 것이다. 광호는 고민 끝에 교실 친구와 옆방에 세 들어 사는 사랑스러운 간호조무사 누나(윤진서)에게도 보내고 쥐 잡은 듯한 입술 화장에 실제로 부지깽이로 쥐를 잡는 엄마(문소리)에게도 보낸다. 아모레 태평양 초록색 가방을 들고 노송동 골목을 누비는 화장품 외판원 말순씨는 행운의 편지를 우습게 여기면서도 철없는 아들에게 밥하는 걸 가르쳐 준다. 마치 〈8월의 크리스마스〉에서 한석규가 아빠에게 비디오 조작하는 법을 가르쳐 주는 것처럼. 엄마는 허통하게 세상을 떠나고 말지만 눈물을 쥐어짜거나 가난을 극도로 과장되이 표현하는 영화는 아니다.

좌익과 우익들이 충돌하던 시대의 이야기는 느티나무가 마을을 지키는 오래된 고향을 풀숏으로 잡고 그 다음에 카메라가 집안을 비추

는 것이 패턴이었다면, 이 영화는 바로 골목 아니면 집부터 시작한다. 386 감독들에게 노송동은 자신의 소년시절을 보낸 추억하는 공간이겠지만 정작 이 동네를 지나노라면 낮고 긴 탄식이 나올 것이다. 어깨를 맞댄 골목길 안쪽에는 빨간색 고무다라이가 놓여있는 수도간과 빨래가 널리는 마당 그리고 하얀 타일이 붙은 부엌 등 우리가 지나온 시간들이 그대로 살아있는 공간이기 때문이기에. 그렇다고 노송동은 〈내 친구의 집은 어디인가〉를 찾는 소년처럼 힘든 제트(Z)자 길을 뛸 정도는 아니다. 미장센을 담아내는 소품으로서의 이 공간은 마이너리티 리포트의 공간이긴 하지만 노송동 사람들은 가난과 '싸우'지는 않는다.

'1979년의 서울, 완벽한 재현! 살아있는 거대한 박물관'이란 기사를 내보내는 촬영후일담의 속내는 이 동네 사람들을 섭섭하게 한다. '추억의 파노라마'라며 영화를 광고하는 것은 이 동네 주민들의 마음의 불편함은 생각지 못하는 것이리라.

〈날아라 허동구〉의 진북초등학교

지능지수가 60인 동구가 제일 잘하는 일은 노란색 물주전자를 들고 급우들에게 물을 공급하는 것이다. 11살 허동구(최우혁)는 학교가 제일 좋다. 그런데 담임선생님은 시험 날은 학교에 나오지 마란다. 심한 것은 선생님께서 동구아빠에게 동구를 특수학교로 전학가기를 강요하는 것. 게다가 교실에는 물주전자를 대신하는 정수기 들어오고 나서 동구는 할 일이 없어진다. 엄마도 없는 동구에게 이럴 때 힘이 돼 주는 것은 아빠다. 통닭 배달하는 아빠 정진영의 간절한 목표는 물배달하는 아들이 무사히 학교만 졸업하는 것. 동구 아빠 역을 맡은 정진영은 동네 아저씨 같은 모습으로 부지런히 스쿠터를 타고 한옥 마을과 천변을 오갔다. 천변과 교동집을 달리는 스쿠터는 전주에 어울리는 작은 탈것이다.

　발달장애 소년에게 야구가 학교살이를 붙드는 힘이 된다. 동구는 정수기가 없는 운동장의 주전자 멤버가 되는 것. 워낙 야구부에 들어오려는 학생이 없으니까. 그러나 야구는 '머리'가 필요한 운동인데 개념 없는 동구는 배트에 볼을 맞추는 것은 고사하고 룰을 익히는 것조차 버겁다. 개념을 집어넣느라 고생하는 코치 권오중과의 대화는 영화 보는 내내 웃음을 연발하게 한다. 어리숙한 지도자지만 기다릴 줄 아는 코치와 "오케바리"를 외치는 장면은 너무나 느린 직구이다. 진북초등학교의 비밀병기 허동구는 승리를 위한 최고의 미션을 준비하는데….

　〈날아라 허동구〉는 이해하기를 포기하고 인정하려는 태도를 갖는다. 좀 기다려 주라는 인간극장 류의 냄새를 풍기지만 그렇다고 〈아이 엠 샘〉이나 〈말아톤〉처럼 눈물샘을 자극하지는 않는다. 친구를 위해 밤새 공책에 숙제를 해온 나마자데 못지않게 심장이 약한 친구를 위해 운동장 한 바퀴를 더 도는 허동구는 우리를 감동의 세계로 이끈다. 또한 마지막 장면의 한 번의 번트로 인해서 허동구가 정상 아이로 돌아오는 식의 호들갑을 떨지는 않는다. 자식이 공부 안 해서 열 받는 부모들 꼭 웬수와 함께 보시라.

〈종지 아니한家〉의 전주천

기타노 타케시가 그랬다. "누가 보지만 않는다면 갖다 버리고 싶은 것"이라고. 가족 말이다. 이 좋지 아니한 가족의 대빵인 아빠 심선생(천호진)은 학생들에게 인기 없는 교사로, 한 방 쥐어박으려면 아이들은 핸드폰을 치켜든다. 이 고개 숙인 남편은 무감하고(미세한 연기력으로), 엄마는 딸내미가 드나드는 노래방 총각을 사모한 나머지 꽃무늬 원피스를 사고, 커피자판기를 사들이는 욕쟁이 엄마의 아들은 원조교제를 일삼는 여학생을 사랑한다. 여기 얹혀사는 무협작가가 꿈인 이모(김혜수)는 털털하기 이를 데 없고 아들놈은 잔머리쟁이다. 이 심스 패밀리가 살아가는 모습은 한 마디로 '각패'다. 고스톱에 각패가 나쁜가? 천만에, 이 칠칠맞은 각패들을 한데로 이어주는 것이 있으니 바로 전주천이다.

각패로 플롯을 잇기는 쉬운 일이 아니다. 배우들의 출중한 연기력으로 때워가며 풍경이 이를 뒷받침 하지만 사실 전주천은 한강이 아니다. 한강의 열주는 거대하고 아름답지만 전주천 다리 아래는 아줌마들이 활기차게 워킹을 하고 노인들은 십 원짜리 고스톱을 한다. 〈간 큰 가족〉, 〈울어도 좋습니까?〉 같은 작고 따뜻한 영화와 드라마 〈단팥빵〉이 이곳에서 촬영된 것은 자연스러운 일. 무심히 흘러가는 물길은 깊지 않아 가족 모두를 모두 감싼다. 이곳 어은골 쌍다리의 여름날, 솜털 같은 갈대 모가지가 나오는 즈음 이 각패 가족들을 위해 둥근 보름달이 솟아오른다.

　가족관계에서 감추고 싶은 부분을 열어제끼는 플롯이지만, 작다. 플롯이 작으면 스토리나 캐릭터가 뒷받침 되어야 한다. 그래서 이 영화는 누구 한 사람 한 사건에 올인하지 않고 적당히 가는데 배우들의 출중한 연기력이 스토리와 캐릭터의 빈 곳을 채운다. 이미지 변신을 시도한 김혜수가 산만하긴 하지만 괜찮은 배우들이 연기한 인물들은 청승맞거나 희생하지도 않는다. 생각 없이 예쁜 애들만 나오는 시트콤이 아니라 의미 있는 작품이란 말씀. 〈가족의 탄생〉이 수작 판타지라면 이 영화는 판타지 없는 수작이다. 그런데 불행하게도 〈좋지 아니한家〉는 1주일 만에 교차상영(하루에 1, 2회만 상영하면서 스크린쿼터 하루를 채운 척하는)하면서 일찍 극장에서 내려진 영화다. 그러나, "〈말아톤〉감독 정윤철의 영화는?", 백만 불짜리 영화다.

전주에서 산다는 것

대상과 그림 사이에는 공기가 있다. 그런데 세트에는 그런 햇빛과 공기가 없다. 밥을 짓고 빨래를 너는 노송동의 골목과 서민들의 친근한 전주천에는 우리 세대가 살아온 기억과 시간의 반추를 다루는 부드러운 공기가 스며있다. 여기 소개한 세 편의 영화는 사실 인물보다는 오래된 시간과 공간이 주는 그 햇빛과 공기가 주인공이 되는 영화들이다. 이 주인공들을 엮는 가족이라는 동어반복의 촌스러움이 켤코 보는 이를 괴롭게 하지는 않을 것이다.

오드리 헵번이 로마를 빛냈고 로버트 드니로의 〈택시 드라이버〉는 뉴욕을 제대로 보여주었지만 오롯이 전주를 담아서 전주를 빛낸 영화는 '아직은' 드물다. 그저 착한 도시의 착한 영화로 그치고 있는 것이 사실이지만 열등감을 자극한다고 자학할 필요는 없다. 브래드 피트나 주윤발이 나타날 도시가 아니고 더더구나 〈섹스 앤 더 시티〉는 아니지 않는가. 밥이 익기까지 조금 더 기다리자는 말이다.

디지털로 일컬어지는 21세기를 전주에서 산다는 것이 영광은 못 돼도 썩 괜찮은 일이지 싶다. 선택의 자유는 어차피 영화를 찍는 그분들 몫이다. 전주라는 상품을 그들의 입맛에 맞게 취사선택하는 것도 그렇다. 영리한 저들은 한옥마을을 더 이상 스크린에 담지 않는다. 공사 중이거나 인원통제 문제가 아니라 세트장화 하고 있다는 것을 서울 변덕쟁이들이 너무 잘 알고 있는 것이다. 날마다 달라지는 한옥마을의 공기는 옛 맛을 잃고 눈썹을 밀고 입술을 칠하는 말순씨 같은 느낌이다. '지금' 새로 단장한 '이곳'에서 영화를 찍을 바보는 없다. 디지털일수록 돈가스보다는 청국장이고 샤워부스보다는 말순씨네 수도간의 고무다라이가 그리운 것은 그분들이나 우리나 마찬가지일 것이다.

영화를 보실 때, 엔딩 크레딧에서 '장소 협찬'을 살피시라. 리와인드해서 플레이 버튼을 누른 다음에는 '월리를 찾아라'처럼 그 숨은 공간을 찾아보시길. 그리고 영화가 끝난 후 공간을 새겨두었다가 아! 거기구나 하며 노송동과 전주천을 한 번 걸어보시라.

전주에서 만들어진
가족의 새로운 개념

〈패밀리마트〉

감독	김건
출연	노준호, 김연수
제작	2010년/90분/한국

프롤로그 '패밀리마트'

'슈퍼'가 없어졌다. 쇼핑이 레저가 되고, 더 싼 대형할인매장을 찾다
보니 동네 슈퍼는 눈처럼 사라져 갔다. 갑자기 라면이나 담배가 생각
난 사람들이 점방을 찾았을 때는 아! 하고 늦었지만 자본은 금방 동네
에 편의점을 공급해 주었다. 아파트 주위라면 어디든 고유 상표 '패밀
리마트'는 밤새 불을 켠다. 말이 마트지 사실 비싼 편의점이다. 편의
점에서 살 것은 그리 많지 않다. 대형할인 마트에서 사지 못한 생필품
을 편히 사는 곳이기에 비싸다는 것을 알고 잠깐 머무를 뿐. 또한 가게
의 모든 물건은 바코드로 되어 있어서 절대로 깎아주거나 덤도 외상도
없는 곳이다. 게다가 소비자와 알바 혹은 가게주인이 서로 아는 척하

는 것이 불편한 공간이 편의점인 것. 패밀리마트는 업종 변경이나 폐업을 하지 않는 한 하루도 쉬지 않는다. 가족이라는 관계도 법적으로 소멸할 때까지 간판을 켜 놓는다.

이혼 그 후

전주에서 나고 자란 김건 감독의 첫 번째 장편영화 〈패밀리마트〉는 전주 수목토 아파트에서 시작한다. 조촐한 파티. 소주보다 와인을 마시는 지인들 앞에서 결혼 10년차 부부인 찬영과 윤희는 "우리 이혼했어. 축하해 줘"라는 선언을 한다. 그동안 맞벌이 중산층으로 큰 문제없이 살아온 이들 부부가 선택한 이혼에 멍 때리는 친구들은 부부라는 간판을 꺼버리게 된 그 사연이 궁금한데, 부부는 "그냥"이라고 짧게 말한다.

대형 마트에서 길을 잃은 것이 아니라 결혼과 가족이라는 복잡한 관계 속에서 길찾기를 포기한 그들은 "헤어진 것이 아니라 따로 사는 관계"라는 부연설명이 있을 뿐. 이혼에 이르기까지 농성과 전쟁 끝에 배상금 물고 영토와 재산 때문에 치부를 다 보이는 더티함이 아닌 그들만의 쿨한 실험이 새로 시작되는 것. 참음과 폭발 사이의 감정노동이 이혼보다는 정서적 비용이 덜 든다는 것을 우리는 안다. 그리고 이혼이라는 것이 관계의 절멸로 이어지는 수많은 전례들에 대한 학습이 충분하기에 영화 속 친구들이나 관객들은 그들의 이혼 사유와 앞일이 궁금하다.

그러나 영화 〈패밀리마트〉는 이들의 미스터리 즉 이혼에 이르는 병인 윤리적 일탈과 금치산 상황 등을 푸는 게 아니라 '이혼 그 후'에 초점을 맞춘다. 평균적이고 정상적인 관계들에 대한 뒤집어 보기가 감독의 의도인 것. 배우자와의 관계 외에는 함부로 섹스하거나 감정유회를 즐겨서는 안 되는 윤리적 인간, 이쪽저쪽 식구들의 생일과 장례식과 결혼식 또 김장노력봉사 등 행사적 인간, 그 속에서 화내지 않는 인내적 인간, 그런 예의방식에서 그들은 이제 자유로워지는 것.

이혼 후 1년 이라는 시간 동안 그들에겐 편하진 못해도 남루하지 않은 삶이 계속된다. 찬영과 윤희는 이혼 후에도 그들의 로망처럼 편한 친구로 지내면서 최소한의 욕망을 실천하려 애쓴다. 양육권은 엄마가 갖고 주말에는 아빠가 아들과 잠시 놀아주는 불편하지 않은 관계를 유지하는데, 누가 그들을 이혼한 부부라 말하겠는가. 그들에게는 각자의 일이 있고 사회적 평판이 있기에 원거리 부부처럼 가끔 만나면서 서로의 사생활에 간섭하지 않는 안정된 모습을 보인다.

그러나 역시 새끼가 문제다. 일에 채인 어느 날, 윤희가 육아에 관한 문제로 힘들어 하는 순간, 우연히 그녀는 10년 만에 과거의 절친 선영을 만난다. 한 번의 베이비시터 인연은 그들을 새로운 끈으로 묶는다. 아이를 좋아하는 화가 선영은 전시회를 준비하는 동안 잠시 윤희의 아파트에 살기로 하고 그들은 '1호 엄마'와 '2호 엄마'로서 평화로운 관계를 유지한다. 낳기는 내가 낳았는데 키우기는 그가 더 잘 키우는 그런 사람 그런 관계, 있을 수 있다. 이 '또 하나의 가족'이 생겼는데 서로의 공간과 정서를 침범하지 않으니 이들은 불행하지 않다. 주말에는 반드시 가족과 어딜 가야 하고 서로가 짐이 되는 관계에서 해방이 된 그들은 과연 행복할까?

이혼한 부부가 살아가는 새로운 패턴에 주목하여 가족관계의 의미 있는 조합들을 보여준 김건의 영화는 새롭지만 뭔가 서운하다. 이 각자의 시선에서 여자는 육아로 인한 스트레스와 남편의 여자관계에 주목하지만 남편이 갖는 중요한 고민은 자신을 서방 같은 선배로 생각하며 집요하게 쫓아다니는 후배와의 관계설정이다. 남편의 고민에 반해 아내의 고민은 일보다 육아에 있고 2호 엄마의 고민은 그림보다 동성애에 있다는 것은 이 영화를 사실적이라기보다는 실험적인 한계에 머무르게 하고 만다. 그렇다고 이 영화가 마초적 이데올로기에 속해 있다는 것은 아니다.

낯선 로망

새로운 의미를 던지는 텍스트가 좋은 작품이라면 〈패밀리마트〉는 세상에(그 동안의 영화에) 없던 이야기를 던진다. 이 재구성된, 유사 패밀리가 던지는 의미는 낯선 만큼 신선하다. 대부분의 낯선 영화가 미학과 윤리 사이의 갈등을 통해 새로운 해법을 보여 주지만 사실 이 영화는 갈등의 원인(아예 접고 들어가지만)이나 그 해법에 대해 친절한 영화가 아니다. 다만, 우리 조금 다르게 사는 것을 이해 할 수 없겠느냐고 잔잔하게 이야기한다.

특별한 사건 없이 감정선을 잘 이어가는 것이 장점인 듯하지만 에누리나 외상없는 편의점 같은 느낌 역시 지울 수 없다. 이것은 로망이니까. 전통적 틀에 맞추지 않고 새로운 가족관계를 설정해서 시간과 감정에서 자유와 평화를 획득한다면 이 시도는 괜찮은 모험일 것이다. 그러나 이 영화 속 주인공들이 실험하는 자유가 과연 이혼할 정도의 고통에 대한 감내든 아니면 치열한 예술과 일에 대한 열망을 불러일으킬 정도로 소중하냐는 것이다. 불가능한 이야기가 아닌 있을 법한 이야기로, 욕망은 살아있으나 뭔가 허전하다.

뭘까? 일이 빠져 있다. 정말로 자유롭고 싶어서 이혼한다면, 책임감에서 벗어나고 싶다면? 화가 선영이 입은 옷은 적어도 그녀가 프랑스에서 공부하고 온 계층이며 화가란 것을 말해주지만 윤희의 일터나 집안의 디테일 혹은 의상에서조차 그녀가 워킹맘이나 커리어우먼이란 흔적을 드러내는 데는 실패했다. 일을 통해서 가치와 자아실현 혹은 명성이나 사회적 성공을 향한 도전 정도는 있어야 하는데 그것 또한 보이지 않는다. 남자의 직업과 고민 역시 분명치 않음은 물론이다.

홍상수가 보여주는 인간탐구를 볼 때, 영화감독·화가·프로그래머 등 직업군의 역할이 확실한 것을 생각하면 답은 간단하다. 일 속의 고독이 드러나야 벗어나고픈 자의 욕망이 살아나는 것. 영화 맨 뒷부분의 편지 분류하는 모습은 독립의 강화를 의미한다. 그러나 이 장면이 어색한 이유는 앞부분에서 편지 분류에 대한 사소한 암시가 없었음일 것이다. 반복이 주는 알레고리가 그리 어려운 일이 아닐 텐데 말이다. 하나 더, 영화 마지막에 삽입한 감독의 보이스오버는 어쩔 수 없이 과잉이다. 침묵은 창조자로서 최고의 존엄함을 나타내는 한 방법이니까.

에필로그, 전주에서 만든 …

전주가 좋아서 전주에서 찍은 영화들이 많다. 그러나 서울 사람들이 바라보는, 누추하지만 따뜻한 인간애를 표현하는 공간으로서의 전주 영화는 몇 편 있었지만 〈패밀리마트〉처럼 프리프로덕션부터 후반작업까지 제대로 전주에서 만든 영화는 이번이 처음일 것이다. 그러다 보니 화면 속 배경들이 너무도 익숙한 나머지 마치 촬영현장에 와 본

듯한 느낌이랄까? 화면으로 구성되는 전주의 풍경들이 낯설지 않다. 그런데 묘하게도 원가가 얼마짜리 제품이란 것을 아는 듯한 느낌, 시인이 마지막으로 탈고한 작품이 아닌 '백파일'을 보는 듯한 기시감은 사실 영화 몰입에 방해가 되었다. 물론 이것이 감독의 탓은 아닐 것이다.

공간이 캐릭터를 만들어 간다면 과연 전주라는 공간은 어떤 캐릭터에 적합할까? 그저 드라마 〈단팥빵〉 아니면 〈사랑해 말순씨〉 정도면 되는가? 그렇지는 않을 것이다. 그 어떤 영화에서든 공간은 사회 정치적 역사적 맥락 속에서 자유로울 수 없다. 그런 의미에서 찬영이 엄마와 이야기하는 처마선이 번듯한 한옥 공간과 마루는 전주적이긴 해도 그 의미가 불분명하다. 전주가 가지는 섬세한 무늬들이 부족하다는 말이다. 〈봄날은 간다〉에서의 허진호의 마루가 있고, 오즈 야스지로의 일본 마루가 있다면 전주에는 단단하고 오래된 '말캉'들이 있는 데 말이다.

지역에서 영화를 찍는다는 것은 인력의 자발성에서부터 시작해 커리어의 습득 등 매우 귀중한 경험일 것이다. 전주 사람들에 의해 전주에서 찍은 영화라 해도 전주 사람만을 위한 영화는 물론 아니다. 고단한 시나리오 작업과 제작 투자라는 전 단계 그리고 촬영이 끝나고 나서도 고독하게 지속되는 감독만이 겪는 사후 단계의 고통과 열악한 환경 속에서도 김건은 이야기를 던지는데 성공했다. 이런 성공에 대한 평가치고는 야박한 글이지만 전주에서 영화를 만드는 '감독 김건'에게 한마디 더 한다. 영화를 극장에 걸기만 해도 위대한 일이라는 것, 그리고 감독이 되지 못한 자 평론가가 된다는 것을.

문학과 영화 사이의 그

10여 년에 걸친 신귀백 선생과의 관계는 인연의 소중함을 새삼 절감
케 한다. 열악할 대로 열악한 여건에서, 그것도 서울 아닌 전주에서 2
개월에 걸쳐 함께 한 세계영화사 기행이, 지금 이 순간 저자의 첫 평론
집 발문을 쓰는 데까지 이어질 줄 그 누가 상상이나 했으랴! 다소의 감
상을 피력한다면, 이 작지만 알찬 리뷰 모음이 더욱 뜻 깊게 다가서는
건 그래서다. 그 성격, 구성 등에서 판이하게 다른 내 첫 번째 평론집
보다도 더.

　　그리고… 그 인연이 아니라면, 발문을 써달라는 저자의 요청에
끝내 응하지 않았을 것이다. 3년 연하인 나를 늘 '샘'이라고 불러왔으
며 언제부터인가 농반진반 '리무바이'로 칭하곤 하는 그야말로 내겐,
진짜 선생이요 리무바이 같은 존재인 터이다. 빈말이 아니라, 그 알량
한 영화 지식 정도를 제외한다면 거의 모든 층위에서 그는 나보다 한
수, 아니 몇 수 위에 자리하고 있는 '물건'이다.

특히 그의 글맛 내지 글발은, 고백컨대, 내가 미치도록 부러워해온 빛나는 덕목이다. 영화 평론가로서 20년 가까운 세월 동안, 난 단한 번도 쓰지 못했으며 앞으로 죽을 때까지도 도저히 써내지 못할 경지의 글을, 그는 밥 먹듯 써댄다. 당장 '작가의 말' 부터 읽어보시라. 내 여태 이런 솔직담백하면서도 맛깔 나는 머리말을 읽었던 적이 있었던가, 싶을 정도다. 투박, 아니 건조하기 짝이 없는, 무재미 무향기적 글을 써온 내게 그 향기는 너무나도 강렬해 일말의 질투마저 일게 한다. 명색이 내가 그의 영화선생이라는데….

영화를 보고 듣고 읽는 솜씨는 또 어떤가. '영상미학보다는 스토리텔링에 집중'한 터라 다소의 아쉬움이 없진 않으나, 영화적 시각·관점은 그 특유의 글맛에 필적한다. 가령, 그가 '스승'이라고 칭하는 내가 그토록 열광할 뿐 아니라 세계적 히트작인 〈색, 계〉를 향해 그는 이렇게 쏴댄다. "色은 戒를 배반한다는 다소 뻔한 이야기를 157분 동안 늘어놓는다. 길다.(중략) 그 정사 장면은 매혹적이라기보다는 어떤 연민을 자아내는 장면들이었다. 포스터는 〈화양연화〉 스타일이었지만 솔직히 그 속내는 '여배우 잔혹사' 아니던가" 그 독설이 통렬하기 그지없다. 1990년대 한국영화의 최고 데뷔작인, 홍상수 감독의 〈돼지가 우물에 빠진 날〉을 향한 독설 또한 매섭긴 마찬가지다. "일찍이 없던 영화였다"면서도, "밤새 내린 눈처럼 갑자기 나타난 이 작품은 내러티브, 비주얼, 사운드 모두 별로였다"란다.

그는 영화에서 상호텍스트가, 콘텍스트가 얼마나 중요한 줄도 잊지 않는다. 이창동 감독의 〈시〉와 로베르 브레송의 〈무쉐뜨〉를 연관 짓더니, 〈무쉐뜨〉 편에서는 감독 브레송과 시인 백석을, 소녀 무쉐뜨와 〈박쥐〉의 태주, 〈마더〉의 (문)아영을 연결시킨다. 2010 오스카 6개 부문을 휩쓴 〈허트 로커〉 편에서는 그 이데올로기적 문맥을 철저히 짚는다. 이 얼마나 풍성한 접근인가.

상기 달콤쌉싸한 글맛이나 예리한 시각 등보다 저자에게서 내가 더 높이 평가하는 덕목은 그러나 또 다른 그 무엇들이다. 영화는 물론이거니와 예술 전반, 나아가 우리네 삶에 대한 그 균형 잡힌 진심 및 태도. 그는 안다. 자신의 책이 "나의 열정과 한계 사이에 있다"는 것을. "문학과 영화 사이에 내가 있다"는 그의 말처럼, 그의 저서를 관류하는 '사이'라는 낱말은 그저 수사만이 아닌 셈이다.

신귀백, 그는 국어 교사로서의 자질 외에도 평론가로서의 통찰과 시인의 감수성, 소설가적 상상력을, 거기에 프로페셔널로서의 자신감과 인간적 겸손까지 두루 겸비한, 흔치 않은 부류다. 그런 멀티플레이어적 재주꾼의 글 모음을 이제야 만난다니, 때늦은 감이 없지 않다. 벌써부터 다음 책이 기다려진다면, 내가 지나치게 성급한 걸까.

전찬일(영화평론가)